Marlene Liebschenk

LÜGENJAHRE

Über das Buch

Was, wenn du merkst, dass du in einer sogenannten toxischen Beziehung gefangen bist? Wenn niemand dir glaubt? Wenn du gelernt hast, Schmerz ganz leise zu ertragen?

Es kann nie die Lösung sein, an der Seite eines Menschen zu bleiben, der Seele und Körper verletzt, auch wenn ein Ausweg sinnlos erscheint.

Karlas Geschichte steht für die vieler Beziehungsopfer. Häusliche Gewalt zeigt sich in unzähligen Varianten und endet viel zu häufig sogar in einem Femizid. Doch sobald man seine Rolle als Opfer erkannt hat, sollte man sich Hilfe suchen. Bei der Polizei, beim Opferschutz, beim Weißen Ring, im Netz, bei guten Freunden. Nicht nur die fachliche Hilfe ist wichtig, auch die Unterstützung durch Freunde und Familie. Der Weg ist schwierig, aber er lohnt sich.

Marlene Liebschenk

LÜGENJAHRE

Die Geschichte einer toxischen Beziehung

Bibliografische Information der Deutschen Nationalbibliothek: Die Deutsche Nationalbibliothek verzeichnet diese Publikation in der Deutschen Nationalbibliografie; detaillierte bibliografische Daten sind im Internet über http://dnb.dnb.de abrufbar.

Lektorat: Daniela Mertens
Korrektorat: Patricia D. Brenner, www.deincoverdesign.de
Weitere Mitwirkende: A. Haas

Verlag: BoD · Books on Demand GmbH, In de Tarpen 42, 22848 Norderstedt

Druck: Libri Plureos GmbH, Friedensallee 273, 22763 Hamburg

ISBN: 978-3-7597-5902-3

Für meine Tochter.

Für alle Menschen, die Mut und Stärke zeigen,
wo Wegschauen einfacher wäre.

Inhaltsverzeichnis

Die Rückblenden in diesem Roman sind durch eine zusätzliche Zeitangabe unterhalb der Kapitelnummer gekennzeichnet. Gibt es keine Zeitangabe, spielt die Geschichte chronologisch in der Gegenwart.

Das Geburtstagsgeschenk

1

Fahr einfach weiter, dachte Karla für den Bruchteil einer Sekunde, als der Reisebus auf sie zurollte. Doch das Knirschen der Reifen auf dem Schotter wurde erst lauter, ehe es erstarb und sich die Fahrertür mit einem Seufzer öffnete. Hinter der Frontscheibe steckte ein Pappschild, auf dem das Ziel ihrer Reise mit Edding aufgemalt war.

„Paris", flüsterte Konstantin Karla ins Ohr und drückte sie fest an sich. Ein Kribbeln wanderte zwischen ihren Schulterblättern hinab. Eins von der unguten Sorte. Dabei hatte sie sich so darauf gefreut, mit Konstantin zusammen ein Wochenende in der französischen Hauptstadt zu verbringen. Fröstelnd schob sie die Schultern hoch und beobachtete den Busfahrer, der mit Konstantin zusammen ihre Reisetaschen in den Bauch des silbern glänzenden Busses hievte.

Als Konstantin ihr vor zwei Wochen zum Geburtstag einen dicken Briefumschlag überreicht hatte, war Karla mehr als überrascht gewesen. Ein kleiner Eiffelturm aus Messing baumelte an einer

Karte in den französischen Landesfarben. Konstantin hatte für sie beide einen Kurztrip nach Paris gebucht. Mit einem echt französischen Frühstück in einem Café in der Nähe des *Sacré-Cœur*. Sogar einen kleinen Straßenplan hatte er eingezeichnet. Dort, wo das Café war, prangte ein rotes Herz.

Es war ihr erster gemeinsamer Urlaub, wenn man von den wenigen Besuchen bei Konstantins Vater in Holland mal absah. Übermütig war Karla in Konstantins Arme geflogen und mit ihm durchs Wohnzimmer getanzt. Sie beide allein, in der Stadt der Liebe!

Das würde ihnen sicher guttun. Seit sie zusammen wohnten, hatte sich eine gewisse Anspannung zwischen ihnen breitgemacht, denn Konstantins neu gegründete Gesundheitspraxis lief noch nicht wie erhofft. Es war vor allem Karla, die für den Lebensunterhalt sorgte. Konstantin störte es, dass sie mehr verdiente als er, und das ließ er sie immer öfter spüren. Durch bissige Bemerkungen und Nachfragen, die für Karla an Kontrolle grenzten. Dabei war sie es gewohnt, für sich selbst und ihre Familie zu sorgen. Auch als ihre Töchter Bella und Emma noch kleiner waren, hatte sie immer ein bisschen was dazuverdient.

Jetzt war sie eben die Hauptverdienerin, doch als sie Konstantin einmal liebevoll Macho genannt hatte, war er wütend geworden.

„Nenn mich nicht Macho!" Er hatte ihren Arm nach oben gerissen und zugedrückt. Später hatte er sich unter Tränen entschuldigt und ihr gerötetes

Handgelenk gekühlt.

Seit diesem Abend war sie vorsichtiger. Sie würden sich schon noch aneinander gewöhnen. Konstantin war häufig gestresst und aufbrausend, manchmal beinahe ein wenig unnahbar. Anders als Alexander.

Obwohl die Juninacht kühl war, schlug ihnen beim Einsteigen in den bereits vollen Reisebus eine stickige Wolke entgegen. Automatisch tastete Karla nach dem Asthmaspray in ihrer Handtasche. Die meisten Mitreisenden blickten sie müde an. Weiter hinten lief laute Musik, Lachen ertönte. Genau dorthin steuerte Konstantin und zog sie an der Hand hinter sich her. Nur der Zweiersitz an der Treppe zur Toilette war noch frei. Na toll! Direkt dahinter hockten bestimmt zwanzig junge Männer. Pinke Shirts, Hüte, Sonnenbrillen. Ein Junggesellenabschied. Die Nacht würde lang werden.

Sie klemmten ihre Rucksäcke unter die Sitze. In der vollgestopften Hutablage hätte nicht mal mehr ein Schirm Platz gehabt. Karla war froh, dass Konstantin ihr den Fensterplatz anbot. Wenn sie hinausschaute, würde sie sich nicht ganz so eingeengt fühlen. Trotzdem benutzte sie ihren Inhalator, sobald der Bus losrollte. Das Gefühl, besser atmen zu können, beruhigte sie ein wenig, aber der Druck in ihrem Brustkorb blieb.

Konstantin lehnte sich zu ihr hinüber. „Herzchen", flüsterte er, „jetzt geht's nach Paris. Freust du dich?"

Karla nickte bloß. Sie mochte es nicht, wenn er sie so nannte.

Seine Augenbraue, die mit der Lücke, wanderte ein kleines Stück nach oben. Nicht gut.

„Ja, ich freue mich. Vor allem auf das Café. Und auf den Eiffelturm. Und den Louvre. Wirklich! Ich bin nur gerade ein bisschen müde."

Das stimmte ihn freundlicher. Er beugte sich noch näher zu ihr und küsste sie. Applaus ertönte aus der Reihe hinter ihnen.

Konstantin lachte, aber es klang wie ein Knurren. Seine Hand lag fest auf Karlas Oberschenkel. Sie schaute noch eine Weile nach draußen, bis die Lichter der Stadt zurückblieben.

Hinter ihnen wurde es immer lauter, die Gespräche schlüpfriger, die Prahlereien größer, je mehr Alkohol die Männer konsumierten. Karla hatte keine Lust, sich bei dem Krach mit Konstantin zu unterhalten, und schloss ihre Augen. Natürlich war es immer noch laut, aber dennoch fand sie in der Dunkelheit wieder ein wenig Ruhe.

Sie fuhren sicher schon mehr als zwei Stunden durch die Nacht. Karla hätte gern auf die Uhr geschaut, aber Konstantin musste nicht merken, dass sie nicht schlief. Er las in seinem Buch. Regelmäßig raschelten die Seiten, wenn er umblätterte. Das kleine Leselicht über ihnen flackerte durch Karlas geschlossene Lider hindurch. Ihre linke Schulter schmerzte, ihr Kopf lehnte an der Gardine, die muffig roch. Sie hatte das dringende Bedürfnis, sich anders hinzusetzen. Und doch wagte sie es nicht, sich zu bewegen.

Der Junggesellenabschied war noch immer in vollem Gange. Karla hatte mitbekommen, dass sich ein paar der Senioren aus den vorderen Reihen beim Busfahrer über den Krach beschwert hatten, aber der hatte nur irgendwas gemurmelt. Er fuhr streng nach seinem Plan und ohne Begleitung. Was für ein undankbarer Job. Karla fragte sich, ob zuhause eine Familie auf ihn wartete.

Konstantin schlug das Buch zu. Unwillkürlich zuckte Karla zusammen und blinzelte zu ihm hinüber. Er hielt den Roman mit beiden Händen so fest, dass die Adern auf den Handrücken hervortraten. Seine Kieferknochen waren fest aufeinandergepresst, er atmete schwer durch die Nase ein und aus. Seine Nasenflügel bebten.

Als sie sich gerade wieder abwenden wollte, schaute er sie an. Im diffusen Licht konnte sie seinen Blick nicht deuten, doch Konstantin wirkte wütend. Es dauerte nicht mal eine Sekunde, dann umspielte ein Lächeln seine Lippen. Sein Lächeln für sie.

Karla erwiderte es, streckte kurz ihren Rücken durch und schaute wieder aus dem Fenster. Schwer zu sagen, wo sie gerade waren. Nachtgraue Felder, einzelne Bäume und Windräder zogen vorbei.

Konstantin fuhr mit seiner Hand sanft über ihre Wangen. „Hast du Durst?" Er kramte eine kleine Wasserflasche aus seinem Rucksack, drehte den

Deckel auf und reichte sie ihr.

Karla nickte und griff danach, zu müde zum Reden. Das Wasser rann kühl ihre Kehle hinab. Dann drückte sie Konstantin die Flasche in die Hand, murmelte ein „Danke" und schloss ihre Augen. Die Müdigkeit siegte, Karla driftete weg. Die Stimmen hinter ihr verwandelten sich in ein gleichmäßiges Brummen und störten nicht länger.

Von einem Rütteln an ihrem Arm wurde sie wach. „Aufwachen, Herzchen!" Konstantins Stimme drang aufgekratzt in ihre Träume. Karla blickte sich um. In dem schmalen Gang drängten sich die Mitreisenden Richtung Treppe. Sie wollten alle gleichzeitig hinaus aus dem Bus.

Hinter ihnen war es inzwischen still. Die jungen Männer verschliefen die Unruhe im Bus. Nur einer, der schräg hinter ihnen gesessen hatte, quetschte sich eilig zwischen die anderen Passagiere und stürzte die schmalen Treppenstufen hinab. Konstantin beobachtete ihn und lachte laut. Als Einziger. Karla senkte peinlich berührt den Blick. Sein Lachen konnte so unheimlich sein.

Der Busfahrer hatte auf einem riesigen Autobahnrastplatz im nächtlichen Nirgendwo geparkt.

„Wo sind wir?"

„Kurz vor Paris. Aber wir müssen hier noch zwei Stunden Pause machen. Der Fahrer muss seine Ruhezeiten einhalten. Lass uns reingehen."

Konstantin ergriff ihre Hand und zog sie nach draußen. Er setzte seinen Rucksack auf und drückte sie fest an sich.

„Wir sind in Frankreich, Herzchen! Freust du dich?"

Karla nickte müde und wünschte sich, er würde sie nicht dauernd so nennen. Er drückte seinen Zeigefinger unter ihr Kinn und zwang sie so, ihn anzuschauen. Sie verschob die Mundwinkel zu einem Lächeln und murmelte: „Ja klar freue ich mich. Aber ich muss aufs Klo und ich brauche einen Kaffee."

„Na dann komm, hier geht's lang." Konstantin zog sie über den Parkplatz zu dem flachen Gebäude, in dem es neben Souvenirs, Zeitschriften und Zigaretten auch Toiletten gab und hoffentlich starken Kaffee.

Als sie von der Toilette kam, fand sie Konstantin an einem der Plastikstehtische neben den Kaffeeautomaten. Vor ihm standen zwei Becher. Allein das Aroma, das ihr entgegen wehte, weckte Karlas Lebensgeister. Auf einer Serviette lagen zwei warme und fantastisch duftende Croissants. Jetzt, wo das Ziel so nahe war, machte sich zaghaft Vorfreude in Karlas Brust breit.

Nach zwei endlos erscheinenden Stunden ließ sie der Busfahrer wieder einsteigen. Der blonde Typ, der zu den Junggesellen gehörte und der vorhin so schnell aus dem Bus gestolpert war, machte einen auffälligen Bogen um Konstantin und sie. Karla sah, dass ihr Freund grinste und das Kinn herausstreckte.

Vor wenigen Minuten hatten sie die ersten Häuser der französischen Hauptstadt passiert und Karla drückte ihre Nase ans Fenster, um nichts zu verpassen. Konstantins Hand lag die ganze Zeit über auf ihrer Schulter. Karla dankte ihm im Stillen dafür, dass er sie einfach schauen ließ. Die Sonne ging gerade erst auf, als der Fahrer seinen Bus durch die noch schlafende Stadt steuerte und am Fuße der Wallfahrtskirche Sacré-Cœur zum Stehen kam.

„Schau dir das an! Wie die leuchtet, das sieht so schön aus", rief sie freudig aus. Die beiden älteren Frauen in der Sitzreihe vor ihnen stimmten ihr zu. Karla hängte sich ihre Tasche über die Schulter und wartete ungeduldig darauf, dass der Menschenstrom im schmalen Gang endlich eine Lücke für sie ließ. Sie wollte ihren schmerzenden Rücken strecken, sich bewegen, Paris erkunden.

Paris! Sie war wirklich hier!

Der Geruch von verbrauchter Luft hing zwischen den Sitzreihen. Eine Mischung aus Schweiß, kaltem Kaffee, Restalkohol und Deo. Endlich öffnete sich die hintere Tür, sodass die ersten hinaus ins Freie stolperten. Die jungen Männer hinter ihnen streckten sich, gähnten und überlegten laut, ob sie bis zur Abfahrt in die Hotels einfach im Bus sitzen bleiben sollten. Sie sahen mitgenommen aus. So sauer, wie Karla noch vor ein paar Stunden auf sie gewesen war, so viel Mitleid hatte sie jetzt mit ihnen. Sie schmunzelte.

„Was ist, mein Herzchen?" Konstantin bemerkte

aber auch alles.

„Wir sind in Paris. Das ist", erwiderte sie und zeigte nach draußen. Dabei spähte sie an ihm vorbei nach einer Lücke in der Warteschlange. Eine Frau hatte sich mit ihrer Jacke an einem Sitz zwei Reihen weiter vorn verheddert. Karla schubste Konstantin schnell auf den Gang und drängte sich vor ihn.

„So, jetzt sind wir aber dran", flüsterte sie.

Mit einem Mal stand sie mit ihren eigenen Füßen auf Pariser Boden. Sie schaute sich ergriffen um, aber außer ein paar zerfledderten alten Plakatwänden entdeckte sie nichts.

Oh. So sah Paris also aus. Sie starrte auf den Fußweg, auf dem noch der Müll der letzten Nacht im lauen Wind flatterte. Hinter dem Reisebus postierten sich einige Bettler. Karla klemmte ihre Tasche unter den Arm und suchte nach Konstantins Hand. So hatte sie sich Paris nicht vorgestellt. Sie zog Konstantin ein paar Schritte um den Bus herum, hinüber zur anderen Seite.

Dort leuchtete im Sonnenschein die weiße Kirche erhaben auf ihrem Berg und schien die ganze Stadt zu betrachten wie eine Mutter ihre Kinderschar. Karla wies auf die große Treppe. Nur mit halbem Ohr hörte sie den Erklärungen des Busfahrers zu, während sie die Kuppeln der Kirche dort oben bestaunte. In vier Stunden sollten sie sich wieder am Bus einfinden. Alles klar, Zeit genug für Montmartre.

„237 Stufen sind das." Sie steuerte mit

Konstantin auf die Treppe zu, sobald sie der Busfahrer entlassen hatte.

„Woher weißt du das?"

„Steht doch alles hier drin." Sie holte ihren kleinen Paris-Reiseführer aus dem Rucksack und blätterte ihn wie ein Daumenkino dicht vor seiner Nase durch.

„Hast du den auswendig gelernt?" Konstantin lachte.

„Na klar." Sie tippte übermütig an ihre Stirn und sprang einige Stufen hinauf, blickte sich um und wartete. Obwohl sie noch lange nicht oben waren, raubte ihr der Anblick den Atem.

„Jetzt schau dir das an! Ich glaube, ich war noch nie in einer so großen Stadt. Wahnsinn!"

Konstantin stellte sich neben sie und nahm sie in seine Arme. „Gefällt es dir?", flüsterte er.

Sie nickte und lehnte sich an ihn. Wie sollte ihr das nicht gefallen?

„Ja, von hier oben sieht Paris wunderschön aus. Aber der Dreck da unten auf dem Parkplatz hat mich echt schockiert. Ich dachte, Paris sei immer schön." Sie seufzte. „Ist dir das nicht aufgefallen?"

„Keine Ahnung, ich habe da nicht drauf geachtet." Konstantin ließ sie los. „Komm, lass uns ganz hochgehen, von dort ist der Blick noch atemberaubender."

„Woher willst du das wissen? Ich denke, du warst noch nie in Paris?", fragte Karla und piekte ihren Zeigefinger in seinen Arm. Konstantin hatte die Angewohnheit, immer so zu tun, als wüsste er alles.

Und wenn er gerade gute Laune hatte, zog sie ihn damit auf.

Konstantin stutzte. „Ist doch logisch, dass es von da oben noch schöner aussehen muss, oder? Das war doch nur eine Vermutung." Er klang beleidigt.

Karla lief weiter die Stufen hinauf. „237!", rief sie wenig später triumphierend. Ihre Lunge rasselte ein bisschen und sie kramte nach ihrem Inhalator. Seit sie vor ein paar Monaten mitten in der Nacht von einem heftigen Asthmaanfall wachgeworden war, der sie zu Tode erschreckt hatte, trug sie ihn immer bei sich. Konstantin hatte das auf ihre Katze geschoben und Karla hatte schon befürchtet, dass sie Mrs Orange abgeben müssten. Aber der Allergietest war zum Glück negativ. Die Ärztin schloss allergisches Asthma aus und vermutete stattdessen psychosomatische Ursachen, womöglich ausgelöst durch Alexanders Tod. Es klang logisch, doch die Beschwerden hatten erst später begonnen.

Sobald sich ihr Atem von der Kletterei die Treppen hinauf beruhigt hatte, sog Karla tief die Luft durch ihre Nase. Pariser Luft. Die Frische der Nacht wehte noch über die Treppenstufen, vermischte sich mit einem würzigen Duft, der vermutlich von den Bäumen und den kürzlich gemähten Wiesen herüberwehte. Mit jedem Atemzug nahm sie mehr von dem Ort in sich auf.

Der Blick auf Paris war von hier oben einzigartig. Ein riesiges Panorama lag vor ihnen, eine flimmernde Stadt im Schein der Morgensonne. Karla nahm die letzten Stufen nach oben; vor sich die weiß leuchtende Basilika mit dem dreibögigen Portal, über dem die Bronzestatuen von Jeanne d'Arc und König Ludwig IX thronten. Hinter sich der Blick auf die unendlich erscheinende Stadt, die sich wie ein Teppich um den Hügel Montmartre ausbreitete. Doch Karla suchte noch etwas. Aus dem kleinen Reiseführer wusste sie, dass man sich ein paar Schritte von der Basilika entfernen musste. Und tatsächlich, ein Stück weiter rechts ragte er stolz auf: der Eiffelturm. Karlas Herz machte einen Satz, als sie das Wahrzeichen entdeckt hatte.

Sie wandte sich Konstantin zu, der ihr gefolgt war. „Guck dir das an, ist das nicht unglaublich? Danke, danke, danke!" Sie drückte ihre Lippen auf seine und genoss das warme Brodeln in ihrem Bauch.

„Gerne, meine Blume." Er nahm sie fest in seine Arme und flüsterte: „Du machst mich so glücklich. Bitte verlass mich niemals."

Karla drehte sich in seinen Armen um, schmiegte sich mit dem Rücken an seine Brust. Seine Hände lagen warm auf ihren, sein Kinn auf ihrer Schulter. Wange an Wange blickten sie hinab auf die Stadt der Liebe.

Ehe sie in die Basilika eintraten, hielt Karla einen Moment inne, um zu Jeanne d'Arc aufzuschauen. Eine Frau, die sie für ihren Mut und ihre Unerschütterlichkeit bewunderte. Die Kühle der Wände und des glatten Steinbodens umfing sie beim Betreten der Basilika. Obwohl es draußen auch frisch gewesen war, hatte die Morgensonne wenigstens für ein warmes Gefühl gesorgt. Karla zog die Jacke fester um sich, schritt weiter in das Innere der Kirche hinein und blieb stehen. Wie in allen anderen Kirchen war auch hier eine ganz besondere Stille zu spüren. Eine, die sie erdete, die „alles ist gut" zu wispern schien. Auch wenn Karla nicht so recht wusste, ob sie an Gott glauben sollte, hatten Gotteshäuser immer schon diese umarmende Wirkung auf sie gehabt.

Sie und Konstantin folgten den wenigen Besuchern, die so früh am Morgen schon hier waren. Einige Gesichter kamen ihr vage bekannt vor, sicher die anderen Touristen aus dem Reisebus. Und dann sah sie nach oben und entdeckte über dem Altar das grandiose Deckenmosaik. Jesus mit einem goldenen Herzen breitete die Arme über Frankreich, seine Heiligen und seine Schutzpatrone aus. Demut und Freude erfüllten sie.

Die Bänke waren leer. Karla zeigte auf die Reihe zu ihrer Linken und ließ sich nieder. Konstantin nahm dicht neben ihr Platz. Seine Nähe fühlte sich gerade zu viel an, doch sie wagte nicht, etwas zu sagen. Das Mosaik betrachtend und die Hände im Schoß verschränkend lauschte sie der Stille, die den Raum einnahm.

Ein paar Augenblicke später erhob sie sich und wandte sich nach links, wo im Seitenschiff vor einer Madonnenstatue viele kleine Teelichter flackerten. Auch sie zündete eines davon an, hielt es einen Moment fest und ließ ihre Gedanken zu Alexander wandern. Die würdevolle Ruhe in diesem Teil der Kirche trieb ihr Tränen in die Augen und sie gab sich ihrer Trauer hin. Sie war dankbar, dass Konstantin ihr diesmal nicht gefolgt war. Noch immer hockte er auf der Bank und betrachtete das Deckenmosaik. Er fing ihren Blick auf und nickte ihr zu. Im Halbdunkel wirkte die Geste steif, seine Hände waren zu Fäusten geballt. Aber sie konnte sich auch irren.

Karla wies auf den Ausgang. Sie sehnte sich nach einem wärmenden Sonnenstrahl.

Die Geburtstagskarte von Konstantin fiel ihr ein und sie fischte sie aus ihrer Tasche.

„Sollen wir jetzt das Café suchen, in das du mich zum Frühstück einladen wolltest? Das war doch irgendwo hier unterhalb des Hügels, oder?" Linkerhand hatte sie eine hübsche kleine Straße entdeckt, die förmlich dazu einlud, auf ihr entlang zu wandeln. Das Viertel erwachte gerade zum Leben, als die Sonne die ersten wärmenden Strahlen auf die Fenster der Geschäfte tupfte wie ein Künstler seine Farben auf die Leinwand. Alles war noch viel hübscher, als Karla es sich vorgestellt hatte.

„Schau dir das an. Als stünden wir mitten in einer dieser hübschen Postkarten!"

Fasziniert las sie die Schilder, die über den Eingängen kleiner Cafés und Bistros baumelten. *Biscuiterie Montmartre*, *Au Claire de la Lune*, *Crêperie Brocéliande* – das waren alles so zauberhafte Namen! Wie wunderbar mussten erst die köstlichen

Dinge schmecken, die sie in den Auslagen hinter den mit Kreide beschrifteten Fenstern gesehen hatte. Karla schloss die Augen, wollte so die Bilder für immer abspeichern.

Mit dem Finger fuhr sie über Konstantins selbstgemalten Stadtplan und stoppte an dem mit Herzchen markierten Café. Der Name war nicht lesbar.

„Weißt du noch, wie das heißt?" Seine Antwort wartete sie erst gar nicht ab. „Sollen wir hier mal runtergehen?"

Die Straße schlängelte sich gemütlich hinab ins Tal, links und rechts gingen weitere Gassen ab. Alles sah so einladend aus. Bei dem Gedanken an ein echtes französisches Frühstück knurrte ihr Magen und ließ sie albern kichern. Die Trauer, die sich eben in der Basilika um sie gelegt hatte, war purer Freude gewichen. Karla war aufgedreht, wollte alles auf einmal sehen. Sie nahm Konstantins Hand, da er immer noch unschlüssig herumstand.

„Los, komm, wir suchen das Café! Ich habe Lust auf ein richtig schönes Croissant. Oder Baguette mit Käse. Oder Brioche. Oder Crêpe. Und Café au lait! Wir sind in Paris, Wolfi!" Sie konnte diesen Satz gar nicht oft genug sagen, er war voller Zauber. Konstantins Schweigen drang nicht im Entferntesten in ihr Bewusstsein.

Sie durfte nicht vergessen, ein Foto zu machen und ihren Freundinnen Nadja und Louise zu schicken. Immerhin hatten sie ihren Anteil daran, dass sie jetzt mit Konstantin hier stand. Ihre Gedanken schweiften ab …

2

Dezember, zweieinhalb Jahre früher

Louise und Nadja, seit der fünften Klasse mit Karla befreundet, saßen ihr auf dem Futonbett im Schneidersitz gegenüber. Auf dem Boden standen Kaffeebecher, an denen Cappuccinoschaum trocknete. Daneben ein Teller, auf dem nur noch Krümel von den Weihnachtsplätzchen zeugten, die die drei Freundinnen vertilgt hatten. Zwischen ihnen ein unordentlicher Stapel mit alten Fotografien. Louise und Nadja hatten sich nicht davon abbringen lassen, die alten Schulfotos herauszukramen. Der Gedanke daran hatte Karla Magenschmerzen bereitet, aber dann hatte sie doch zugestimmt und den Schuhkarton mit den Bildern aus dem Kleiderschrank geholt. Was sollte so schlimm an alten Erinnerungen sein? Sie würden über ihre Klamotten lachen: die schrecklichen Schulterpolster, die bunt gemusterten Blusen und die wilden Frisuren, und kichernd die Jungs aus der Abschlussklasse betrachten. Thorsten, Mike, Nico und Alexander. Allein der Gedanke an Alex ließ Karlas Herz gegen ihre Brust donnern.

Er war damals zwei Klassen über ihr und weit davon entfernt gewesen, ein Mädchen wie Karla überhaupt zu bemerken. Doch sie freute sich über jeden der wenigen Augenblicke, in denen sie heimlich einen Blick auf ihn werfen konnte. Sein blondes Haar war immer ein bisschen zu lang, der Pony fiel ihm ins Gesicht und er pustete ihn lässig weg. Im Grunde genommen war sie damals froh gewesen, dass er sie nicht wahrgenommen hatte.

Bohnenstange haben sie damals alle genannt. Nein, Alex nicht – er wusste ja nichts von ihrer Existenz.

Drei Jahre später sah sie ihn wieder. An der Kasse im Supermarkt direkt vor ihr. Raspelkurze Haare, sportliche Figur. Sie betrachtete versonnen die Muskeln, die sich unter dem Shirt durchdrückten, ohne zu ahnen, wen sie da vor sich hatte. Doch er hatte wohl ihre Blicke bemerkt, denn völlig unerwartet drehte er sich um und grinste sie spitzbübisch aus Augen an, die farblich irgendwo zwischen grau und wasserblau lagen. Karlas Knie wurden weich, aber sie hielt seinem fragenden Blick stand und ignorierte die aufsteigende Röte in ihren Wangen. Noch am gleichen Abend trafen sie sich wieder.

Seither waren sie sich in jeder Sekunde so nahe, dass es fast unwirklich war. Sogar selbst dann, wenn sie nicht zur gleichen Zeit am gleichen Ort waren. Dieses prickelnde Knistern verschwand nie wieder.

Hand in Hand gingen sie ihren gemeinsamen Weg. Erst die kleine, wundervolle Hochzeit, kurz darauf die Schwangerschaft. Bella kam 2003 zur Welt und knapp sechs Jahre später die kleine Emma. Die Mädchen waren ihr ganzes Glück und sie dachten schon über ein drittes Kind nach. Ihre

kleine Familie fühlte sich perfekt und für die Ewigkeit an.

Doch von einem Tag auf den anderen war dieser
Weg versperrt. Das Glück zerbrach mit dem Klingeln an der Haustür. Vor Karla standen zwei Poli-
zeibeamte, die sie nach ihrem Namen fragten und
bedauernd ihre Mützen abnahmen. Seither wachte
sie Morgen für Morgen schweißgebadet auf und das
letzte Bild, das sie aus ihrem Traum mit in die
Wirklichkeit nahm, war das der beiden Polizisten
vor ihrer Haustür. Karla hatte bis dahin nicht gewusst, wie sehr Vermissen schmerzen konnte.

Wenn sie sich früher an Alexanders starke Schultern gelehnt hatte, war alles gut. Seine Haut duftete
ganz leicht nach Vanille, sodass sie oft heimlich an
ihm schnupperte, wenn er schlief oder ein Buch las.
Nach seinem Tod konnte Karla sich wochenlang
nur mit seinem T-Shirt an ihrer Wange in den
Schlaf weinen. Der Vanilleduft war irgendwann verschwunden, aufgelöst im Salz ihrer Tränen.

Louise und Nadja hatten sie bisher nie zu irgendwas gedrängt, aber ausgerechnet heute fanden sie,
es sei an der Zeit, wieder am Leben teilzunehmen
und sich eine neue Schulter zum Ankuscheln zu
suchen. Karla war dankbar, dass die beiden so um
ihr Wohlbefinden bemüht waren, aber die Resignation darüber, dass nie wieder etwas so stark werden
könnte wie das Band zwischen Alex und ihr, hielt
sie in ihrer Trauer gefangen.

Nadja saß vor Karlas Laptop und wischte mit
dem Finger über das Mousepad.

„Hier ist doch was! Ein Forum für Hinterbliebene. Da kannst du dich mit Gleichgesinnten austauschen."

Sie drehte den Laptop ein wenig zu Karla hinüber. Die Seite sah seriös aus, der Wald im Hintergrund passte zu ihrer Stimmung. Auch Alex lag unter einer Baumgruppe begraben.

„Ich schaue es mir später an, okay?"

„Ja, aber wir könnten dir auch jetzt gleich ein Profil erstellen", drängelte Nadja.

Louise legte ihre Hand mit leichtem Druck auf Karlas Schulter, sagte aber nichts.

„Später", wiederholte Karla bestimmt.

„Na gut, Süße. Aber mach das wirklich, du musst doch nicht dein ganzes Leben lang allein bleiben."

Nadja schob sich zwischen sie und den Laptop und nahm sie fest in ihre Arme. Auf ihrer Schulter lag noch immer Louises warme Hand. Die Welle der Trauer, die sich einen Weg nach oben bahnte, schluckte sie hart hinunter.

Als Karla die Tür hinter den beiden geschlossen hatte, ließ sie sich auf den Boden gleiten und atmete tief durch. Die zwei hatten ja keine Ahnung, wie schwierig es für sie war, den Kokon aufzubrechen. Sie vermisste die Leichtigkeit, die Fröhlichkeit ihres alten Lebens doch auch.

Später am Abend, als Emma und Bella in ihren Betten lagen, erinnerte sich Karla an das Hinterbliebenenforum, das so gar keine Ähnlichkeit mit den Partnerbörsen aus der Werbung hatte. Was hatte sie schon zu verlieren?

Mit bebenden Händen zog sie den Laptop zu sich auf den Schoß und klappte ihn auf. Nadja hatte die Seite mit einem Lesezeichen versehen, sodass sie sie schnell wiederfand. Ihre Finger spielten mit der Tastatur, doch Karla brauchte noch eine kleine Ewigkeit, bis sie sich traute, das Anmeldeformular auszufüllen. Zögernd erstellte sie ein Profil, darauf bedacht, nicht zu viel von sich preiszugeben. Sie lud ein Foto hoch, das Alexander vor ein paar Jahren von ihr geschossen hatte. Wie glücklich sie damals war, wie zufrieden sie an der alten Buche im Park gelehnt hatte.

„Ich vermisse dich so, Alex. Tue ich wirklich das Richtige? Ich will doch nur dich!", flüsterte Karla in den Raum.

Sie lehnte sich zurück und blickte aus dem Fenster. Eine Träne rollte über ihre Wange, an ihrem Mundwinkel vorbei. Die Gewissheit, dass dieser Schmerz nie aufhören würde, erdrückte sie. Nichts würde je schlimmer sein als der Verlust ihres geliebten Mannes. Davon war sie damals überzeugt gewesen. Und doch war sie jetzt mit einem anderen Mann in Paris …

3

Auf dem Vorsprung neben einer Bäckerei – *Boulangerie Mistral* prangte in blauen Lettern auf einer Tafel neben dem Eingang – saß eine rote Katze mit langem Fell und streckte die Nase in die Sonne.

Nicht die erste, die ihnen hier begegnete. Karlas Lieblingstiere. Hier in Paris wirkten sie besonders elegant und erhaben und irgendwie französisch. Vielleicht auch ein wenig arrogant. Der Gedanke an Aristocats amüsierte Karla. Ein Angestellter trat aus der Tür des Geschäfts und drapierte ein Schälchen Wasser neben dem Vorsprung, während er etwas zu der rothaarigen Schönheit sagte. Als er sich aufrichtete, sah er zu ihnen hinüber und zwinkerte Karla zu, bevor er wieder im Laden verschwand.

„Autsch! Spinnst du?"

Konstantin, der noch immer ihre Hand hielt, hatte so fest zugedrückt, dass sie sie ihm vor Schreck entriss.

„Was denn? Das hat doch nicht wehgetan!"

„Was? Ich ..." Verärgert suchte Karla nach Worten. Keine Ahnung, was in ihn gefahren war. Mit feuchten Augen bog sie in eine andere Seitengasse ab, ohne auf ihn zu warten. Hier war es deutlich kühler, die Sonne versteckte sich hinter der Häuserzeile. Ein Schauer kroch über ihre Arme, doch der kam nicht nur von der Kälte.

Konstantins verdammte Eifersucht! Karla wollte sich entschuldigen und dachte gleichzeitig, wie blödsinnig das war. Doch vor ihnen lagen drei gemeinsame Tage in Paris. In ihrem Brustkorb kribbelte Nervosität, wie immer, wenn sie nicht wusste, wie sie Konstantin wieder friedlich stimmen konnte.

Die Worte ihrer Chefin Dilek echoten in ihrem Kopf. „Karla, verlass den Typen! Der ist doch krank. Und dich macht er auch krank." Sie wischte die

Worte und den Zweifel aus ihrem Kopf. Dilek übertrieb. Konstantin war manchmal ein bisschen schlecht gelaunt, aber meistens war er unglaublich lieb. Er meinte es nur gut mit ihr und hatte einfach Angst, sie zu verlieren. Der Schmerz in ihrer Hand hatte sich schon längst mit einem leisen Pochen verabschiedet.

Mit der Absicht, die nächsten Tage in verliebter Zweisamkeit zu verbringen, drehte sie sich zu Konstantin um und wollte ihn um Verzeihung bitten. Zwischen seinen Augenbrauen stand noch immer die tiefe Falte.

„Hey, bist du etwa eifersüchtig auf den Kellner?" Ganz sacht stupste Karla an seine Schulter. „Darauf bilde ich mir jetzt was ein. Stell dir vor, ein Franzose hat mich angezwinkert. Ein *Parisien*!" Sie blieb vor Konstantin stehen und hauchte ihm einen Kuss auf die Lippen.

„Solange du nicht mit einem Pariser durchbrennst", brummte er, erwiderte dann aber ihren Kuss und zog sie fester an sich heran.

„Pariser sagt man aber nicht, das ist was ganz anderes, mein Schatz. Der Kellner aus Paris ist ein *Parisien*. So viel Zeit muss sein."

Konstantin verdrehte die Augen, sagte aber nichts. Karlas knurrender Magen machte sich wieder bemerkbar.

„Wenn ich jetzt nicht bald ein leckeres Croissant bekomme, raube ich die nächste Boulangerie aus", stöhnte sie.

„Ich habe überhaupt keinen Hunger. Lass uns

doch einfach nachher was essen, wenn wir im Hotel eingecheckt haben."

„Wieso denn das? Du wolltest mich doch zum Frühstück am Montmartre einladen." Sie wedelte mit der handgemalten Karte vor seiner Nase herum.

Konstantin riss ihr die Karte aus der Hand. „Das hier ist doch nicht in Stein gemeißelt. Ich hab dir die Reise nach Paris geschenkt, reicht dir das nicht? Kriegst du nie genug? Du willst doch bloß zu diesem scheiß Pariser zurück und ihm schöne Augen machen! War dir das Frühstück am Rastplatz nicht fein genug, oder was?"

„Konstantin", erwiderte sie mit kratziger Stimme. Ihr fehlten die Argumente. Jetzt war der Punkt erreicht, an dem es völlig egal war, was sie sagen würde. Warum das so war, verstand sie nicht. Wie mit einem Detektor suchte sie nach dem Fehler, den sie begangen hatte, um Konstantin so wütend zu machen.

„Was?!" Er zerriss die Karte – ihre Geburtstagskarte mit dem kleinen Stadtplan – und warf sie in einen der tulpenförmigen Papierkörbe aus Eisen. Dann zerrte er wütend seinen Rucksack von den Schultern und kramte darin herum, bis er eine halbe Tüte Gummibärchen und eine Banane in den Händen hielt. Beides reichte er ihr. Nicht als Angebot, sondern als Befehl.

„Hier, dein Frühstück! Können wir uns dann endlich Paris angucken?"

„Danke", flüsterte sie und nickte. Von einem Moment auf den anderen war ihr der Appetit vergangen. Trotzdem schälte sie die Banane und biss ab. „Willst du auch?"

„Nein. Iss einfach!"

Konstantin bog mit strammen Schritten in die nächste Straße ein, dann rechts, dann links. Unvermittelt standen sie auf einer stark befahrenen Straße, der *Rue Caulaincourt*, die in eine Eisenbrücke überging. Konstantin ging noch immer voran, gefolgt von Karla, die sich bemühte, mit ihm Schritt zu halten und gleichzeitig etwas von diesem Teil der Stadt zu sehen. Die Brücke wirkte mit ihrem hellen Blaugrün freundlich und einschüchternd zugleich.

Durch die Verstrebungen hindurch sah sie ihn: Den Friedhof Montmartre. Hier also lag Heinrich Heine begraben. Und Alexandre Dumas der Jüngere. Und Emile Zola und noch so viele mehr. Auch das wusste sie aus dem kleinen Reiseführer. Sie war froh, dass sie ihn sich gekauft hatte.

Die Leichtigkeit, Weite und Freiheit, die sie oben auf dem Hügel mit der Basilika so beeindruckt hatte, war inzwischen lange hinter ihnen geblieben. Hier auf der Brücke war es laut, doch man konnte schon die Ruhe spüren, die von den Grabstätten dort unten ausging. Kurz bevor die Brücke endete, folgten die beiden dem Hinweisschild und standen überraschend vor einer Steintreppe, die direkt hinunter zum *Cimetière de Montmartre* führte. Endlich verlangsamte Konstantin seine Schritte.

Kaum hatten sie die Treppenstufen erreicht und sich von der Brücke entfernt, blieb auch der Straßenlärm hinter ihnen. Es war still, mitten in der

Stadt. Nur das Rauschen der alten Linden und Kastanien begleitete sie.

Auf einer der Holzbänke am gepflasterten Hauptweg saß ein alter Mann, hinter seinem Rücken dicht an dicht errichtete Gruften, die wohl schon eine Ewigkeit hier standen. Er raschelte mit einer Papiertüte. Kurz darauf war er umzingelt von sechs oder sieben Katzen, die ihm um die Beine schlichen, während er eine nach der anderen fütterte. Er redete dabei mit ihnen, streichelte sie, lachte leise. Karla verstand keins seiner Worte, aber sie wirkten nicht nur auf die Tiere beruhigend, sondern auch auf sie. Ein schöner Anblick. Schon lange hatte sie keinen Zeichenstift mehr in die Hand genommen, aber gerade in diesem Augenblick verspürte sie das starke Bedürfnis, das Bild des Mannes, der mit den Katzen sprach, festzuhalten.

Der Alte sah kurz auf und nickte zu ihr herüber. Sein Blick wärmte sie auf eine unerklärliche Art und sie hatte das Gefühl, dass der Mann in ihre Seele schauen konnte. Dann wanderte sein Blick weiter zu Konstantin, der schräg hinter ihr stand. Der Mann zuckte zusammen, ganz leicht nur, doch die Tüte in seiner Hand knisterte kurz. Als er wieder zu Karla schaute, wirkte sein Blick verloren und irgendwie traurig. Eine der Katzen, eine schwarze mit langem, weichem Fell, schaute ebenfalls zu ihnen herüber, in der gleichen Reihenfolge wie zuvor der alte Mann. Doch dann lief sie mit senkrecht erhobenem Schwanz davon und verschwand hinter einer Engelsstatue. Gänsehaut kroch an Karlas Wirbelsäule hinauf bis in den Nacken. Auf Friedhöfen tickte die Zeit anders.

Schnell wandte sie den Blick ab und drehte sich zu Konstantin um, ohne ihm in die Augen zu schauen. Sie hatte ein schlechtes Gewissen, obwohl sie selbst nicht genau sagen konnte, woher das kam. Lag es an der seltsamen Verbindung, die sie bei dem Blickkontakt mit dem alten Mann verspürt hatte? Sie hoffte, dass Konstantin nichts davon bemerkt hatte.

„Sollen wir das Grab von Heinrich Heine suchen?"

„Von mir aus."

Während sie den geschlängelten Kiesweg entlangliefen, fragte sich Karla, wie die Tage in Paris wohl weitergehen würden. Vielleicht bedeuteten sie einen Wendepunkt, brachten wieder Klarheit in die Beziehung. Einerseits machte ihr genau das Sorge, andererseits war es höchste Zeit, Licht in die schattigen Seiten zu bringen. Denn die überwogen in letzter Zeit.

Vor einer halbrunden Reihe mit Totenhäusern, die links und rechts von uralten Grabsteinen mit teilweise verrutschten Platten flankiert wurden, hielt Karla inne. Der Friedhof wirkte wie eine schweigende Stadt. Ein bisschen unheimlich, aber auch auf eine besondere Art elegant.

Die Inschriften waren nur mit Mühe zu entziffern, so sehr hatten die Jahre mit Sonne, Wind und Regen sie eins werden lassen mit den Grabsteinen.

Dennoch zierten üppige Blumengestecke die Gedenkstätten und zeugten davon, dass niemand je ganz vergessen wurde. Auf manchen Gräbern standen Statuen, die würdevoll auf die Trauernden und die Besucher herabschauten.

Einen solchen Friedhof hatte Karla noch nie zuvor gesehen. Sie und Konstantin gingen von Grab zu Grab, vorbei an Kastanien, Linden und Lebensbäumen. Hier und da rekelte sich eine Katze mitten auf den Grabplatten in der Sonne. Manche blickten düster drein. Sie waren wie Wächterinnen.

An einem geschwungenen Seitenweg suchte sie weiter nach bekannten Namen, bis sie wieder vor einer Reihe mit Totenhäusern stand. Erst hier fiel ihr auf, dass Konstantin nicht mehr in ihrer Nähe war. Verwundert schaute sie sich um. Gerade hatten sie noch gemeinsam eine Inschrift betrachtet. Dennoch sah sie ihn nirgends.

Nervös trat Karla zurück auf den Hauptweg und machte ein paar Schritte in die Richtung, aus der sie gekommen waren. Auch wenn Konstantin nicht weit weg sein konnte, ergriff sie Unruhe. Schließlich befand sie sich in einer Millionenstadt in einem fremden Land allein auf einem alten Friedhof.

Unschlüssig drehte sie sich einmal um sich selbst. Zu ihrer Rechten befand sich ein einzigartiges Totenhaus, dessen Eingang komplett mit leuchtenden Blumen geschmückt war. Hinter dem bogenförmigen Metallgitter flackerte eine Kerze. Karla beschloss, hier auf Konstantin zu warten.

Sie trat näher an die Grabstelle heran. Wer hier

wohl begraben war? Und wie viele Familienmitglieder hier schon lagen? Vorsichtig blickte sie durch das vergitterte Seitenfenster ins Innere.

In diesem Moment flog neben ihr eine schwarze Krähe laut kreischend aus dem Gebüsch. Karla schrie erschrocken auf und blickte mit klopfendem Herzen dem Vogel hinterher. Hinter sich vernahm sie ein Rascheln. Als sie sich herumdrehte, stolperte sie über einen großen Stein, der mit Efeu überwuchert war. Ihre Finger griffen verzweifelt nach den Gitterfenstern des Totenhauses, doch sie erreichte sie nicht und rutschte wie in Zeitlupe seitlich weg, bevor sie weich landete – in Konstantins Armen. Sie starrte ihn mit einer Mischung aus Schreck und Erleichterung an, während ihr Herz Achterbahn fuhr.

„Wo warst du?" Das Blut in ihren Ohren rauschte wie ein wilder Fluss.

Konstantin half ihr, sich wieder aufzurichten. Dankbar griff sie nach seiner Hand und schwor sich, sie zumindest hier nicht wieder loszulassen, da stupste er seinen Finger auf ihre Nasenspitze und lachte laut und hässlich los. Mitten auf dem Friedhof.

Ob es an der düsteren Stimmung des Ortes lag oder ob der Schreck Karlas Wahrnehmung verzerrte, wusste sie nicht, aber für den Hauch eines Moments kam es ihr so vor, als habe Konstantin das alles geplant. Sein Blick, als er sie aufgefangen hatte, hatte ihr einen Schauer über den Rücken gejagt. Es hatte nur Sekundenbruchteile gedauert, aber dieser Augenblick hinterließ in Karlas Herz eine feine Ruptur, die dafür sorgte, dass sich ein kleiner, aber deutlicher Zweifel in ihr festsetzte. Einer von der Art, der einem nachts den Schlaf rauben konnte. War Konstantin in Paris ein anderer Mensch?

Karla wollte nur weg von hier; der Friedhof mit seinen Katzen und Raben und Gruften interessierte sie nicht mehr, und auch das Grab von Heinrich Heine hatte sie vergessen. Dieser Ort hatte von einem Moment zum anderen seine Schönheit für sie verloren und etwas offenbart, vor dem sie Angst hatte. Eine Gänsehaut überzog ihre Arme und Schultern. Sie musste weg von den schattigen Wegen, einfach weg.

Konstantin folgte ihr und zog an ihrem Ärmel.

„Hey, was ist mit dir? Es ist doch gar nichts passiert", sagte er. Sein Lächeln passte nicht zu dem, was gerade geschehen war.

„Aber beinahe wäre etwas passiert!", fauchte sie ihn an, riss sich los und steuerte die Treppe nach oben an. Erleichterung erfasste sie, als die Großstadtgeräusche sich über sie legten wie eine warme Decke.

Der Reisebus stand wieder am gleichen Ort wie heute Morgen und leuchtete grell in der Mittagssonne. In den wenigen Stunden war so viel passiert, dass Karla das Gefühl hatte, sie wären Tage in der mystischen Stille des Friedhofs unterwegs gewesen. Die meisten anderen Mitreisenden standen vor dem

Bus und unterhielten sich angeregt. Erst jetzt wurde Karla bewusst, dass sie seit dem Besuch der Basilika keinen von ihnen gesehen hatten.

Der Busfahrer erklärte den Reisenden, dass er sie jetzt in verschiedene Hotels in Paris bringen würde. Konstantin und Karla sowie zwei weitere Pärchen würden am längsten im Bus bleiben müssen. Sie waren im Wolkenkratzerviertel *La Défense* untergebracht, welches der Bus erst zum Schluss ansteuern würde. Vor ein paar Stunden hätte Karla sich noch über die längste Stadtrundfahrt gefreut. Doch jetzt war ihr Paris egal. Der Dreck auf den Bürgersteigen, die Bettler, die dahineilenden Menschen, die vielen Touristen mit ihren Smartphones, Kameras und bunten Mützen, die abgerissenen Plakate, die Bauzäune. Davon wollte sie jetzt nichts mehr sehen. Paris war entzaubert.

Außerdem war sie hungrig. Und müde, aber es war keine schläfrige Müdigkeit. Etwas anderes, für das ihr die Worte fehlten, hatte Besitz von ihrem Körper ergriffen und ihn erstarren lassen. Und dann war da noch immer die Kerbe, die sich bei dem Beinahe-Sturz vorhin in ihr Herz geschlagen hatte. Diese Kerbe schien sich jetzt, in der schläfrigen Ruhe der Busfahrt, weiter zu öffnen. Erinnerungen wurden frei. Unangenehme Erinnerungen, die Karla nicht sehen wollte. Doch sie waren hartnäckig und verbündeten sich mit dem kalten Lachen, das seit vorhin in ihren Ohren nachklang wie der lange Ton einer Triangel.

Im Bus lehnte sie die Stirn an das kühle

Fensterglas. Konstantins Hand ruhte wie auf der Herfahrt auf ihrem Oberschenkel. Nicht bewegen, dachte Karla in Endlosschleife, bis ihr Kopf und ihre Beine schmerzten.

Wie lange sie durch Paris gefahren waren, konnte sie hinterher nicht mehr sagen, denn die meiste Zeit hielt sie ihre Augen geschlossen. Hin und wieder wies Konstantin sie flüsternd auf Sehenswürdigkeiten hin, die sie nickend und pflichtbewusst blinzelnd hinnahm.

Endlich rollte der Reisebus auf einen weitläufig gepflasterten Platz vor einer modernen Hotelanlage. Zwanzig Minuten später öffneten sie die Tür zu ihrem Zimmer. Ein großes Doppelbett, ein Tischchen mit zwei Sesseln, Fernseher, Kleiderschrank, Schreibtisch. Modern und gemütlich zugleich. Karla stellte ihre Reisetasche aufs Bett, schob den Vorhang zur Seite und blickte hinaus. Vom Fenster aus hatten sie einen atemberaubenden Blick auf die *Grande Arche de la Fraternité*, wie ein Prospekt auf dem Schreibtisch verriet. Ein monumentales Bürogebäude aus Glas und Metall, das alle Wolkenkratzer um sich herum versammelt hatte. Das Bankenviertel mit den vielen in der Sonne glänzenden Hochhäusern war beeindruckend, auch wenn dieser Teil der Stadt sich eher wie New York als Paris anfühlte. Jedenfalls stellte Karla sich New York so vor. Glänzend und modern und kühl.

„Schau mal, eine Regendusche", rief Konstantin aus dem Bad. „Die können wir doch gleich mal testen, oder?" Seine Stimme klang ein paar Nuancen tiefer. Im nächsten Moment stand er schon hinter ihr und streifte die Jacke von ihren Schultern.

„Jetzt nicht, bitte. Ich möchte mich ausruhen, mein Kopf schmerzt." Sie drehte sich zu ihm um und legte ihre Hand auf seine Brust. Eine beschwichtigende Geste, von der sie sich erhoffte, dass er sie akzeptieren würde.

Konstantin stutzte kurz, seine Augenbraue zuckte. Doch dann wandte er sich ab und hängte ihre Jacke auf einen Bügel an der Garderobe. Er räusperte sich.

„Leg dich hin, Herzchen. Ich wecke dich in einer Stunde, okay? Sollen wir dann mit der Metro in die Stadt fahren? Zum Eiffelturm?"

„Gerne", murmelte sie erleichtert, zog ihre Schuhe aus und kroch unter die Decke. Die Jeans behielt sie an.

Sie standen am Ufer der Seine, nur durch ein Geländer aus geschwungenem Metall von dem dunklen Fluss getrennt, und blickten auf den Eiffelturm, der jetzt am Abend festlich leuchtete. Dieser riesige Koloss aus Metall war also das Wahrzeichen der französischen Hauptstadt. Trotz der vielen Lichter der Stadt wirkte alles andere im Schein des Eiffelturms beinahe finster, dabei trotzdem magisch. Sie war wirklich hier! Die Gespenster von heute Morgen hatten sich zum Glück wieder davongemacht.

„Karla." Konstantin war ganz dicht neben ihr, sein Atem streifte ihr Haar.

„Ja?" Karla wollte den Blick nicht von der Kulisse

lösen. Der leuchtende Turm, die glitzernde und doch schwarze Seine, diese fremde große Stadt, deren Namen jeder Mensch auf der Welt schon einmal gehört hatte. Hier war Lady Di gestorben, als sie die Liebe endlich gefunden hatte. Karla war bis heute traurig darüber und vermisste diese faszinierende Frau, obwohl sie sie nie persönlich gekannt hatte.

„Karla, dreh dich um zu mir." In Konstantins Stimme lag ein raues Kratzen.

Nachdenklich wandte sie den Blick vom Ufer ab und schaute zu ihm. Zwischen sie passte kaum ein Blatt Papier, so dicht rückte er an sie heran. Sein Blick war nicht zu deuten, dafür war es zu dunkel. Aber die Silhouette des Eiffelturms spiegelte sich in seinen Pupillen. Das Metall des Gitters drückte sich mit jeder Strebe überdeutlich in ihren Rücken. Karla nahm es erstaunt wahr, genau wie den fischigen Geruch der Seine und den Wind, der durch ihre Haare strich.

Als Konstantin sie losließ, geriet sie ins Schwanken und krallte sich erschrocken am Geländer fest. Was tat er da? Ihr Freund kniete auf dem gepflasterten Boden nieder und schaute zu ihr hinauf. Die kleinen Eiffeltürme in seinen Augen waren verschwunden.

„Herzchen." Eine lange Pause. Die Welt stand still, während Karla auf Konstantin starrte und beobachtete, wie er seine Hand öffnete. Darin lag ein Ring, der im schwachen Licht nur ganz leicht funkelte.

Karla hatte Angst vor der Frage, die gleich fallen

würde. Sie war sich plötzlich gar nicht mehr so sicher, ob sie schon so weit war. Ob sie es jemals sein würde. Sie erinnerte sich an die holprigen Anfänge ihrer Beziehung. An die vielen Telefonate …

4

Im Mai, zwei Jahre früher

Leise ratternd bewegte sich der Zeiger der ersehnten Neun entgegen. Gleich würde das Telefon klingeln. Wie beinahe jeden Abend im letzten halben Jahr. Noch ehe sie den Hörer in der Hand hielt, stahl sich ein Lächeln auf ihr Gesicht.

„Hi du." Während Konstantin sie begrüßte, kuschelte sie sich auf die Couch und schlang die rotkarierte Wolldecke um ihre Beine, obwohl es gar nicht so kalt war. Aber dafür gemütlich. Meistens teilte sie sich die weiche Decke mit Emma und Bella, wenn sie zu dritt einen Film anschauten und dabei selbst gemachtes Popcorn naschten.

Eine Erinnerung blitzte auf. Alexander mit der neugeborenen Bella auf seinem Brustkorb, beide schlafend unter der Wolldecke.

„Mein Engel, wie geht es dir?" Konstantins Stimme holte sie wieder zurück in die Gegenwart und ließ Karlas Herz unkontrolliert hüpfen. Seit sie seine samtene Stimme das erste Mal am Telefon gehört hatte, war sie verliebt. Wenn Konstantin mit ihr sprach, rollte eine weiche Welle durch ihren

Körper und verteilte ein Gefühl von Geborgenheit in all ihren Poren. Seit dem ersten echten Date wusste sie, dass auch der Rest passte. Der Blick aus seinen grüngrauen Augen war so weich, so freundlich, dass sie sofort Vertrauen zu ihm gefasst hatte. Sein Händedruck war warm und sicher und Konstantin war so groß, dass sie ihren Kopf bequem in die Kuhle unter seiner Schulter legen konnte. Endlich war wieder jemand da, der sie festhielt.

„Gut, wenn du mich anrufst", gab sie zurück. Sie war froh, dass er ihr albernes, verliebtes Grinsen nicht sehen konnte.

„Was hast du heute so gemacht?" Seine Stimme plätscherte warm in ihr Ohr.

„Ich war mit Emma auf dem Erdbeerfeld. Ein Glück, dass ich nur die Schüsseln und nicht auch sie auf die Waage stellen musste, sie hat so viele Erdbeeren genascht. Unglaublich!"

Konstantin lachte. „Jetzt hat sie doch bestimmt Bauchschmerzen, oder?"

„Nein, die Nudeln heute Abend haben noch rein-gepasst, also alles in Ordnung. Wir haben ganz viel Marmelade gekocht und eine Torte gebacken. Le-cker, sag ich dir."

„Ist doch super." Er klang verstimmt.

„Und bei dir? Alles in Ordnung? Ich hab noch gar nicht nach deinem Tag gefragt, entschuldige." Karla schlechtes Gewissen meldete sich, weil sie redete und redete und Konstantin nicht zu Wort kommen ließ.

„Alles gut."

„Wirklich? Das klingt nicht so. Ist was passiert?"
Seinem Atem lauschend wartete sie auf eine Antwort. „Wolfi, jetzt sag schon. Was ist los?" Wenn sie ihn so nannte, wurde er meistens weich.

„Ach, weißt du, ich mache mir einfach Gedanken. Was, wenn du hier bei mir nicht glücklich wirst? Du hast so ein schönes Leben mit deinen Kindern, und du hast deine Eltern da, deine Freundinnen. Du bist hübsch und klug, also warum willst du zu mir?"

Ihr Herz pochte bis hinauf zu ihrem Haaransatz. Was war denn nur los?

Vor Kurzem hatten sie beschlossen zusammenzuziehen. Konstantin besaß ein restauriertes Fachwerkhaus in Graubergen, einer verschlafenen Kleinstadt in Niedersachsen. Da er sich selbstständig gemacht hatte, konnte er nicht so leicht wegziehen. Karla war flexibler. Sie wohnte zur Miete und war wegen Emma noch zu Hause. Und so weit weg war Graubergen auch nicht. Also warum wollte Konstantin jetzt einen Rückzieher machen?

„Konstantin, was ist? Geht dir das alles zu schnell?"

„Ach, meine Blume, wenn es darum ginge, könntest du sofort zu mir kommen." Konstantin seufzte. „Ich habe dir so viel von mir noch nicht erzählt. Mir geht es nicht immer gut, weißt du."

„Dafür bin ich doch jetzt da, oder nicht? Ich kann dir helfen, wenn ich bei dir bin." Das Pochen erreichte ihre Schläfen, ein unsichtbares Band schnürte ihr die Kehle zu. Was, wenn jetzt schon wieder alles vorbei sein würde? Was verheimlichte Konstantin ihr?

Sein Lachen am anderen Ende der Leitung klang abgehackt und riss sie aus ihren Gedanken. „Wenn das so einfach wäre. Wenn du mutig bist, kann ich dir alles erzählen. Dir erklären, wer mich zu dem Wrack gemacht hat, das ich heute bin. Aber nicht jetzt. Ich schreibe dir, okay?"

„Jetzt leg nicht einfach auf. Bitte. Schreib mir nachher, erzähl mir nächstes Wochenende, was mit dir los ist, nur lass mich nicht einfach so hängen." Sie schwiegen, bis er nach einem endlos scheinenden Moment „Okay" flüsterte.

Erleichtert atmete Karla auf. „Wie war deine Arbeit heute? Konntest du jemanden heilen?" Sagte man das so? Karla hatte keine Ahnung von dem, was Konstantin beruflich machte. Er hatte mit seinem Freund Mike vor zwei Jahren eine Praxis für Physiotherapie und alternative Heilmethoden eröffnet. Ihr *Zentrum für alternative Gesundheit*, kurz *ZAG*, war schon jetzt eine gefragte Anlaufstelle für Menschen, denen die Humanmedizin nicht genügte. Konstantin hatte erzählt, dass er mit der Zeit zusätzlich ein besonderes Gespür für das Auffinden und Bearbeiten von Beziehungsproblemen entwickelt hatte. Gerade deshalb konnte er ihre junge Beziehung doch nicht so leicht aufgeben.

Wenn er über seine Arbeit und die zumeist weiblichen Klienten sprach, war er in seinem Element. Neuerdings berichtete er häufiger von einer jungen Frau, die nach einem Sportunfall sowohl physische als auch psychische Probleme zurückbehalten hatte. Ihr zu helfen war ihm besonders wichtig.

Karla lauschte seinen Schilderungen und freute sich mit ihm über seinen beruflichen Erfolg. Von ihm würde ich mich auch behandeln lassen, dachte sie. Konstantin war so einfühlsam und hatte immer eine Lösung für die Probleme seiner Mitmenschen. Es war offensichtlich, dass er es liebte, anderen zu helfen.

Doch gerade deshalb bekümmerte es Karla, dass er selbst oft einsam und schutzlos wirkte. Ihn zu drängen, seine Sorgen mit ihr zu teilen, war zwecklos. Er sprach kaum über seine Vergangenheit.

Sie telefonierten noch ein wenig, flüsterten, lachten und sprachen von ihrer gemeinsamen Zukunft. Als Karla auflegte, war ihre Unruhe über den anfänglichen Gesprächsverlauf fast verschwunden. Gerade hatte Konstantin noch einmal beteuert, wie sehr er sich auf sie und ihre Mädchen freute.

Meine liebe Karla,
ich kann dir gar nicht sagen, wie glücklich ich bin, ausgerechnet dir begegnet zu sein. Ich glaube nicht an Zufälle, aber ich glaube an Seelenverwandtschaft. Und genau das sind wir, zwei Seelen, die zueinander gehören.
Niemand schafft es so wie du, mich wieder aufzurichten, mir Hoffnung zu schenken, meine Wunden zu heilen. Ich war am Boden, ehe du mir begegnet bist.
Vielleicht sollte ich dich nicht aus deinem schönen

Leben reißen. Du würdest auch jemand anderen fin-
den, mit dem das Leben einfacher wäre als mit mir.
Ich bin kaputt, seit ich ein Kind bin. Kaputt im Her-
zen und im Kopf. Das Herz heilt, seit du bei mir bist.
Ich habe dir noch nicht alles über mich erzählt. Das
muss ich nachholen, bevor du deine Brücken ab-
brichst und zu mir ziehst. Du und deine wundervol-
len Töchter, die ich genauso lieben und schätzen
werde wie dich.
Denke bitte gut darüber nach, ob du die Kraft hast,
es mit mir auszuhalten. Wenn du mich allein lässt,
kann ich es verstehen. Besser jetzt als später. Brich
mir jetzt das Herz oder komm zu mir.
Wenn du zu mir kommst, werde ich dir all meine
Liebe entgegenbringen.
Dein Konstantin, für immer

Karla klappte im Zeitlupentempo den Laptop zu,
ihre Hände hielten sich zitternd daran fest. Konstantin war so ein sensibler Mensch. Und voller Ge-
heimnisse. Wer weiß, was er noch alles mit sich allein ausmachte. Wenn sie ihn so traurig sah, seine
einsamen Worte las, spürte sie selbst seinen
Schmerz.

Seit sie sich Briefe schrieben, drehten sich Karlas
Gedanken fast nur noch um Konstantin und ihr
neues, gemeinsames Leben. Bis vor Kurzem hatte
sie ein normales Familienleben gar nicht mehr in
Betracht gezogen. Bis Konstantin ihre Trauer wie
einen Mantel von ihr abgestreift hatte.

Alexander war jetzt seit über zwei Jahren tot.

Noch vor ein paar Monaten hatte sie sich keinen Gedanken an eine neue Beziehung erlaubt. Die Angst, wieder jemanden zu verlieren, den sie liebte, war ihr ständiger Begleiter. Einen weiteren Verlust würde sie nicht verkraften, da war sie sicher. Doch vor allem wollte und musste sie für Bella und Emma da sein, die wichtigsten Menschen in ihrem Leben.

Nachdenklich klemmte sie sich eine Ponysträhne hinters Ohr. Spaghettilocken, hatte ihr Opa immer gesagt, weil sie so lang und glatt waren. Jetzt trug sie sie nur noch schulterlang. Alle anderen Mädchen und Frauen der Familie besaßen traumhafte, rotgoldene Locken, um die sie sie oft beneidet hatte. Ihre Cousinen hatten irgendwann angefangen, ihre Mähnen mit einem Glätteisen zu bekämpfen. Wie gern hätte sie mit ihnen getauscht.

Bella hatte ihre glatten, weichen Haare geerbt, aber dafür die meerblauen Augen ihres Papas. Sie war manchmal wie ein zweiter Alex, genauso ruhig, beinahe in sich gekehrt. In der Sturheit übertraf sie ihn allerdings noch ein ganzes Stück.

Emma mit ihren drei Jahren war dagegen wie ein Wirbelwind. Immer lachte sie, erzählte oder sang. Sommersprossen hüpften beim ersten Sonnenschein fröhlich auf ihre Wangen und ihre Nase und blieben bis spät in den Herbst. Und sie vergötterte ihre große Schwester.

Rote Kringellocken und ein erdbeersaftverschmiertes Gesicht schoben sich in ihr Blickfeld. „Mama, wann kommt Bella endlich?"

Karla zog Emma auf ihren Schoß. „Bald, Süße, wenn der große Zeiger wieder hier oben ist." Sie zeigte auf ihre silberne Armbanduhr und küsste Emma auf das Grübchen neben dem Mundwinkel. „Hmmm, hast du etwa eine Erdbeere genascht?"

„Nein." Emma schüttelte energisch ihren Lockenkopf und hob ihren Zeigefinger. Karla lachte. „Komm, wir gehen mal deine Hände waschen, du klebst ein bisschen."

Während sie kichernd das Stück Lavendelseife zwischen ihren nassen Händen hin und her flutschen ließen, wurde Karla wieder einmal bewusst, dass es niemals etwas Wichtigeres geben würde, als ihre Kinder glücklich zu sehen.

Ein Zweifel, so fein wie eine Stecknadelspitze, bohrte sich in ihr Bewusstsein. Keine Frage, sie liebte Konstantin. Aber ein Heiratsantrag stand jetzt noch nicht auf ihrem Plan …

5

„Willst du meine Frau werden?" Konstantin blickte sie auffordernd an.

Heiraten? Sie hatten bisher kaum darüber gesprochen. Karla war noch nicht so weit. Vielleicht niemals. Ihre Gedanken flüchteten zu Alexander, zu seinem Antrag damals.

„Karla?" Konstantin stand langsam auf und presste seinen Körper wieder ganz dicht an ihren,

bis sie kaum Luft holen konnte. „Willst du mich heiraten?" Es klang nicht wie eine Frage.

Er nahm Karla noch fester in seine Arme und
presste sie so dicht an das Geländer, dass sie sicher
war, die Streben würden ein geschwungenes Muster in ihrem Rücken hinterlassen oder sie zerbre-
chen.

Mit einer Hand schob Konstantin ihr Kinn ein
wenig höher und zwang sie, ihn anzuschauen. Ehe
sie etwas sagen konnte, küsste er sie hart auf ihren
Mund, biss ihr in die Lippe. Schmerz durchzuckte
sie, trieb ihr weitere Tränen in die Augen. Ein paar
Leute applaudierten beiläufig, sie hielten den Kuss
wohl für ein Ja. Konstantin ließ einen Moment von
Karla ab und streifte ihr den Ring auf den Ringfin-
ger der linken Hand. Er passte genau. Sie wagte
nicht, auf ihre Hand zu schauen. Sie wollte den
Ring nicht. Noch nicht jetzt.

Konstantin hielt triumphierend ihre Hand hoch,
doch die Leute hatten sich schon abgewandt. Angst
kroch mit Spinnenbeinen an Karla hinauf.

„Was sollte das? Wolltest du mich blamieren?",
raunte Konstantin.

„Nein, ich war nur überrascht. Damit habe ich
nicht gerechnet, es tut mir leid", flüsterte sie. Die
Worte schafften es kaum über ihre Lippen.

„Das geht ja wohl den meisten so, die einen Antrag bekommen. Aber wenn man sich liebt, sagt
man Ja." Sein Finger schob sich wieder unter ihr
Kinn, bohrte sich in ihren Unterkiefer.

„Liebst du mich nicht mehr?"

„Doch, Konstantin."

„Und wenn ich dir nicht glaube? Du führst dich schon den ganzen Tag so auf. Ich habe dir diese Reise geschenkt. Das war nicht billig. Wir sind in Paris, der Stadt der Liebe! Schau dich mal um! Du bist hier die Einzige, die zu einem Heiratsantrag Nein sagen würde, weißt du das?" Seine Stimme zerschnitt die Luft wie ein scharfes Messer. Karla fröstelte trotz der warmen Brise.

„Ich habe nicht Nein gesagt."

„Aber auch nicht Ja!" Seine andere Hand schloss sich jetzt von hinten um ihren Nacken, immer fester. Sie wollte aufschreien, doch da waren seine Lippen schon wieder auf ihren und nahmen ihr die Luft zum Atmen. Als er aufhörte, schmeckte sie Blut auf ihren Lippen. Nur mit Mühe unterdrückte sie den Würgereiz und ein Schluchzen. Die wenigen Menschen, die an ihnen vorbei schlenderten, nahmen keine Notiz von ihnen und schon gar nicht von Karlas Gefühlen, die in ihr tobten wie ein Orkan. So laut, dass sie die Geräusche der Stadt übertönten. Hier waren sie nur eines von unzähligen Liebespaaren, die an der Seine standen und sich innig im Schatten des Eiffelturms küssten. Ein alltägliches Bild. Diese Erkenntnis beunruhigte Karla mehr als ihr lieb war.

Immer fester quetschte Konstantin sie an die kalte Metallbrüstung, die sie vor der Strömung der Seine schützte. Wie lange würde das Geländer dem Druck standhalten können? Sie hatte keine Ahnung. Wenn ich falle ... Sie schielte seitlich zum

Fluss hinab. Hätte sie überhaupt eine Chance zu überleben? Zu flüchten? Hilfe zu finden? Sie rang nach Luft, ihre Gedanken wirbelten durcheinander wie Stromschnellen, sie wollte nur noch weg!

Unvermittelt ließ Konstantin sie los, trat einen Schritt zurück und starrte sie an. Seine Augen waren dunkler als das Wasser des Flusses unter ihr.

„Keine Angst. Ich bringe dich schon nicht um. Erst werden wir heiraten." Das leise Lachen, das seiner Kehle entrann, wurde von einem verzweifelten Schluchzen übertönt. Karla erschrak, als sie merkte, dass sie das gewesen war.

„Karla! Das war ein Scherz!"

Fassungslos schaute sie Konstantin hinterher, als er lachend zur Metrostation zurücklief. Ihre Finger krampften sich noch immer in das kalte Geländer. Ihre Kehle schmerzte, weil sie verzweifelt die Schreie unterdrückte, die in ihrer Lunge auf Erlösung warteten.

Stadt der Liebe, Stadt der Lügen.

6

Als Karla wach wurde, riss ein Schmerz in ihrem Nacken, der sie sofort ins Kissen zurück zwang. Zwecklos, einfach aufzustehen. Mit geschlossenen Augen atmete sie tief ein und aus und ließ ein paar Minuten verstreichen. Dann wagte sie einen zweiten Anlauf, rollte sich in Zeitlupe auf die Seite, ließ ihre Beine auf den Boden sinken und schob den

Oberkörper in die Senkrechte, immer darauf bedacht, bloß den Nacken nicht zu bewegen. Nach einer gefühlten Ewigkeit saß sie endlich auf der Bettkante, schwer atmend und völlig zerschlagen. Die Sonne warf durch die cremefarbenen Vorhänge ein diffuses Licht, das zum Zustand ihres Kopfes passte. Alles brummte und ihr wurde schwindelig, sobald sie nach einer Erinnerung haschen wollte. Was war bloß passiert?

Sie spürte Konstantins Abwesenheit, ohne sich nach seiner Bettseite umzudrehen. Seltsam war, dass sie diese Feststellung so erleichterte. Ihr Blick wanderte langsam nach rechts zum Schreibtisch, von dort an den Gardinen entlang wieder zurück bis zu ihrem Nachtschränkchen. Unter ihrem Smartphone lag ein zusammengefalteter Zettel. Daneben ein Ring – der Ring!

Schlagartig wurde sie in der Erinnerung zurück ans Ufer der Seine gerissen. In ihrem Rücken der Eiffelturm, vor ihr Konstantin, nicht minder monströs. Hinter ihren Schläfen hämmerte jemand rhythmisch und immer schneller auf einen Amboss. Ihre Finger krallten sich in die Bettkante. Sie starrte erst auf den Ring, dann auf den Zettel.

Nichts, gar nichts würde so sein wie vor Paris. Das hier war die Hölle, an deren Abgrund sie gestern gestanden hatte. Nie wieder wollte sie so nah vor der Schlucht stehen und dabei die Hand im Rücken spüren, die sie mit Leichtigkeit hinabstoßen könnte.

Irgendwie schaffte Karla es, ein Stück weiter

nach links zu rücken und das Blatt Papier unter ihrem Handy hervorzuziehen. Während sie es langsam und mit zittrigen Händen auffaltete, schossen ihr die schlimmsten Gedanken durch den Kopf. Alle zur gleichen Zeit. Hatte Konstantin sie verlassen? Direkt hier? Hatte er sich etwas angetan? Wollte er ihr etwas antun? „Erst heiraten wir", flüsterte die Erinnerung in ihr Ohr und kicherte hämisch.

Sie zwang sich, langsam ein- und auszuatmen, bevor sie den nächsten Blick auf den Zettel wagte. Vier Seiten, dicht beschrieben, manche Wörter ein wenig verwischt.

Mein geliebtes Wesen!
Oh Gott, ich weiß nicht, wo ich anfangen soll.
Jetzt sitze ich hier am Fenster, schaue auf das nächtliche Paris und dann auf dich, meine Blume.
Wie konnte ich dir nur so wehtun?
Egal, was da mit mir passiert ist – es wird nie wieder vorkommen, ich verspreche es dir.
Gleich am Montag gehe ich zu meinem Doc, meine Schübe werden wieder schlimmer. Ich kann mich überhaupt nicht genau erinnern, was in mich gefahren ist, bis ich in deine angsterfüllten Augen geschaut habe. Das ging mir durch Mark und Bein.
Du schläfst jetzt, wahrscheinlich wirst du von bösen Träumen begleitet. Die ich verursacht habe. Bitte, bitte verzeih mir. Das war nicht ich gestern Abend.
Weißt du noch, was ich dir mal erzählt habe? Warum ich Angst hatte, dich in mein Herz zu lassen?
Meine Störung, meine Krankheit, hat mich so lange

in Ruhe gelassen, und jetzt taucht sie plötzlich wieder auf!

Ich glaube, es liegt an dieser Stadt. Ich war schon einmal hier, weißt du? Vor vielen Jahren, ich war noch ein Kind. Ich war mit meinen Eltern hier, ich glaube, das sollte ein Versöhnungsurlaub werden. Aber diese Frau, die sich meine Mutter nennt, ist trotzdem abgehauen. Dieser Schmerz ... Er sitzt noch immer so tief, das kann ich dir gar nicht erklären. Will ich auch nicht.

Ich will nur, dass du weißt, dass ich dich mehr liebe als alles andere auf der Welt. Mehr als mein Leben. Der, der dir gestern Abend wehgetan hat, das war nicht ich. Ich werde ihn wieder verbannen, das schwöre ich dir.

Karla, meine geliebte Seelenverwandte, ich tue alles für dich. Wirklich alles. Sag mir, was du dir von mir wünschst. Fordere alles ein, was du brauchst. Hab keine Angst, bitte. Fürchte dich nicht vor mir, kämpfe für dein Recht, schrei mich an, schlag mich. Aber bitte – ich flehe dich inständig an – verlass mich nicht.

Ich wollte dich an den schönsten Ort der Welt führen, dorthin, wo die Liebe allgegenwärtig ist, um dich darum zu bitten, meine Frau zu werden. Wir gehören zusammen, wir schaffen alles zusammen. Du bist mein Halt, mein Herz, mein Atem. Du bist alles für mich.

Wenn ich dich jetzt verloren habe, weil der falsche Konstantin für einen kurzen Moment von meinem Körper Besitz ergriffen hat, dann will ich nicht mehr *leben, nicht einen einzigen Tag. Nichts hat ohne dich einen Sinn. Ich möchte dir beweisen, dass ich anders bin.*

Sieh mal, in den letzten Monaten haben wir uns so ein schönes Leben aufgebaut. Mein Haus ist dein Haus. Und es ist nur so schön, weil du die Schönheit mitgebracht hast. Du und natürlich deine Töchter, die ich ebenfalls sehr liebe. Ich möchte ihnen ein guter Stiefvater sein. Sie brauchen auch einen väterlichen Teil, und du brauchst einen Partner. Niemand kann glücklich sein in einer zerbrochenen Familie. Das weißt du genauso gut wie ich. Ich weiß, dass du noch immer Alexander vermisst, und das verstehe ich. Er wird immer in deinem Herzen sein, aber ist da nicht auch Platz für mich? Du hast so ein großes Herz, bitte gib mir ein kleines Stück davon ab – ich werde es hüten wie einen Schatz.

Ich liebe dich, Karla.

Und ich weiß, dass du mich auch liebst. Du sollst keine Angst mehr vor mir haben, sag mir doch einfach, wovor du dich fürchtest. Du bist so ein zartes Wesen, so zerbrechlich, ich möchte dich bis an dein Lebensende beschützen und für dich da sein. Aber das kann ich nur, wenn du ehrlich zu mir bist. Wenn du mir sagst, was du willst und was du nicht willst. Wir schaffen das nur zusammen. Wir sind eins.

Du bist so schön, wenn du schläfst. Eine Strähne ist über deine Augen gefallen und du bläst sie immer wieder nach oben, wenn du ausatmest. Du schnaufst ganz leise. Mein Herzchen. Ich möchte dich mein ganzes Leben lang beobachten, dieser

Anblick ist so unglaublich bezaubernd. Bitte sei mein Dornröschen. Ich will dich wachküssen, ich will dein Prinz sein. Okay, das ist jetzt sehr kitschig – wehe du lachst … Aber es ist wirklich so! So habe ich noch nie empfunden, und du weißt, dass ich dachte, ich könnte nie mehr lieben.

Ich habe noch nie so einen langen Liebesbrief geschrieben. Aber das alles hier ist die Wahrheit, sie fließt einfach aus mir heraus, muss aufs Papier. Ich hoffe, du liest jedes Wort und gibst mir noch eine Chance. Ich weiß sonst nicht, was ich tun werde. Mein Leben ist nur mit dir lebenswert. Und wenn du mich fallen lässt …

Tja, warum nicht? Warum nicht in Paris lieben und sterben?

Seit vielen Stunden sitze ich hier, weine, schaue dir beim Schlafen zu, betrachte die leuchtende und doch dunkle Stadt, schreibe dir diese Zeilen. Der Himmel draußen wird ganz langsam hell, bald beginnt ein neuer Tag. Auch für uns?

Meine geliebte Karla, wenn du diese Zeilen gelesen hast, bitte ich dich um eine Entscheidung. Ich werde auf dich warten. Dort unten gibt es einen kleinen Park, einen Springbrunnen, einen Pavillon, Bänke. Du findest mich im Pavillon, dort werde ich den ganzen Morgen auf dich warten. Wenn du zu mir kommst, hast du dich für mich entschieden. Wenn du den Brief zerknüllst und aus dem Fenster wirfst, ist das das Ende. Dann bist du frei und wirst mich nicht mehr ertragen müssen.

Ich hoffe, du entscheidest dich richtig.

In ewiger Liebe,
Dein Konstantin, für immer

Karla wusste hinterher nicht mehr, wie lange sie auf dem Bett gesessen und durch den Tränenschleier auf die Zeilen gestarrt hatte. Das war der berührendste Brief, den sie je von Konstantin bekommen hatte. Er offenbarte alles. Alles, was wichtig war. Sie hatte all das vergessen. Wieder und wieder las sie die ersten Worte. Es stimmte, Konstantin hatte damals davon gesprochen, dass er früher unter manisch-depressiven Phasen gelitten hatte. Aber Karla kannte sich in solchen Dingen nicht aus.

Wenn sie jetzt so darüber nachdachte, machte sie sich echte Vorwürfe. Konstantin war manchmal extrem sprunghaft in seinen Reaktionen – in einer Sekunde verzweifelt und in sich gekehrt, in der nächsten wütend und unbeherrscht, dann wieder liebevoll und zärtlich. Wie hatte sie das einfach verdrängen können? Wer weiß, wie lange er das alles schon mit sich herumschleppte und allein damit fertig werden musste, bloß weil sie immer nur ihre eigenen Sorgen im Kopf hatte? Sie musste Konstantin endlich helfen und ihm beweisen, dass sie zu ihm stand.

Sie fühlte sich schlecht. Dazu kamen die pochenden Kopf- und Nackenschmerzen, die sie fest in ihrer Klammer hielten. Trotzdem stand sie endlich auf und schob den Vorhang ein wenig zur Seite.

Da unten, links vom Eingang, begann der kleine

Park. Ein Kiesweg führte in sanften Bögen zum Springbrunnen und teilte sich an dieser Stelle. Der rechte Weg wies weiter zu einem Pavillon aus weißem Gestein. Hinter einem der Steinbögen erkannte sie die braune Jacke von Konstantin. Sie war erleichtert. Wie lange er wohl schon da saß?

Es war erst kurz vor neun, also noch „Morgen". Zeit genug für eine Dusche. Die heißen Regenschauer prasselten auf sie hinab, trommelten in ihren Nacken und spülten die Verspannung ein wenig weg. Als sie ihre Jeans und den blauen Lieblingspulli überstreifte, dessen Rollkragen ihren Nacken wärmte, fühlte sie sich etwas besser.

Konstantin saß noch immer dort unten.

Wenige Minuten später trat sie durch die große Glastür nach draußen. Es hatte letzte Nacht geregnet, die Luft roch frisch und würzig, sogar hier in der Stadt. Karla atmete tief ein und begab sich auf den Kiesweg, bis sie Konstantin erblickte. Er saß zusammengesunken im Pavillon auf der halbrunden Steinbank. Bei dem Anblick zog sich ihr Herz zusammen. Niemand sonst war hier draußen, sie waren ganz für sich allein. Die letzten Schritte zu ihm hin fielen ihr schwer und leicht zugleich.

Endlich stand sie vor ihm. Konstantin hob langsam den Kopf und schaute sie an. Er sah schrecklich aus, blass, dunkle Ringe unter den geröteten Augen, die Haare fielen ihm vors Gesicht. Ein zerknülltes Taschentuch lag in seinen Händen.

„Ich bin da." Ihre Stimme war eher ein Flüstern, sie konnte sich selbst kaum hören.

Konstantin schluchzte erleichtert auf und sank, zum zweiten Mal innerhalb weniger Stunden, vor ihr auf die Knie.

„Karla! Karla!"

Sie streichelte seine weichen, zerzausten Haare und ging ebenfalls in die Hocke.

„Ich liebe dich, mein Wolfi. Bitte verzeih mir." Eben im Zimmer hatte sie noch gedacht, dass alle ihre Tränen verbraucht waren.

„Meine Herzchen, danke. Ich liebe dich." Er nahm sie ganz zärtlich in seine Arme und hielt sie fest, während sie langsam aufstanden. Es fühlte sich so gut an, so richtig.

Karla rutschte ein kleines Stück von Konstantin ab und suchte seinen Blick. Er hatte die Frage nicht noch einmal gestellt. Aber das musste er nicht.

„Ja", sagte sie nur.

„Ja?"

Karla lachte.

„Ja-ha. Ich werde dich heiraten." Sie küsste ihn auf die kleine Lücke in seiner Augenbraue.

Der Wunsch

1

Während Konstantin den Van auf der Autobahn durch das Morgenschimmern lenkte, nahm Karla das tiefe Grün des Thüringer Waldes in sich auf. Sie liebte diese Landschaft und bemerkte erst jetzt, wie sehr sie sie vermisst hatte. Selbst durch das geschlossene Fenster roch sie die saubere, würzige Luft. Gerade hatten sie den ehemaligen Grenzübergang in Herleshausen passiert und jetzt schimmerte die Wartburg mit der aufgehenden Sonne um die Wette. Stolz und schön wie immer. Ein Seufzen verließ Karlas Kehle. Der Anblick dieser Burg, die unzerstörbar wirkte, beglückte sie jedes Mal aufs Neue.

Konstantin legte seine Hand auf ihr Knie. Sie schaute zu ihm hinüber, seufzte. „Schön, nicht?"

Sein Schulterzucken hinterließ einen zarten Stich in ihrem Herzen. Wie konnte er so gleichgültig sein bei diesem Anblick?

Es war zu früh am Morgen, um sich darüber

Gedanken zu machen. Der Ausblick auf ihren gemeinsamen Urlaub besänftigte sie. Auf dem Rücksitz saßen Bella und Emma. Sobald es hell genug geworden war, hatte Bella eines ihrer Bücher herausgeholt und zu lesen begonnen. Die Dreizehnjährige erwiderte für eine Sekunde Karlas Blick und verschwand dann wieder in ihrer Geschichte. Bella und ihre Bücher.

Konstantin sagte das manchmal abwertend, Karla stolz. Sie war selbst so eine Leseratte und glücklich darüber, dass Bella mit ihr so gern die kleine Stadtbücherei besuchte.

Emma war kurz nach Beginn der Fahrt eingeschlafen, obwohl sie steif und fest behauptet hatte, sie sei nicht müde und werde die ganze Zeit über wachbleiben. Ihr Kopf lehnte halb am Fenster, die Wange streifte den Rand des in die Jahre gekommenen Winnie-Pooh-Sonnenschutzes. Eine rote Locke hatte sich aus dem Zopf gestohlen und lag nun genau vor Emmas Nase, wo sie vom regelmäßigen Atem auf und ab gepustet wurde. Auf ihrem Schoß lag der Bär, der sie seit ihrem ersten Lebensjahr überall hinbegleitete. In den vergangenen Jahren war sein Bauch platter und sein braunes Fell blasser geworden, aber er gehörte zu Emma wie die Bücher zu Bella.

„Wenn die Straßen weiter so ruhig bleiben, sind wir bald da", flüsterte Karla mehr zu sich selbst.

„Ich weiß." Konstantin deutete auf sein Navi. Er verließ sich lieber auf die Technik als auf Karlas inneren Kompass. Obwohl sie die Strecke im Schlaf finden würde. Immerhin waren sie auf dem Weg in ihre Kindheit. In das Ferienhaus ihrer Eltern in Burgroda, das heute nur noch selten genutzt wurde. Es war fußläufig nicht gut erreichbar, und auch wenn Karlas Eltern noch sehr rüstig waren, machten sie heute lieber richtigen „Rentnerurlaub", wie sie die Busreisen durch ganz Europa nannten.

Das Ferienhaus zu verkaufen war für sie nie in Betracht gekommen. Karla war sehr froh über die Entscheidung ihrer Eltern und hatte das Haus immer mal wieder als Urlaubsdomizil genutzt. Erst mit ihren Freundinnen, später mit Alexander und dann mit ihrer kleinen Familie. Doch seit Alexanders tödlichem Unfall vor fünf Jahren hatte sie sich davor gescheut, den Spuren ihrer verlorenen Vergangenheit zu begegnen.

Ihr ganzer Körper pulsierte, als sie die geliebten Höhenlagen des Thüringer Waldes vor sich sah. Die Morgensonne warf goldene Strahlen über die Wipfel der Bäume. Karla konnte sich nicht sattsehen, obwohl der Anblick ihr Tränen in die Augen jagte.

„Hey", flüsterte Konstantin, nahm seine Hand von ihrem Bein und wischte die Träne mit dem Zeigefinger davon. Ganz sanft. Seine Berührung sorgte für einen Tränenausbruch, der kaum enden wollte. Wortlos hielt Konstantin ihr ein Taschentuch hin. Bella lehnte sich nach vorn und tätschelte unbeholfen ihre Schulter. Eine seltene Geste, die Karla genoss. Sie musste sich langsam an ihr neues Leben gewöhnen, auch wenn das alles nicht einfach war.

Ein neuer Mann, ein neuer Wohnort, eine neue

Arbeitsstelle. Alles war anders, wenn auch alles gut war. Zumindest meistens.

„Danke, ihr seid lieb." Seufzend schaute sie zu Bella und Konstantin. „Jetzt geht's wieder."

„Gut", antwortete Konstantin und konzentrierte sich wieder auf die Autobahn. Bella nickte und vertiefte sich wieder in ihr Buch.

Jetzt fühlte sich Karla besser. Der Kloß war aus ihrem Hals verschwunden und hatte der Urlaubsfreude mehr Platz gemacht. Es waren immerhin ihre nachgeholten Flitterwochen, da sollte sie sich lieber auf ihren neuen Mann konzentrieren. Alexander hätte sicher nichts dagegen, wenn sie wieder glücklich war und nicht ewig weiter trauerte.

Eine knappe Stunde später erreichten sie die holprige Einfahrt zum alten Ferienhaus. Vom letzten Sturm herabgewehte Äste sorgten dafür, dass Konstantin nur langsam über die alte Schotterstraße fahren konnte. Trotzdem schaukelte der Wagen heftig. Ein paar Schlaglöcher hatten sich mit der Zeit in den Weg gearbeitet.

„Oh, sind wir da?", rief Emma, die von dem Gerumpel wach geworden war.

„Du Schlafmütze!" Bella zog Emma den Schirm ihrer Kappe übers Gesicht und kicherte.

„Ich hab nur ein bisschen geschlafen, weil es irgendwann langweilig war, nachzudenken."

„Ah ja, zu langweilig. Du hast nicht viel verpasst, nur die Rehe, Wildkatzen und Hasen, die hier überall rumlaufen."

„Was? Wieso hast du mich denn nicht geweckt?"
Ein weinerlicher Unterton schlich sich in Emmas
Stimme.

„Ich wusste ja nicht, dass du schläfst. Du hast
doch gesagt, du bleibst die ganze Fahrt über wach.
Und gerade hast du noch gesagt, du hättest nachgedacht."

„Bella!", ermahnte Karla ihre Tochter, die jetzt so
richtig in Fahrt kam, Emma aufzuziehen.

„Ist ja schon gut." Und zu Emma: „Ich hab nur
Spaß gemacht. Du hast wirklich nichts verpasst."

„Menno", brummelte Emma, schien aber froh
über die Nachricht zu sein.

„So, ihr Hühner, aussteigen. Wir sind da!" Konstantins Stimme unterbrach die drei. Fast gleichzeitig öffneten sich alle vier Autotüren, denn jeder
von ihnen wollte zuerst den weichen Waldboden
unter den Füßen spüren.

Karla ließ sich am meisten Zeit, glitt langsam aus
dem Auto, eine Hand noch auf der Tür. Dann
schloss sie ihre Augen und atmete tief ein. Die Luft
hatte sich nicht verändert. Wie konnte das sein
nach all den Jahren? Der würzige Duft der Nadel-
bäume, die Feuchtigkeit des Mooses und der Pilze,
der Wind, der zwischen den Bäumen entlangstrich,
als würde er damit beschäftigt sein, nur das Gute,
das Reine hierzulassen. Es war einfach wunderbar,
hier zu stehen. Die lachenden Stimmen ihrer Töchter hatte Karla ausgeblendet, nur ab und zu
tauchte der Hauch eines Geräusches neben ihrem
Ohr auf, nur um gleich darauf wieder zu

verschwinden. Herrlich!

„Hey, Karla, willst du hier draußen Urlaub machen? Gib mir mal den Schlüssel." Diese Stimme drang deutlicher zu ihr vor. Als sie die Augen öffnete, stand Konstantin direkt vor ihr und hielt eine Hand auf. Durch die Gläser seiner Sonnenbrille konnte sie nicht erkennen, ob er freundlich oder genervt schaute. Seine Mundwinkel verrieten wie immer kaum etwas. Der Moment der Stille war vorbei, denn auch Bella und Emma kamen wieder angerannt.

„Mama, da hinten hängt eine Schaukel im Baum!"

„Das hab ich dir doch gleich gesagt, du Dummerchen. Die hängt schon da, seit Mama klein war."

„Karla, den Schlüssel!"

Seufzend wandte Karla sich zum Auto, um ihre Handtasche von ihrem Sitz zu nehmen und nach dem Schlüssel zu suchen. Hinter sich hörte sie Konstantin genervt stöhnen.

Sie richtete sich auf und sagte zu allen dreien: „Hey, jetzt beruhigt euch mal alle wieder, ja? Wir haben Urlaub und ab sofort bewegen wir uns dementsprechend entspannt. Ihr könnt gleich schaukeln, du kriegst den Schlüssel, aber jetzt macht mal langsam, ja?"

Zufrieden mit dem einen Teil der Antwort hüpfte Emma einmal ums Auto, im Zeitlupenmodus. Karla grinste. Inzwischen hatte sie den Schlüssel gefunden und drückte ihn Konstantin in die Hand. Sie würde sich auf gar keinen Fall hetzen lassen.

Im Innern des kleinen Häuschens roch es muffig. Nachdem Karla ihre Handtasche an einen der Haken im Flur gehängt hatte, lief sie von Raum zu Raum und öffnete Fenster und Jalousien. Für sie war es nicht nur ein notwendiger Handgriff, sondern eher ein Wiedersehen. Deshalb ließ sie sich Zeit. Am liebsten würde sie erst einmal allein durch die Räume gehen, den Moment für sich allein haben, aber Konstantin blieb dicht hinter ihr. Weniger Interesse am Haus hatten Bella und Emma, die ihre Rucksäcke auf die Treppe im Flur geworfen hatten und draußen den Garten erkundeten. Ihre Stimmen drangen gedämpft an Karlas Ohr.

Die erste Tür in dem zweckmäßigen, winzigen Flur führte ins Wohnzimmer, das sich kaum verändert hatte, seit sie das letzte Mal hier gewesen war. Das dunkelgrüne Sofa mit dem abgewetzten Stoff an den Lehnen und den bestickten Kissen war keine Schönheit, aber es gab nichts Gemütlicheres zum Kuscheln. Ein Stich fuhr zart in Karlas Herz, als es eine Erinnerung daließ: Auf Alexanders Schoß war Bella gerade eingeschlafen und schnarchte leise mit halb geöffnetem Mund. Karla saß auf der anderen Seite, die Füße an Alexanders Oberschenkel gelehnt, die Hände auf ihrem Bauch, in dem Emma heranwuchs.

Ehe die Trauer ihre Urlaubsfreude zerbröselte, riss sie sich vom Sofa und damit von diesem Rückblick los. Die Vergangenheit konnte sie nicht zurückholen, sie sollte eher dafür sorgen, dass die

Gegenwart glücklicher werden würde. Sie stieß einen tiefen Seufzer aus und trat zum Fenster, um die schweren Jalousien hochzuziehen. Mit dem eben noch diffusen Licht, in dem der Staub der Vergangenheit wie Sternenstaub wirbelte, verschwand die Wehmut. Zumindest für den Augenblick. Dass dieser Urlaub nicht leicht werden würde, war ihr bewusst gewesen, als sie vorgeschlagen hatte, hierher zu kommen. Irgendwann musste sie es hinter sich bringen.

„Alles in Ordnung?"

Als Konstantin seine Hand auf ihre Schulter legte, zuckte sie zusammen. Sie nickte. „Klar. Ist nur lange her, dass ich hier war."

„Zeigst du mir alles?" Konstantin ging nicht weiter auf ihren Schmerz ein, aber für den Moment war sie froh darüber. Anfangs hatte sie gedacht, dass Konstantin gar nicht merkte, wenn sie traurig war, aber irgendwann war ihr aufgefallen, dass er sie in diesen Momenten besonders intensiv betrachtete, ja, beinahe anstarrte. Mitgefühl suchte sie in seinem Blick vergeblich, eher Wut oder Eifersucht.

Wie am Morgen nach ihrer Hochzeit. Karla war früh wach geworden, hatte den Ring an ihrer rechten Hand betrachtet und dabei an Alexander gedacht. Eine Träne lief ihre Wange hinab. In diesem Augenblick wurde Konstantin neben ihr wach – vielleicht hatte er sie auch schon länger beobachtet – und stöhnte genervt auf. „Du bist jetzt mit mir verheiratet. Vergiss endlich Alex!"

Daraufhin hatte er sich auf sie gewälzt und ihr

klargemacht, was es bedeutete, seine Frau zu sein. Sie hatte es mit geschlossenen Augen über sich ergehen lassen und gehofft, dass es bald vorbei sein würde. Sogar sein anschließend gerauntes „Ich liebe dich" hatte sie mit gepresster Stimme beantwortet und sich gefragt, ob das nur eine andere Form von Liebe gewesen war.

Jetzt nickte sie, nahm seine Hand in ihre und zog ihn in die direkt ans Wohnzimmer anschließende Küche. Der Raum, den sie in diesem Haus am meisten liebte.

„Hier ist noch alles wie früher", sagte sie und zeigte auf den alten Küchenherd.

„Sieht auch ein bisschen aus wie ein Museum", meinte Konstantin. „Wie ein Ossi-Museum." Er lachte, aber Karla ging nicht darauf ein.

Nachdem sie auch hier die Fenster geöffnet hatte, setzte sie sich an den Tisch und strich über die mit Blumen bestickte Tischdecke. „Schau, hier hab ich schon als Kind gesessen. Neben mir Mutti und gegenüber Papi." Bei der Erinnerung an die lustigen Fratzen, die ihr Vater immer gezogen hatte, wenn der Schweinebraten am Sonntag mal wieder nicht rutschen wollte, lachte sie. „Und heute ist das immer noch mein Platz, nur dass du Bescheid weißt."

Sie zwinkerte Konstantin zu und hob mahnend den Zeigefinger.

„Und wo darf ich sitzen?", fragte er.

„Mir gegenüber." Karla wies auf den Stuhl.

„Hat da auch Alexander gesessen?" Etwas in seiner Stimme gefiel Karla ganz und gar nicht. So beiläufig wie möglich hob sie die Schultern und sagte: „Ja. Hast du ein Problem damit?"

„Nein. Schon gut. Irgendwo muss ich ja sitzen. Und hier scheint ja alles schon vorbestimmt zu sein."

„Willst du lieber auf meinen Platz?" Um nichts in der Welt wollte Karla gleich am Anfang ihrer Reise mit Konstantin streiten.

Der lachte auf. „Damit du noch die letzten Reste von Alexanders Aura aus dem Stuhl aufnehmen kannst? Nee, lass mal, das ist jetzt mein Platz." Seine Augenbraue zuckte. Warum machte er nur alles so kompliziert? Hätte sie bloß nicht davon angefangen.

Seufzend stand Karla auf, ging um Konstantin herum und presste den Stecker des Kühlschranks in die Steckdose. Der nahm mit lautem Brummen und Gluckern seine Arbeit auf.

„Komm, ich zeige dir noch das Bad und die anderen Zimmer."

Es war schon spät am Abend, als Emma und Bella endlich in ihre Betten verschwunden waren, und noch später, bis auch ihr Kichern verstummte.

Ihr Abendessen hatte aus Nudeln mit Tomatensauce bestanden und Karla räumte gerade die gespülten Teller und Töpfe zurück in die Schränke, als Konstantin hinter ihr auftauchte und ihr einen Kuss in den Nacken hauchte. Seine Hände wanderten um ihre Hüfte herum nach vorne und zupften das Top aus ihrer Jeans.

„Jetzt leg doch mal das Geschirrtuch weg. Wir haben Urlaub, Herzchen."

„Ich bin gleich fertig."

„Jetzt."

Seufzend gab sie nach und drehte sich zu ihm um. Er hatte ja recht. Und er konnte nicht ahnen, wie schwer es ihr fiel, den Urlaub hier in dieser neuen Konstellation zu beginnen. Vielleicht war es doch keine gute Idee gewesen. Jeder Handgriff, jeder Blick aus dem Fenster, jeder Duft erinnerte sie an früher. Sie dachte, sie sei längst über Alexanders Tod hinweg, aber hier kam es ihr auf einmal absurd vor, mit einem neuen Mann einfach so weiterzumachen. Ein Gefühl zwischen Scham, Wut und Trauer wuchs in ihrem Magen heran. Dazu kam die leise Angst, dass Konstantin wütend werden würde. So wütend wie nach der Hochzeitsnacht.

Karla schluckte den Kloß herunter und nickte. „Du hast recht, das kann bis morgen warten. Sollen wir uns auf die Terrasse setzen?"

Erleichtert beobachtete sie, wie sich Konstantins Gesichtszüge entspannten. Die hochgezogene Augenbraue sank wieder nach unten, die zusammengebissenen Lippen wurden weich und verwandelten sich in ein Lächeln.

„Ich hätte da noch eine andere Idee, was wir machen könnten, als einfach nur Hand in Hand in die Nacht zu starren", erwiderte er und schob seine Linke unter ihr Shirt.

„Nur ein paar Minuten. Bitte. Es ist so schön heute Abend, ich möchte einfach noch ein bisschen

Heimatluft schnuppern. Du wirst sehen, es gibt nichts Besseres!"

„Gibt es schon. Aber okay, wir haben ja noch die ganze Nacht und so viele weitere Nächte. Immerhin bist du jetzt meine Frau." Es war nicht schwer herauszuhören, dass die Betonung auf dem vorletzten Wort gelegen hatte, aber Karla ignorierte den Unterton und legte ihre Lippen auf seine. Alles war besser als jetzt ein Gespräch zu beginnen, in dem es um ihre Pflichten als Ehefrau gehen würde.

Mit einer Flasche Rotwein und zwei Gläsern betraten die beiden kurz darauf die Veranda. Karla holte aus dem Regal unter der Treppe zwei Sitzpolster heraus und legte sie auf die beiden Korbstühle, während Konstantin ein paar Teelichter aus der Klappbox kramte und in Gläsern auf dem breiten Handlauf der Veranda verteilte. Das leise Knacken des Feuerzeugs mischte sich mit dem Gesang der letzten Grillen des Sommerabends.

Immer mehr Sterne versammelten sich, um eine glitzernde Decke über die Nacht zu breiten. Magisch, dachte Karla und konnte ihren Blick nicht vom Nachthimmel lösen. Wie eine glitzernde Decke, die sich langsam über sie legte.

„Fantastisch, nicht?" Das Geflecht des Korbstuhls knisterte, als Karla aufstand, um ihn näher an den vorderen Rand zu schieben. Dann ließ sie sich wieder auf das Polster fallen und lachte, weil es unter ihr verdächtig laut knirschte.

„Hoffentlich halten die ollen Stühle noch ein paar Tage", meinte Konstantin brummig.

„Klar halten die. Die knacken schon ewig."

„Na ja, aber viel Bewegung halten sie nicht mehr aus."

„Du sollst dich auch nicht viel bewegen. Einfach hinsetzen, in den Himmel gucken und genießen."

„Hm."

„Was hm?"

„Na ja, mir ist nicht so nach rumsitzen."

„Ach komm, wir haben uns doch gerade erst hingesetzt. Lass uns auf unseren Urlaub anstoßen."

Konstantin nickte, öffnete den Wein und schenkte ihnen beiden ein. Dann reichte er ihr eins der Gläser und prostete ihr zu. „Auf uns!"

„Und auf unseren Urlaub."

„Unsere Hochzeitsreise."

„Ja."

Eine Weile sagte keiner von ihnen ein Wort. Karla spürte, dass Konstantin verstimmt war. Aber sie nahm sich vor, sich nicht davon runterziehen zu lassen. Inzwischen hatte sie gelernt, seine Stimmungsschwankungen auszuhalten. Seit der Reise nach Paris hatte sie sich viel mit ihm über seine Schübe, wie er es nannte, unterhalten und er hatte direkt nach ihrer Rückkehr einen Termin bei seinem Therapeuten gemacht. Sie musste eben Rücksicht auf ihn nehmen, er hatte schließlich schon viel durchgemacht. Eine richtig schlimme manisch-depressive Phase hatte sie zumindest seither nicht erleben müssen.

Jetzt machte sich Müdigkeit in ihr breit. Sie zwinkerte dagegen an, bis Konstantin sagte: „Na, wollen

71

wir jetzt ins Bett gehen? Du siehst ziemlich müde aus."

„Du hast recht, ich bin echt kaputt."

Die alte Pendeluhr im Wohnzimmer zeigte, dass es kurz vor Mitternacht war. Wie schnell die Zeit vergangen war!

Später im Bett legte Karla ihren Kopf an Konstantins Brust, um seinem Herzschlag zu lauschen. Seine freie Hand lag auf ihrem Rücken und strich sanft an ihrer Wirbelsäule entlang, sodass Karla ein Seufzen entglitt.

„Herzchen, was hältst du davon, wenn ich dich jetzt ganz langsam ausziehe, dich überall küsse und du mir dann zeigst, dass du meine Frau bist?"

Unregelmäßig stolperte ihr Herz gegen ihre Brust. „Klingt gut", murmelte sie und hoffte, dass es schnell vorbei sein würde. Sie wollte doch nur schlafen.

Später lagen sie sich gegenüber, Karla bis zum Kinn in ihre Decke eingewickelt, Konstantin nackt und auf einen Arm aufgestützt. Als Karlas Augenlider vor Müdigkeit zufielen, piekte Konstantin mit seinem Zeigefinger in ihre Schulter und raunte: „Karla, setz die Pille ab, ich will ein Kind von dir."

Würde er nie damit aufhören? Die Frage hatten sie doch schon vor ein paar Jahren geklärt. Karla erinnerte sich an das letzte Gespräch darüber …

2

Oktober, zwei Jahre früher

„Hallo Wolfi." Karla klopfte an die halb geöffnete Tür des Behandlungszimmers, in dem Konstantin am Schreibtisch Notizen machte, und schob sie auf. Überrascht blickte er sie an.

„Was machst du denn hier?"

„Ich hatte früher Schluss und die Mädels sind noch nicht zu Hause, da dachte ich, ich hol dich ab und wir gehen ein bisschen bummeln." Sie trat auf ihn zu, beugte sich über seinen Schreibtisch und küsste ihn.

„Gute Idee. Woher wusstest du, in welchem Raum ich bin?"

„Na von Mike. Er hat mich reingelassen." Sie wies mit ihrem Arm zur Tür. „War das gerade Tanja?" Im Flur war ihr eine blonde junge Frau entgegengekommen, auf die Konstantins Beschreibung seiner Patientin passte.

Er nickte.

„Hat sie geweint? Sie hatte ganz rote Augen. Was hast du denn mit ihr angestellt?", neckte Karla ihn.

„Na, ich hab sie ausgezogen, an die Liege gefesselt und so richtig rangenommen. Sie hat geheult, weil die Stunde vorbei war. Wieso?"

Karlas Herz polterte überrascht, während Konstantin sie emotionslos anschaute. War das wieder einer seiner Sprüche?

Dann lachte Konstantin los. „Was denkst du

73

denn von mir? Sie macht eine Gesprächstherapie bei mir und die hat sie heute ziemlich mitgenommen." Er stand auf, umrundete seinen Tisch und nahm sie fest in seine Arme. „Herzchen, ich bin doch kein Monster. Komm her!"

Karla war sauer. Wie konnte er bloß so etwas sagen? Seine Lippen auf ihrer Stirn und seine Finger auf ihrer Wange stießen sie ab.

„Das war nicht lustig", murmelte sie.

Konstantin lachte auf, leiser diesmal. „Du kennst mich und meine Witze doch. Es tut mir leid." Er ließ sie los und zeigte mit der Hand einladend in Richtung Tür. „Komm, ich zeig dir das Zentrum, wenn du schon mal da bist. Im Moment dürfte kein Patient hier sein."

Im gelb gestrichenen Flur hingen große Bilder mit Steinen, Wasser, Wäldern und Brücken. Bilder, die Ruhe vermitteln sollten und die man inzwischen in jedem Baumarkt kaufen konnte. Auch in ihrem Haus hingen ähnliche Fotografien an jeder freien Wand. Von einem zum anderen blickend unterdrückte sie ein Seufzen. Der Anblick langweilte sie. Ein paar Kunstdrucke, vielleicht von Monet oder Van Gogh, würden ihr viel besser gefallen, aber die fand Konstantin kitschig. Da würden sie wohl nicht zusammenfinden.

Am Ende des Flures befand sich eine kleine Teeküche, ein fensterloser Raum. Neben dem Spülenschrank stand ein Holzregal, in dem sich verschiedene Teesorten und Tassen stapelten. Typisch Konstantin. Karla kannte niemanden, der so viel

Tee trank wie er und das Teetrinken so zelebrierte. Auf der schmalen Ablage stand ein Wasserkocher. Eine Kaffeemaschine fand sie nicht.

„Kein Kaffee?", fragte sie.

„Nein, hier gibt es nur Tee und Wasser. Das ist viel besser für ein entspanntes Arbeiten." Auch diese Diskussion hatten sie schon häufiger geführt. Zumindest zuhause hatte Karla sich durchgesetzt und eine Kaffeemaschine angeschafft. Mit beinahe jeder Tasse bekam sie ungefragt eine Belehrung dazu. Doch das war es ihr wert.

„Hm", machte sie jetzt nur und verkniff sich eine weitere Nachfrage. Sie trank auch gern Tee, aber Heilkräuter kamen bei ihr nur in die Tasse, wenn sie Magenschmerzen hatte oder sich wirklich unwohl fühlte. Ihre Favoriten waren Earl Grey und Jasmintee. Allein der Duft entspannte sie.

Konstantin führte sie weiter herum, vorbei an halb geöffneten Türen zu Therapieräumen, wie sie vermutete. Ein Raum wirkte eher wie ein Fitnessstudio, ausgestattet mit Geräten für Kraftübungen; ein anderer war leer bis auf ein oder zwei Yogamatten, diverse Polster und Kissen. Wie es aussah, gab es hier für so gut wie jedes gesundheitliche Problem eine Lösung. Karla erinnerte sich, wie schnell Konstantin ihr ihre wiederkehrenden Nackenverspannungen wegmassieren konnte.

Nur seine Leidenschaft für Reiki-Sitzungen, Klangschalen und Didgeridoos teilte sie nicht. Sie fand keinen Zugang dazu und musste kichern, wenn Konstantin damit anfing. Jedes Mal endete das in einem Streit über ihr Unvermögen, die nicht sichtbaren Heilkräfte und Phänomene dieser Welt erkennen zu können. Sie hatte fast ein bisschen Mitleid mit ihm, weil er sich so viel Mühe gab.

Zurück in seinem Büro bat er sie, noch einen Augenblick zu warten, damit er seine Notizen beenden konnte.

„Schau dich ruhig um." Er zeigte auf das Bücherregal, in dem sich Unmengen an Fachbüchern über unterschiedlichste Heilmethoden aneinanderreihten. Ihr Blick wanderte über die vielen Buchrücken. An der Wand entdeckte sie seine gerahmten Urkunden und Zertifikate und überflog die Titel.

Unter den meisten konnte sie sich nicht viel vorstellen. Karla war mehr der pragmatische Typ und fühlte sich mit Zahlen und Fakten, Einnahmen und Ausgaben, Schwarz und Weiß sicher. Ein strukturiertes Leben war ihr am liebsten.

Zurzeit absolvierte Konstantin neben seiner Arbeit noch eine Ausbildung zum Heilpraktiker. Die nahm nicht nur viel Zeit in Anspruch, sondern kostete sie auch einen Teil ihrer gemeinsamen Einnahmen. Hoffentlich würden sie in naher Zukunft gut davon leben können. Konstantin hatte bereits genaue Pläne und Vorstellungen und eine Warteliste mit zukünftigen Patienten. Das Geld, das Karla ihm für die Ausbildung vorgestreckt hatte, würde er ihr sicher bald nach dem Abschluss zurückzahlen können. Das hatte er ihr versprochen. Immerhin war es das Geld von Alexander und für Karlas Kinder gedacht.

Sie drehte sich zu Konstantin um.

„Wow, das hast du alles gelernt? Das war bestimmt teuer, oder?"

Konstantin lachte kurz auf. „Ja, aber es lohnt sich. Und ich mache das für uns." Seine Zuversichtlichkeit war ansteckend und beruhigend.

Wenn sie sich hier so umschaute, gab es keinen Grund, daran zu zweifeln.

„Dann brauchst du nicht mehr in dem gammeligen Kiosk arbeiten und hast Zeit für unsere Kinder."

„Unsere Kinder?" Bella und Emma waren ihre Kinder, und das würde immer so bleiben. Sie sagten auch nicht Papa zu Konstantin, denn ihr Papa blieb für immer Alexander.

„Ja klar, ich mag deine beiden Mädels. Ich will aber mindestens ein eigenes kleines Baby in meinen Armen halten."

Er sagte es voller Sehnsucht, den Blick in eine ferne Zukunft gerichtet. Ein toller Papa wäre er sicher.

„Ich bin der Einzige, der meine Familie noch weiterführen kann. Und ein Baby mit dir wäre das größte Glück für mich."

Karla atmete tief ein und aus. Schon wieder dieses Gespräch. „Ich möchte keine Kinder mehr. Ich bin 33, und meine beiden sind aus dem Gröbsten raus."

„Ja, deine beiden. Richtig. Und was ist mit mir? Willst du etwa kein Kind von mir?"

Er schloss sein Patientenbuch in den kleinen

Tresor unter seinem Schreibtisch ein, kam um den Tisch herum, ergriff ihre Schultern ein bisschen zu fest und raunte: „Ich will ein Kind von dir, Karla!"

Und jetzt fing er wieder damit an …

3

Dieser Satz verursachte einen kleinen Tornado, der durch ihre Blutbahnen wirbelte und sie hellwach werden ließ. Sie starrte auf die nackte Schulter ihres Mannes, die sich im Rhythmus seines Atems gleichmäßig hob und senkte. Irgendwann zwischen Verlobung und Hochzeit hatte Karla davon gesprochen, dass ein weiteres Kind für sie nicht mehr in Frage kommen würde. Kurz nach der Schwangerschaft mit Emma hatte sie immer wieder unregelmäßige und schmerzhafte Blutungen ertragen müssen, bis ihre Ärztin festgestellt hatte, dass einer der Eileiter nicht mehr richtig arbeitete und eine weitere Schwangerschaft dadurch schwierig werden würde. Alex und sie hatten damals vage über ein drittes Kind nachgedacht und hätten es auf sich zukommen lassen. Doch nach seinem Tod war klar, dass sie keine Kinder mehr wollte.

Zwar hatte sie bemerkt, dass ein Schatten über Konstantins Gesicht gehuscht war, als sie darüber sprachen. Aber seine Beteuerung, kein Problem damit zu haben, hatte sie das Thema beruhigt abschließen lassen.

Und jetzt? Ich will ein Kind von dir. Einfach so.

Karla wollte nicht, dass dieser Satz den Urlaub überschatten würde. Also musste sie so schnell wie möglich mit ihm darüber reden. In Ruhe. Sie rollte sich auf den Rücken, verschränkte die Hände über ihrem Bauch und lauschte dem aus dem Takt geratenen Herzklopfen nach. Langsam einatmen, dabei bis zehn zählen, Luft anhalten, dabei bis vier zählen, Luft langsam ausstoßen, dabei bis sieben zählen. Eine Atemübung, die oft funktionierte, nur heute nicht. So schnell, wie die Müdigkeit gekommen war, hatte sie sich verabschiedet und einer Unruhe Platz gemacht, die wie Ameisen in ihrem ganzen Körper kribbelte.

„Mama, aufstehen!" Ein feuchter Kuss landete mit einem Schmatzer auf Karlas Wange und Emmas süßes Gewicht legte sich auf sie.

„Guten Morgen, meine Maus, hast du gut geschlafen?"

„Klar. Aber mein Bär nicht."

„Wieso das denn nicht? War er so aufgeregt?"

„Nee. Aber Bella hat so laut geschnarcht."

„Konstantin auch", flüsterte Karla und zwinkerte. Emma kicherte und verdrehte die Augen. Dann schaute sie ihren Teddy an und sagte: „Komm Bär, wir gehen schaukeln, bis es Frühstück gibt."

Ein weiterer Kuss landete auf Karlas Nasenspitze. Erstaunt stellte sie fest, dass ihre Tochter schon angezogen war. Konstantin war auch schon aufgestanden. Mit einer Hand tastete sie nach ihrer Armbanduhr auf dem Nachttisch. Dabei fegte sie die Uhr hinunter.

„Mist", murmelte sie, krabbelte ein Stück aus dem Bett heraus und suchte mit der Hand den Boden ab. Doch was sie fand, war nicht nur die Uhr, sondern auch ihr Asthmaspray. Mal wieder. Zum Glück hatte sie es letzte Nacht nicht gebraucht. In letzter Zeit wurde sie häufiger von dem Traum wach, ein Gürtel würde ihren Brustkorb umschließen und sich mit jedem Atemzug mehr zusammenziehen. Einmal hatte Konstantin ihr das Spray weggeschnappt und dabei gelacht. „Du brauchst das doch gar nicht. Oder bist du schon süchtig danach? Komm, wir versuchen es mal ohne das Spray, meine kleine Mimose." Für einen Streit hatte ihr die Luft gefehlt. Ihre Lunge brannte und rasselte mit jedem Atemzug mehr. Irgendwann hatte sogar Konstantin gemerkt, dass es ihr wirklich nicht gut ging und hatte ihr das Spray zurückgegeben.

Doch jetzt schob sie die düsteren Gedanken beiseite, hob Uhr und Inhalator auf und stellte überrascht fest, dass es bereits neun Uhr war. So lange hatte sie gar nicht schlafen wollen.

„Guten Morgen, Mama." Bella begegnete ihr im Flur. Ihre blonden Haare waren zu einem wuscheligen Dutt hochgebunden und sie trug eine abgeschnittene Jeans und ein Top.

„Morgen Bella, hast du gut geschlafen?" Mit einer Hand berührte sie sanft die Wange ihrer Tochter und stupste mit dem Zeigefinger auf deren Nasenspitze.

Wie erwartet lehnte Bella den Kopf ein wenig zurück und runzelte die Stirn, als wäre ihr die Berührung unangenehm. An dem Wangengrübchen erkannte Karla, dass Bella sich ein Lächeln verkniff. Mit dreizehn wahr wohl die Zeit gekommen, solchen Berührungen aus dem Weg zu gehen.

„Ja. Du auch?"

„Wie du siehst." Karla lachte. „So lange habe ich ja schon ewig nicht mehr geschlafen."

„Hast ja auch Urlaub. Chill mal."

„Stimmt. Sollen wir gleich zusammen Brötchen holen? Dann kann Konstantin mit Emma den Tisch draußen decken. Ich mach mich nur schnell frisch."

„Okay, ich warte unten." Zufrieden schaute Karla ihr hinterher, wie sie barfuß die Treppe hinabhüpfte.

Während sich Karla kaltes Wasser in die Hände schöpfte und dann ins Gesicht warf, breitete sich endlich das ersehnte Urlaubsgefühl in ihr aus. Gerade so, als würde es mit dem kühlen Wasser durch die Poren in ihre Haut eindringen und sich prickelnd in jeder Zelle ihres Körpers ausbreiten. Schon immer hatte sie die Erneuerung, die jeder Morgen mit sich brachte, genossen. Sobald es hell wurde, zerplatzten die grauen Gedanken der Nacht im Sonnenlicht und ließen stattdessen Hoffnung und Freude in ihr Innerstes. Es war wie ein Aufatmen, ein Aufräumen und Sortieren der Gedanken in Dunkel und Hell. Ihr Spiegelbild zeigte ihr zwar rosige Wangen, doch unter ihren Augen lag noch immer ein Schatten, der sich nicht wegwaschen ließ.

Ich will ein Kind von dir.

Da war er wieder, dieser Satz. Der Satz, den sie noch heute mit Konstantin aus der Welt schaffen musste. Und zwar dauerhaft. Seufzend wandte sie den Blick von ihrem Gegenüber ab, kramte die Haarbürste aus der Tasche und kämmte sich die langen Haare, um sie anschließend zu einem Zopf zu flechten, den sie über ihre Schulter nach vorn legte. Sie richtete sich auf, atmete langsam ein und aus und öffnete die Badezimmertür. Beinahe prallte sie mit Konstantin zusammen.

„Warum geht ihr zum Bäcker und wir sollen den Tisch decken?" Mit verschränkten Armen und finsterer Miene blickte Konstantin sie an.

„Hä?"

„Es wäre auch schön gewesen, wenn wir beide zusammen zum Bäcker gegangen wären, während deine Töchter das Frühstück vorbereiten, meinst du nicht?"

„Ist das so wichtig?"

„Für mich schon. Ich kenne mich hier nicht aus und es wäre einfach nett von dir gewesen, wenn du mir das Dorf gezeigt hättest. Aber du musst ja wieder mit deiner Bella alleine losziehen."

„Was soll das heißen? Meine Bella? Mein Gott, wir gehen nur zum Bäcker, nicht in den Freizeitpark!" Mit vorgeschobenem Kinn und in die Hüften gestemmten Händen starrte Karla ihren Mann an. Es konnte doch nicht möglich sein, dass ein

erwachsener Mann eifersüchtig auf ein Kind war –
auf ihre Tochter? Das war doch albern!

„Mach dich nicht über mich lustig!" Er presste
die Worte zwischen seinen Lippen hervor und stellte
sich dabei so dicht vor sie, dass feine Spucketröpf-
chen auf ihrer Stirn landeten. Mit einer Hand tastete sie unwillkürlich nach hinten zur Türklinke
und wünschte, sie hätte vorhin ihr Asthmaspray
nicht nur auf das Tischchen gestellt, sondern auch
einen Zug genommen. Ihr Herz donnerte gegen die
Luftröhre.

„Hör auf, Konstantin." Es fiel ihr schwer, diese
Worte zu sagen, doch die Vorstellung, eine ihrer
Töchter könnte mitbekommen, was hier gerade
passierte, war nicht auszuhalten. „Von mir aus
komm halt mit. Aber das Dorf hätte ich dir so oder
so heute noch bei einem Spaziergang gezeigt."

„Nee, ich will euch nicht stören. Geht einfach.
Aber beim nächsten Mal sprichst du das mit mir
ab!" Noch immer stand er nur wenige Zentimeter
vor ihr und ließ sie nicht aus den Augen. Sein
„Klar?" war eine deutliche Drohung. Er drehte sich
um und ließ sie stehen, ohne dass sie geantwortet
hatte. Was er hören wollte, war auch so klar.

Ehe Karla nach unten ging, ihre Sandalen überstreifte und ihre Handtasche schnappte, verschwand sie noch einmal kurz im Badezimmer. Ihr
Gesicht glühte und prickelte wie nach einem Son-
nenbrand. Oder nach einer Ohrfeige. So konnte sie
nicht vor ihre Kinder treten, vor allem nicht vor

Bella, die sie sofort durchschauen würde. Also kühlte sie ihre Wangen noch einmal mit ein paar Händen voll kaltem Wasser, tupfte sie trocken und atmete tief durch. Was gerade geschehen war, drang nur gedämpft in ihre Gedanken ein. Als würde ihr Verstand sich dagegen wehren, die Situation in irgendeiner Form abzuspeichern.

„Mama, kommst du gleich?", rief Bella vom Treppenabsatz aus nach oben, als Karlas Atem sich einigermaßen beruhigt hatte.

„Komme."

Sie konnte ihrer Tochter nicht in die Augen schauen, aber deren prüfender Blick lastete auf ihr. Konstantin und Emma waren in der Küche und unterhielten sich fröhlich. Sein albernes Lachen fühlte sich falsch an. Als wäre nichts geschehen. Wie konnte er bloß so schnell umschalten?

Sobald sie zur Tür hinausgetreten waren, nahm Bella kurz Karlas Hand. „Alles in Ordnung?"

„Ja, wieso nicht?"

„Hast du geweint?"

„Nein. Ich wollte nur die Müdigkeit aus meinem Gesicht waschen."

„Okay."

Bella verfiel in nachdenkliches Schweigen und blieb zwei Schritte hinter ihrer Mutter. Auf dem Schotterweg, der durch den Wald auf die Hauptstraße führte, mussten sie hintereinander laufen, wenn sie nicht wollten, dass die Brennnesseln ihre Waden verbrennen. Karla zwang sich, dem Vorfall von eben keine tiefere Bedeutung beizumessen.

Die Vormittagssonne fiel schräg in die Lücken zwischen den Kiefern und Buchen und verlieh Springkraut, Farnen und Nesseln einen goldgrünen Glanz. Die Baumkronen rauschten leise im Wind und die Vögel zwitscherten übermütig. Karla holte so tief Luft, als wolle sie die Reinheit dieses Fleckchens Erde für sich bunkern.

„Ist das nicht herrlich?" Sie drehte sich zu Bella um.

„Hmhm", erwiderte Bella, ohne den Blick zu heben. Ihr war anzusehen, dass Karlas gespielter Optimismus an ihr abprallte. Wer weiß, wie viel sie mitbekommen hatte. Nicht nur eben, sondern auch schon vorher. So, wie sie auf ihrer Unterlippe herumkaute, zeigte sie deutlich, dass sie am liebsten etwas sagen würde, aber genau davor auch Angst hatte. In ihrem Alter sollte sie solche düsteren Gedanken gar nicht haben. Dass sie mit acht Jahren ihren Vater verloren hatte, war schlimm genug.

Karla seufzte. „Hey, meine Süße, mach dir nicht so viele Gedanken. Wir hatten einfach nur ein bisschen Streit. Das ist normal. Erwachsene streiten sich manchmal, weil sie unterschiedliche Ansichten haben. Wenn sie dann einen Mittelweg gefunden haben, ist alles wieder gut. Du streitest doch auch manchmal mit Tina, oder nicht?"

„Vielleicht. Aber wenn ihr streitet, ist es anders. Konstantin flüstert irgendwas und dann weinst du. Das macht mir Angst."

„Ich heule ja sowieso bei jedem bisschen, das weißt du doch. Mich ärgert das selbst am meisten.

Konstantin ist halt anders als ...", für einen Moment hielt sie inne, „... als dein Papa. Und er wurde in seinem Leben schon so oft enttäuscht. So ein friedliches Familienleben kennt er gar nicht. Er braucht einfach Zeit. Und wir Geduld."

„Als hättest du nicht schon viel Schlimmeres erlebt. Immerhin ist dein Mann von einem Tag auf den anderen nicht mehr dagewesen." Bei den letzten Worten klang Bellas Stimme rau und sie schluckte hart. Sie war ein Papakind gewesen. Karla bewunderte sie. Sicher vermisste sie die Leichtigkeit und die Fröhlichkeit, die Alexander ihr entgegengebracht hatte, noch immer. Doch jetzt schluckte sie die Traurigkeit hinunter und erwiderte ihren Blick mit einem ernsten, viel zu erwachsenen Ausdruck in den Augen. Meine Güte, sie hat den gleichen Beschützerinstinkt wie Alex, dachte Karla. Eine warme Welle rollte durch ihren Brustkorb und legte sich sanft um ihr Herz.

„Ach Bella, ich hab dich so lieb", brachte sie hervor und nahm ihre Tochter in die Arme. Sie reichte ihr schon bis ans Ohr. Ihr blondes Haar duftete nach Sommer und Kokosshampoo und ihr Körper fühlte sich warm und stark an.

„Ich dich auch. Und ich pass auf dich auf. Wenn Konstantin gemein zu dir ist, dann musst du dich wehren. Würde ich genauso machen."

„Okay. Aber so schlimm ist es nicht." Der Satz hing über ihnen wie eine Wolke voller Zweifel und hinterließ mehr Fragezeichen als Nachdruck.

„Komm, lass uns Brötchen holen. Ich hab jetzt

wirklich Hunger", sagte Karla deshalb und drehte sich wieder in Laufrichtung. Ein unzufriedenes Brummen war alles, was Bella als Antwort darauf von sich gab.

4

Der Urlaub in Burgroda strebte seinem Ende zu. Für den letzten Abend hatte Karla beim örtlichen Fleischer Bratwürste und Steaks gekauft. Die Verkäuferin hatte gegrinst und darauf hingewiesen, dass es die besten Thüringer Rostbratwürste und Rostbrätel waren, die es zu kaufen gab. Dazu hatte sie zwei Salate gezaubert und Baguette mit Kräuterbutter vorbereitet. Während Konstantin die Holzkohle in den Schwenkgrill schüttete, wusch Karla das Geschirr ab. Durch das doppelflügelige Fenster über der Spüle konnte sie ihre Töchter um die Wette schaukeln sehen. Bella war in den vergangenen beiden Wochen richtig braun geworden und Emmas Gesicht wurde von zahlreichen Sommersprossen und einem rosigen Teint geschmückt.

Gleich würden die ehemaligen Nachbarn herüberkommen. Sie waren vor einigen Jahren ins nahegelegene Gotha gezogen, verbrachten aber den Sommer und die Wochenenden meistens in ihrem Häuschen auf dem benachbarten Grundstück. Ein kleines Holunder- und Birkenwäldchen lag zwischen beiden Gärten. Die Schneise, die Karla und ihre beste Freundin Kerstin damals als Abkürzung genutzt hatten, wurde inzwischen komplett von Heckenrosen und Brennnesseln überwuchert. Ihre Familien hatten früher oft zusammen gefeiert.

Konstantin hatte sich erst ein wenig gesträubt, weil er den letzten Abend des Urlaubs allein mit ihr und den Kindern verbringen wollte. Doch schließlich hatte er schulterzuckend nachgegeben. Manchmal wunderte sich Karla, dass der sonst so kontaktfreudige Konstantin bei ihren Freunden und ihrer Familie so zurückhaltend war.

Der Urlaub hatte ihnen allen gutgetan. Sie waren viel unterwegs gewesen, hatten sich Burgruinen angeschaut, waren auf dem Kyffhäuser gewesen, in einer Tropfsteinhöhle und an einem Baggersee. Über den Kinderwunsch hatte weder Karla noch Konstantin ein weiteres Wort verloren. Insgeheim war Karla froh darüber, aber sie wusste, dass das Thema spätestens nach ihrer Rückreise wieder zur Sprache kommen würde. Zur Sprache kommen musste. Beim Gedanken daran seufzte Karla und rieb das Glas in ihrer Hand fester mit dem Geschirrtuch trocken, als nötig war.

Zum Glück waren die letzten zwei Wochen friedvoll und entspannt gewesen und Konstantin durchweg freundlich zu ihr und ihren Töchtern. Bella hatte sich auffallend häufig in Karlas Nähe aufgehalten. Wie ein kleiner Bodyguard. Ihrem Stiefvater gegenüber hatte sie eine zurückhaltende Freundlichkeit an den Tag gelegt, die wie ein Schutzwall wirkte. Darüber war Karla sehr froh gewesen. Wenn die vergiftete Stimmung des ersten Morgens geblieben wäre, nicht auszumalen, wie der Urlaub verlaufen wäre.

Als sie das Tuch über die Griffleiste des Backofens hängte, vernahm sie von draußen Stimmen. Bärbel balancierte eine Schüssel über den mit üppigen Lavendelbüschen gesäumten Weg, während Peter mit einer Flasche Sekt und einem Sixpack Bier beladen war. Konstantin ging ihnen entgegen und begrüßte sie überschwänglich, bevor er Peter die Getränke abnahm. Manchmal brachten seine ausschweifenden Gesten Karla zum Lachen, aber heute fand sie es zu übertrieben. So ein großes Hallo war den beiden sicher unangenehm. Hier wurde nicht mit Küsschen oder Umarmung begrüßt, sondern höchstens mit einem Schlag auf die Schulter. Na ja, sie würden es überleben.

Bärbel ließ suchend ihren Blick über die Fenster schweifen, entdeckte Karla und winkte ihr zu, nachdem sie die Salatschüssel vorsichtig unter den Arm geklemmt hatte. Dann sagte sie etwas zu den beiden Männern und machte sich auf den Weg zum Haus.

„Karla, meine Gute, ist das schön, dass wir uns heute doch nochmal sehen! Wer weiß, wann es das nächste Mal klappt, was?", rief sie ihr entgegen, stellte die Schüssel auf dem Küchentisch ab und tätschelte Karla am Oberarm.

„Ach, bestimmt kommen wir jetzt wieder öfter her. Es hat halt in den letzten Jahren nicht so gut gepasst." Kurz machte sich ein betretenes Schweigen zwischen ihnen breit, welches Bärbel so unbekümmert wie möglich beendete.

„Was ich noch sagen wollte", sie beugte sich zu Karla und schaute sie verschwörerisch an, „der Konstantin ist aber ein ganz schöner Schnucki, was? Und wie er von dir spricht und dich die ganze Zeit anguckt. Alle im Dorf reden davon. Da hast du wirklich einen guten Fang gemacht."

Karla nickte. „Ja, das habe ich wirklich."

Das war noch so ein Punkt, über den sie oft grübelte. Vor anderen war Konstantin ein richtiger Gentleman. Er überschüttete sie mit Komplimenten und Lob, erzählte allen, wie toll sie sei. Fast alle Frauen in ihrem Bekanntenkreis waren hin und weg, was Karla sich für einen unglaublich tollen Mann geangelt hatte. Die eine oder andere meinte dann schon mal lachend, wo denn bloß der Haken bei der Sache sei, woraufhin Karla lachend abwinkte. Gab es einen Haken? Oder war sie nur ein bisschen überempfindlich?

Nur ihre Chefin Dilek hatte von Anfang an nicht mit ihrer Abneigung gegen Konstantin hinter dem Berg gehalten. Auch während des Urlaubs hatte sie immer mal wieder Nachrichten geschickt: „Alles gut bei euch? Du meldest dich ja gar nicht. Brauchst du mich?"

„Nicht träumen, Kind! Du hast ihn ja in ein paar Stunden wieder für dich." Bärbel riss sie aus ihren Gedanken und grinste sie vielsagend an.

„Ach, Bärbel."

„Ich war auch mal jung."

„Wie geht's eigentlich Kerstin? Irgendwie haben

wir den Kontakt komplett verloren."

„Du kennst sie ja. Ihr geht's super. Sie tingelt durch die Welt, hat eine eigene Kollektion entwickelt und macht Karriere."

„Echt? Wow! Was denn für eine Kollektion?"

„Sie hat sich auf …", Bärbel schaute an die Decke und schnipste mit den Fingern, während sie nach dem passenden Wort suchte, „… öko…, äh … nachhaltige Mode für runde Frauen spezialisiert. Irgendwas mit Altkleidern, die zerkleinert und wieder zusammengepanscht und gewebt werden. Daraus entstehen dann neue Kleider. Richtig schick."

„Genau das richtige für sie. Sie hat ja schon ihre Puppen immer so exquisit gekleidet."

„Das weißt du noch?"

„Klar. Meine Puppe Hanna musste auch als Model herhalten."

Die beiden lachten und erzählten von früher und vergaßen fast die Zeit, bis Konstantin und Peter vor das Küchenfenster traten und mit den Fingerknöcheln gegen die Scheibe trommelten.

„Die Würstchen liegen auf dem Grill. Wir können gleich essen. Hallo Karla", rief Peter.

„Wir kommen", antworteten beide Frauen gleichzeitig.

Während Karla ein Tablett hervorkramte und Geschirr und Besteck darauf stapelte, testete Bärbel mit einem Löffel den Reissalat von Karla.

„Fantastisch! Das Rezept musst du mir unbedingt geben."

„Kein Problem. Aber dafür bekomme ich Kerstins

Nummer."

„So machen wir das. Jetzt aber raus, ehe die Männer verhungern. Wäre ja schade drum. Zumindest um Konstantin." Kichernd strich sich Bärbel eine ihrer silbergrauen Locken hinters Ohr.

Es war schon weit nach Mitternacht, als sich Bärbel und Peter verabschiedeten und Arm in Arm im Dickicht des zugewachsenen Weges verschwanden. Schmunzelnd vernahm Karla das Knacken von Ästen und Bärbels Kichern, das sie wohl überall erkennen würde. Auch wenn es in dieser Nacht ein wenig schiefer klang als sonst und ein bisschen wie vom Wein verwaschen.

Karla vermisste die beiden schon jetzt. Sie hatten eine Leichtigkeit in den Abend gewoben, die sie so schon lange nicht mehr gespürt hatte. Und auch Konstantin schien sich wohlgefühlt zu haben. Wie es so seine Art war, hatte er mit Bärbel geschäkert, obwohl sie mehr als fünfzehn Jahre älter war als er. Er hatte mit Peter über Autos und Hausbau gefachsimpelt und war Karla und ihren Töchtern gegenüber ein richtiger Schatz gewesen. Die Blicke, die er ihr zwischendurch zugeworfen hatte, lösten ein Kribbeln in ihrem Bauch aus, welches sie an ihre ersten Treffen erinnerte. Karla fragte sich, wann dieses Schmetterlingsgefühl verschwunden war. Und warum. Sie waren erst seit wenigen Monaten verheiratet, doch die Spannungen zwischen ihnen machten manchmal sogar das Atmen schwer.

„Na, worüber denkst du nach?" Konstantin war

hinter sie getreten, schob mit einer Hand ihren Zopf zur Seite und hauchte einen Kuss auf ihren Nacken.

„Es war ein schöner Abend, findest du nicht auch?", entgegnete Karla und lehnte sich zurück. Konstantins breiter Brustkorb fühlte sich gut an und sie freute sich schon darauf, sich nachher an ihn zu schmiegen. „Ich räume noch schnell die Gläser und das restliche Geschirr in die Spülmaschine. Kannst du die Polster mit reinbringen?"

„Kann das nicht bis morgen warten?"

„Das geht doch schnell. Morgen haben wir noch genug zu tun mit Packen."

„Stell das weg."

„Was?"

„Ich sagte, stell die Gläser weg. Jetzt."

„Aber ...". Ein kühler Windhauch strich durch die Bäume und über die Wiese. Karla drehte sich irritiert zu Konstantin um. Sie konnte im Mondschein sein Gesicht kaum erkennen. Mehr Schatten als Licht sorgten dafür, dass seine Kieferknochen überdeutlich hervortraten. Die Lippen wirkten schmal und bleich, die Fäuste waren geballt.

Mit leiser Stimme sprach er weiter. „Stell die auf den Tisch. Und dann komm zu mir."

Unschlüssig blickte Karla zum Tisch und zurück zu Konstantin. Sie machte ein paar unsichere Schritte von ihm weg und stellte langsam die Gläser, die sie hineinbringen wollte, wieder ab. Das Kribbeln im Bauch war zu einem unangenehmen Ziehen geworden. Und zu einem Bedauern darüber, dass das Ende des Abends wohl unter Schatten enden würde.

„Komm her." Sie fühlte sich wie ein fremdgesteuertes Objekt, ein Roboter, der nur Befehle ausführte. Die ausgelassene Stimmung war wie weggewischt. Es waren nur drei Schritte bis zu ihm, aber sie waren so quälend wie der Gedanke, der sich in ihr ausbreitete: Was habe ich bloß falschgemacht, dass die Nacht jetzt kaputt ist?

„Hey, ich tu dir doch nichts, mein Herzchen." Ein trockenes Lachen verließ seine Kehle, vermischte sich mit seinem Rotweinatem. Sie konnte nicht verhindern, dass ihr ganzer Körper von einem Zittern ergriffen wurde. Sie wollte das hier nicht!

Seine Hand legte sich fest und schmerzhaft um ihren Oberarm. Die andere Hand bewegte sich leicht wie eine Brise über ihre Stirn, ihre Wangen, ihre Lippen, wanderte hinab über ihren Hals. Karla war sicher, dass er ihr Herzklopfen deutlich unter seinen Fingern spüren würde, und sie hoffte, dass er es nicht falsch interpretierte. Doch dann wurde ihr klar, dass die Ursache ihres wilden Herzschlags ihn kaum interessieren würde, denn die Finger wanderten weiter hinab. Nun nicht mehr so sanft wie zuvor, sondern fordernd und im Rhythmus mit seinem schneller werdenden Rotweinatem.

„Besorg's mir, Karla! Gleich hier."

Nein, bitte nicht!, schrie sie. Doch kein Ton verließ ihre Lippen.

Hinter ihr knackte es und dann war auch Bärbels Kichern wieder da.

„Karla, ich ..." Stolpernd erreichte Bärbel den Sitzplatz und hielt inne, als sie die beiden so dicht beieinanderstehen sah. „Oh, ich wollte nicht stören. Ich ... hab nur irgendwo mein Telefon liegen lassen. Ich such das schnell und dann bin ich auch gleich wieder weg. Wie gesagt, lasst euch nicht von mir stören. Immer schön weitermachen." Während sie das sagte, drehte sie sich um und suchte den Tisch und den Boden darunter ab.

Karla entriss ihren Arm gewaltsam aus Konstantins Klammer und wandte sich zu ihrer Nachbarin um. „Komm, ich helfe dir schnell suchen. Bist du sicher, dass du das hier verloren hast und nicht unterwegs im Wald? Soll ich eine Taschenlampe holen?"

Das Schnaufen aus Konstantins Richtung ignorierte sie. Sie war so erleichtert über Bärbels Erscheinen und hoffte, das Handy würde nicht so schnell wieder auftauchen.

„Ach danke, du Gute. Das geht schon so."

„Nein, nein, ich bin gleich zurück." Sie nahm die Gläser wieder auf und schaute in Konstantins Richtung. Der klemmte sich die Stuhlpolster unter den Arm und ging an ihr vorbei zum Haus. „Ich warte im Bett auf dich, Karla." Für Karla hörte sich das an wie ein Knurren, doch Bärbel kicherte schon wieder.

„Oh je, oh je, Karla, wir müssen uns beeilen. Ist doch eure letzte Nacht hier." Mit ihrer Schulter stupste sie Karla an. „Hm?"

Karla nickte, eilte mit den Gläsern hinein,

nachdem sie das Licht im Schlafzimmer aufleuchten sah, holte die Taschenlampe aus dem Flur und machte sich mit Bärbel auf die Suche.

„Sag mal, soll ich dich nicht einfach anrufen? Dann hören wir doch, wo es ist."

„Die Idee hatte Peter auch schon. Aber ich glaube, ich hatte es lautlos gestellt, jedenfalls haben wir nichts gehört."

„Habt ihr schon auf dem ganzen Weg gesucht?"

„Ja. Ach, so ein Mist. Karla, es tut mir leid. Weißt du was? Du gehst jetzt schön zu deinem Mann und ich zu meinem. Und morgen früh suchen wir nochmal nach dem ollen Telefon. Kann ich deine Lampe mit rübernehmen?"

„Klar." Hoffentlich hatte Bärbel nicht die Enttäuschung in Karlas Stimme über die so schnell abgebrochene Suchaktion bemerkt. Das Licht im Schlafzimmer brannte noch immer.

„Bis morgen, Karla. Habt eine schöne Nacht." Wieder dieses Kichern.

„Soll ich dich nicht doch nach Hause bringen?"

„So ein Blödsinn. Jetzt geh schon. Geh!" Bärbel schob Karla unerbittlich Richtung Haus.

„Na gut. Komm gut heim."

„Bis morgen!"

Mit ihrer Schulter schob Karla die schwere Holztür zu, die bei feuchtwarmer Witterung immer ein bisschen klemmte. Dann drehte sie den Schlüssel herum, löschte das Küchenlicht und ging seufzend hinauf ins Schlafzimmer.

Sie kam nicht dazu, ihren Pyjama zu holen, denn

kaum war sie über die Schwelle getreten, schob Konstantin die Tür vom Bett aus mit dem Fuß zu, packte Karlas Handgelenk und riss sie an sich.

„Endlich", raunte er. So betrunken, wie er war, hätte sie ihn wegschieben und nach draußen flüchten können. Aber wo sollte sie hin, wo er ihr nicht lautstark eine Szene machen würde? Schlimmer als das Stöhnen, der Druck seiner Hände und sein wütendes Über-Sie-Herfallen wäre nur, wenn Bella und Emma ihre Mutter weinen und schreien hören würden.

Also hielt Karla still und hoffte, dass es schnell gehen würde. Ihre Gedanken trieben sie weg vom zerwühlten Bett, weg vom nassgeweinten Kissen, weg von ihrer Atemnot.

Hin zu Alexanders Grab, an dem sie sich sitzen und leise mit ihm sprechen sah.

Der Ausflug dauerte nicht lange, der Druck von Konstantins Armen ließ nach, er rollte sich von ihr herunter. Es war vorbei.

„Hoffentlich wirst du jetzt schwanger." Der Satz blieb wie Pech in ihren Gedanken haften.

Bella

1

Das Smartphone klingelte. Als Karla aufs Display sah, erstarrte sie. Wenn die Schule anrief, bedeutete das fast nie etwas Gutes. Auch wenn Bella inzwischen sechzehn war.

Bellas Klassenlehrer, Herr Müller, meldete sich. Seine Stimme klang belegt. „Frau Wolff, ich habe schlechte Nachrichten." Er machte eine Pause.

Sie schluckte und zählte die Sekunden, bis er weitersprach. Es dauerte ewig.

„Bella ist heute beim Sportfest ohnmächtig geworden, wahrscheinlich durch die Hitze. Wir haben sie ins Krankenhaus bringen lassen."

„Okay", antwortete sie mechanisch und war erleichtert, dass nichts Schlimmeres passiert war. Sie wurde das Gefühl nicht los, dass da noch etwas anderes war. „Kann ich sie gleich abholen?"

„Nein." Herr Müller räusperte sich. „Sie muss noch dortbleiben. Es geht ihr nicht so gut. Wenn Sie möchten, können wir zusammen zu ihr fahren."

„Warum? Was hat sie? Was ist passiert?" Hitze

und Kälte schossen gleichzeitig durch ihren Körper, sie vergaß zu atmen.

„Frau Wolff, ist bei Ihnen zuhause alles in Ordnung?", erkundigte sich Herr Müller. Die Frage zu stellen fiel ihm schwer, das hörte sie an seiner abgehackten Aussprache. Worauf wollte er hinaus?

„Ja. Warum denn nicht?"

„Bitte fahren Sie ins Krankenhaus, der Chefarzt der Kinderabteilung erwartet Sie. Bringen Sie ihr ein paar Sachen mit, ich weiß nicht, wie lange ihre Tochter auf der Station bleiben muss."

Bevor sie noch etwas erwidern konnte, hatte Herr Müller aufgelegt. Sie hielt das Telefon nachdenklich in der Hand und nahm das gleichmäßige Besetztzeichen kaum wahr.

Was hatte das alles zu bedeuten? Ja, Bella war in letzter Zeit viel ruhiger, zog sich oft zurück und ließ kaum jemanden an sich heran. Aber war das nicht normal in der Pubertät? Andere Eltern hatten mit ihren Teenagern die gleichen Sorgen.

Also was um Himmels willen war los? Hatte Bella etwas angestellt? Nahm sie Drogen? Fehlte ihr etwas?

Manchmal vermisste Karla ihre kleine, freche Bella von früher. Sie hatte den Zeitpunkt verpasst, als sie ihr entglitten war.

Steriler, Sauberkeit vortäuschender Geruch auf den Fluren des Krankenhauses. Karla mochte ihn nicht. An der Rezeption des Kinderkrankenhauses hatte ihr eine ältere Schwester die Zimmernummer genannt und den Weg zur Station beschrieben, auf der Bella lag. Nervös lief sie an Wänden voller Kinderzeichnungen vorbei und suchte das Zimmer mit der Nummer 22. Es war ganz hinten links, die Tür war nur angelehnt. Sie klopfte leise und schob die Tür auf. Im vorderen Bett lag ein dunkelhaariges Mädchen und schlief. Bella saß auf dem Bett am Fenster und warf ihr einen genervten Blick zu.

„Hallo meine Süße", flüsterte Karla und steuerte auf ihre Tochter zu. Weil sie nicht sicher war, ob sie umarmt werden wollte, hielt sie ihr die offenen Arme fragend entgegen. Bella wollte, und Karla war erleichtert, als sie in ihre Arme sank. So zerbrechlich. Ihr kleines, großes Mädchen.

„Bella, meine Bella", flüsterte sie und wollte damit sie beide beruhigen. Sie hielt ihre Tochter fest, streichelte ihr blondes Haar und schob ihr eine Strähne hinters Ohr. So aufgelöst hatte sie sie noch nie gesehen. Und mit einem Mal wuchs in ihr die Angst vor dem, was sie erwartete.

Bella schluchzte heftig, ihre Schultern bebten. Nach einer gefühlten Ewigkeit wurde sie ruhiger. Karla nestelte in ihrer Handtasche nach einem Papiertaschentuch und reichte es ihr.

Als sie Bella anschaute, erschrak sie. Sie war noch blasser als sonst, ihre Haut schimmerte ein wenig bläulich und die Augen wirkten größer als sonst in dem zarten Gesicht. Dass ihr das nicht aufgefallen war!

Noch bevor eine von ihnen etwas sagen konnte, öffnete sich die Tür. Ein Arzt um die Sechzig, mit grauen Haaren, Dreitagebart und randloser Brille, gefolgt von zwei Schwestern, betrat das Zimmer. Sie kamen im Gleichschritt – wie eine Armee – auf sie zu.

„Frau Wolff?" Der Arzt schüttelte Karla kräftig die Hand und stellte sich vor. „Ich bin Dr. Mertens, Chefarzt dieser Abteilung."

Sie nickte ihm und den beiden Schwestern, die den Arzt stillschweigend links und rechts flankierten, zu.

„Ihre Tochter, Bella ...", jetzt schaute er in die Patientenakte, die ihm eine der Schwestern reichte, „... ist heute beim Sportfest ohnmächtig geworden und ..." Hier wurde er von Bella unterbrochen.

„Genau wie Lukas und Katharina." Das klang trotzig.

„Richtig. Es ist sehr warm heute, manche junge Menschen in der Pubertät vertragen die Hitze nicht so gut", bestätigte der Doktor. „Vor allem, wenn sie nichts essen und trinken." Er blickte über seine Brille hinweg auf die Wasserflasche auf Bellas Nachttisch, die noch fast voll war.

„Ich habe gerade ein ganzes Glas getrunken." In Bellas Stimme klangen Wut und Gereiztheit mit.

„Gut." Und zu Karla gewandt: „Wussten Sie, dass sich ihre Tochter ritzt?"

Karla fühlte sich, als hätte ihr jemand die Faust in den Magen gerammt. Was? Sie blickte zu Bella, bemerkte, dass die ihre Hand wegzog und auf ihre Turnschuhe schaute. „Nein." Sie schüttelte den Kopf und wusste nicht, wohin sie schauen oder was sie denken sollte.

„Gibt es bei Ihnen zuhause Probleme?"

„Nein." Sie blickte fragend zu Bella, die noch immer ihre Füße betrachtete und nichts sagte. Doch sie sah die Falte auf deren Stirn.

„Wird Bella in irgendeiner Weise missbraucht? Geschlagen? Gemobbt?"

Die Fragen kamen wie einstudiert und jede einzelne traf Karla schmerzhaft.

Wütend schrie Bella auf und zerschnitt damit die Luft, in der das Atmen schwerfiel. „Was soll das? Ich hab doch gesagt, ich hab keine Probleme! Ich bin gestürzt, das ist alles! Und das habe ich meiner Mutter auch gesagt. Das war diese blöde Metallkante an der Treppe, als ich ausgerutscht bin. Mehr nicht!" Sie zog die langen Ärmel ihres Shirts hoch und sah abwechselnd dem Arzt und ihrer Mutter in die Augen. Mit glühendem Blick.

Karla nickte und warf einen Blick auf Bellas Unterarme, die von roten Striemen gezeichnet waren. „Ja, das stimmt. Von dem Sturz weiß ich. Die Kante wollte mein Mann noch diese Woche reparieren."

Dr. Mertens ließ sie deutlich spüren, dass er ihnen nicht ein Wort glaubte. Im Befehlston erklärte er: „Gut, wenn Sie meinen. Bella bleibt auf jeden Fall hier, sie muss genug trinken und essen und wenn sie sich weigert, kommt sie an den Tropf. In den nächsten Tagen wird die Krankenhauspsychologin mit ihr und mit Ihnen sprechen, und vorher darf Bella nicht nach Hause."

Er wandte sich zum Gehen, drehte sich an der

Tür noch einmal um. „Die Psychologin wird dann entscheiden, ob weitere Schritte nötig sind." Mit diesen Worten verschwand er. Welche Schritte er meinte, ließ er unbeantwortet.

Eine der Schwestern – sie hatte sich als Annette vorgestellt – bat Bella um den Zeigefinger, damit sie einen Tropfen Blut abnehmen konnte. Sie streichelte ihr flüchtig über die Haare. „Trink noch was, ich bringe dir auch gleich den Speiseplan. Und keine Sorge, der hat heute nur schlechte Laune." Sie zwinkerte Bella zu und schenkte Karla ein aufmunterndes Lächeln.

Was war sie bloß für eine Mutter? Wie hatte sie so blind sein können, dass sie nicht mitbekommen hatte, wie schlecht es Bella ging? Heiß schoss ihr ein weiterer Gedanke durch den Kopf: Was war mit Emma? Hatte Karla hier auch versagt?

Bis auf das Mädchen im Nachbarbett waren Bella und Karla jetzt wieder allein im Zimmer.

„Mama, es tut mir leid." Bella flüsterte beinahe.

Karla nahm Bellas Hände in ihre und stellte fest, dass sie genauso kalt und feucht waren wie ihre eigenen. „Bella, was ist los? Sei bitte ehrlich, ja? Vertraust du mir nicht mehr?"

Bella schaute sie lange und traurig an, ehe sie antwortete. „Ich weiß es nicht."

„Aber ... warum?" Sie konnte kaum noch ertragen, was in der letzten Stunde alles auf sie eingeprasselt war, spürte keinen festen Boden mehr unter ihren Füßen, ein riesiges Loch öffnete sich vor ihr. „Bitte, Bella, sag mir, was ich falsch gemacht hab. Warum ist da diese Wand zwischen uns?"

Bella zog die Schultern hoch. Ihr Schweigen lag wie dichter Nebel im Raum.

Karla stellte die Frage, vor der sie sich am meisten fürchtete, die aber überdeutlich im Raum hing: „Ist es wegen Konstantin?"

Bella sagte nichts, aber sie zuckte ganz leicht zusammen.

Die nächste Frage entstand und löste eine wahnsinnige Angst aus. Karla konnte sie kaum aussprechen, schluckte die Angst vor der Antwort hart hinunter. „Was hat er dir angetan?" Weder Wut noch Hass waren in ihr, nur ein großes dunkles Nichts, und dahinter die Angst um ihre Kinder und um ihr Leben. Karla brauchte Antworten.

Bella starrte aus dem Fenster. Karla folgte ihrem Blick zu dem gegenüberliegenden Gebäudekomplex. Grau mit orangefarbenen und grünen Streifen zwischen Dutzenden Fenstern. Ein trostloser Versuch, das riesige Krankenhaus menschlicher, freundlicher wirken zu lassen.

„Mama."

Karla zuckte zusammen, hatte nicht damit gerechnet, dass Bella etwas sagen würde. Sie schaute ihre Tochter an.

„Hast du mich noch lieb?"

Diese kindliche Frage aus dem Mund ihrer fast erwachsenen Tochter berührte sie tiefer als alles, was heute auf sie eingestürmt war. „Ja, Bella. Ich liebe dich! Du und Emma, ihr seid die wichtigsten Menschen in meinem Leben. Es zerreißt mich, wenn es euch nicht gut geht." Sie fühlte sich so schuldig.

„Warum wolltest du mich dann loswerden?"

„Was?"

„Konstantin hat gesagt, du bist froh, wenn ich endlich aus dem Haus bin! Und du wolltest ja auch unbedingt, dass ich ein Auslandsjahr mache! Ich hab die Prospekte gesehen."

„Was für Prospekte?" Sie hatte keine Ahnung, wovon Bella sprach. „Wo hast du Prospekte gesehen? Ich verstehe nicht, was du meinst. Ich dachte, das Auslandsjahr war deine Idee? Aber das war doch auch schon lange vom Tisch?"

Sie erinnerte sich dunkel, dass Bella irgendwann von dem geplanten Amerika-Jahr einer Schulfreundin berichtet hatte. Konstantin war begeistert darauf eingegangen und so hatte sie sich ein wenig anstecken lassen, obwohl sie sich kaum vorstellen konnte, so lange von ihrer Tochter getrennt zu sein. Sie war froh gewesen, als das Thema im Frühjahr wieder abgeebbt war. Prospekte hatte sie jedoch nie irgendwo gesehen. Das war wirklich seltsam.

„Konstantin hat sie mir gezeigt, sie lagen hinter deinem Laptop, weil ich sie nicht sehen sollte. Und er meinte, du wärst überfordert mit mir."

„Und das hast du ihm geglaubt?" Als sie darüber nachdachte, erinnerte sie sich, dass Konstantin sich ihr gegenüber einmal ähnlich geäußert hatte. „Deine Tochter ist undankbar und du fällst immer wieder auf sie rein! Sie ist zickig, egoistisch und faul und macht, was sie will. Und wenn du nicht nach ihrer Pfeife tanzt, tickt sie aus." Und wenig später: „Ich wollte dir das ja eigentlich nicht sagen, aber Bella plant, direkt nach der Schule in eine WG zu ziehen. Sie hat gesagt, sie hasst dich. Du gehst ihr auf die Nerven und sie will nur noch weg. Lass sie doch ins Ausland gehen, dann habt ihr eine Weile Ruhe voreinander."

Das waren harte Worte und sie wusste damals schon nicht, ob sie Konstantin Glauben schenken sollte. Womöglich hatte er ja recht und Bella hasste sie wirklich. Sie hatte sie nie gefragt, weil sie auf diese Antwort lieber verzichten wollte.

Als sie Bella jetzt so vor sich sah, blass und traurig, mit zerkratzten Armen, weinend auf dem Krankenhausbett, zerriss es ihr das Herz. Konstantin hatte absichtlich einen Keil zwischen sie getrieben und er hatte sich nicht einmal besonders anstrengen müssen.

Wenn sie über seine Bemerkungen nachdachte, kam es ihr so vor, als habe heute endlich jemand in einem schummrigen Raum den Lichtschalter gefunden. All die Dinge, die bisher nicht richtig zu fassen gewesen waren, wurden nun offensichtlich. Ihre Gedanken fuhren Karussell, immer schneller, vorwärts und rückwärts, alles gleichzeitig. Ihr wurde schwindlig, als sie die Wahrheit jetzt so überdeutlich vor sich sah: Konstantin hasste Bella!

„Bella", flüsterte sie und drückte ihre Hände fester. „ich war so blind. Bitte verzeih mir, alles wird wieder gut. Ich weiß jetzt Bescheid."

2

Noch am Nachmittag hatte sie Bella ein paar Klamotten und Bücher ins Krankenhaus mitgebracht. Emma war mitgekommen, aber doch ziemlich erschrocken gewesen, als sie ihre große Schwester im Krankenhausbett sitzen sah. Die beiden hielten sich eine ganze Zeitlang eng umschlungen. Karla betrachtete voller Rührung diese Szene. Fast schmerzhaft wurde ihr bewusst, wie dünn das Eis zwischen ihr und Bella geworden war. Das würde sie nie wieder zulassen.

Inzwischen war es spät am Abend und Emma hatte sich schon vor einiger Zeit mit einem Wangenküsschen von ihr verabschiedet, um schlafen zu gehen.

Karla hockte neben Konstantin auf der Couch, hielt dabei aber den größtmöglichen Abstand zu ihm ein. Ihr Herzschlag holperte unruhig mit ihrem Atem um die Wette. Sie hatte heute Abend mit ihm reden wollen. Doch der Schock über seine Reaktion, als sie von Bella und dem Erlebnis im Krankenhaus erzählte, ließ sie schweigen. Mit kaltem, versteinertem Blick hatte er gezischt: „Ich hab immer gewusst, dass deine Tochter eine Macke hat." Zur Unterstreichung seiner irrsinnigen Behauptung hatte er sich mit dem Finger an die Stirn getippt und boshaft gelacht.

Karla erkannte diesen Mann nicht mehr wieder. Er war ein Fremder. Aber womöglich hatte dieser

Fremde jetzt endlich all seine falschen Hüllen abgelegt. Vor ihr saß der wahre Konstantin. Und sie fürchtete ihn. Hinter ihrer Stirn lief noch einmal das Gespräch von vorhin ab.

„Was?" Ihre Stimme hatte sich beinahe überschlagen.

„Du glaubst ihr ja wohl nicht, oder? Die ist so gerissen, jetzt schafft sie es auch noch, uns auseinanderzubringen! Denk doch mal nach! Ich bin der Einzige hier, der sie erzieht, der streng zu ihr ist. Aber ich bin ja nicht ihr Vater, also will sie mich loswerden!" Konstantin schnaufte empört auf. Als er weitersprach, war seine Stimme wie erfroren. „Karla, glaub mir, ich kenn mich mit der Psyche aus. Ich hab täglich damit zu tun in der Praxis, das weißt du doch! Alle kommen zu mir, weil sie meine Erfahrung und meine Kenntnisse schätzen, und ausgerechnet du zweifelst? Sie hat dich so um den Finger gewickelt, das ist unglaublich!"

Karla starrte ihren Mann entsetzt an. Wie redete er von ihrer Tochter? Wieso begriff er nicht, dass Bella mitten in der Pubertät steckte und Hilfe brauchte? Sie war viel sensibler, als sie je zugeben würde.

Sie selbst traf jedoch die größte Schuld, sie hatte die Probleme ja schließlich auch übersehen. Und das als Mutter! Karla wischte sich die aufsteigenden Tränen mit dem Ärmel ihres Pullis weg. Die Verzweiflung tief in ihrem Inneren mischte sich mit Wut. „Konstantin, du spinnst! Wenn du dich so gut auskennst, dann weißt du auch, dass die Pubertät manchmal massive Probleme hervorruft, vor allem bei den Mädchen. Bella hat keine Macke, sie hat sich alleingelassen gefühlt. Und zwar von mir!"

„Und? Was willst du jetzt machen? Ihr noch mehr auf den Leim gehen?" Konstantin lachte bitter auf. Seine Hand griff plötzlich fest in Karlas Oberschenkel, als er sich zu ihr herüberbeugte und flüsterte: „Dieses Biest wird uns nicht auseinanderbringen, klar? Nichts wird uns auseinanderbringen." Und nach einem kurzen Moment: „Bis dass der Tod uns scheidet, das habe ich dir versprochen, Karla."

Mit diesen Worten hatte er die Hand zurückgezogen, seine Zigarillopackung geschnappt und sich draußen auf der Veranda in den Korbsessel gesetzt.

Zum ersten Mal seit vielen Jahren erkannte Karla ganz deutlich, wie manipulativ Konstantin war. Endlich hatte sie seine falschen Behauptungen entlarvt und sein wahres Gesicht erkannt. Er war nicht charmant und seine Worte nicht so freundlich wie sonst, diesmal war es einfacher, hinter das fein gesponnene Netz aus Lügen und Behauptungen zu blicken. Doch was sie entdeckt hatte, war grausam. So sehr, dass sie Mühe hatte, klar zu denken und zu planen.

Wie in einem Film ratterten vergangene Situationen und Begebenheiten an ihr vorbei. Sie hielt sich die Hände vors Gesicht, um den Film zu stoppen, aber er lief unablässig und immer schneller weiter. Immer wieder Konstantin, wie er ihr ganzes Handeln in die richtigen Bahnen lenkte.

Im Augenblick war sie froh, dass Bella im

Krankenhaus in Sicherheit war. Sie musste schnell eine Lösung finden, bevor die Situation hier völlig eskalierte. Jetzt, wo sie wusste, dass sie ein Monster geheiratet hatte, zweifelte sie jedes einzelne Wort an, das Konstantin jemals zu ihr gesagt hatte. Kein Stein passte mehr auf den anderen. Und doch, gerade jetzt ergaben die Steine auf einmal ein Muster, einen Sinn.

Es war erst neun Uhr morgens, zu früh für einen Besuch im Krankenhaus. Emma war in der Schule und Konstantin in der Praxis. Karla schlich unschlüssig durchs Haus, um sich die Zeit zu vertreiben. Sie hatte sich freigenommen und war froh darüber, dass sie in Dilek, der Inhaberin des Kiosks, in dem sie arbeitete, eine so verständnisvolle Chefin und Freundin gefunden hatte.

Irgendwann schob sie die Tür zu Bellas Zimmer auf, setzte sich auf das Bett und strich nachdenklich das Kopfkissen glatt.

Mrs Orange sprang auf ihren Schoß und stupste sie mit ihrer weichen Schnauze an. Sie war inzwischen schon vier Jahre alt und noch ruhiger geworden, seit sie als Katzenbaby bei ihnen eingezogen war. Mrs Orange forderte aufdringlich ihre Streicheleinheiten ein. Wie immer, wenn jemand traurig war. In letzter Zeit war sie auffallend oft in Bellas Zimmer gewesen.

„Du bist wirklich eine Glückskatze, Mrs Orange, weißt du das?" Daraufhin ließ sich die Katze schnurrend auf den Rücken fallen und streckte ihr bereitwillig den weichen Bauch entgegen. Karla grinste. Sie kannte keine Katze, die sich so gern am Bauch streicheln ließ wie Mrs Orange. Wenigstens sie war für Bella dagewesen.

„Wie konnte ich bloß so blind sein? Ich habe nichts gemerkt und mich genau deshalb schuldig gemacht. Hoffentlich hat Konstantin ...", sie stockte, doch Mrs Orange blickte sie aufmunternd an, „... Bellas Leben nicht zerstört. Es fängt doch gerade erst an und es soll gut werden." Karla vergrub ihre Finger im flauschigen Fell. „Niemand soll ihr und Emma wehtun. Und dir auch nicht, meine Kleine!" Ihr fiel etwas ein und sie zuckte zusammen. „Er hat dir doch nicht wehgetan, oder?"

Noch ehe Karla den Satz zu Ende gesprochen hatte, sprang Mrs Orange fauchend von ihrem Schoß und krallte sich beim Absprung schmerzhaft in ihre Knie.

„Was ist denn los?" Karla rieb sich überrascht das Knie. In diesem Moment streifte die Katze mit ihrem Schwanz die Lücke zwischen Bett und Nachtschränkchen. Etwas klapperte leise. Miauend sprang Mrs Orange zur Seite und rannte aus dem Zimmer.

Karla tastete mit ihrer Hand in die Lücke, um nachzuschauen, was hinabgefallen war. Plötzlich zuckte sie schmerzerfüllt zurück. „Autsch!" An der Fingerkuppe des Mittelfingers erschien ein Tropfen Blut über einem feinen roten Streifen. Sie schob das Schränkchen zur Seite und fand drei Rasierklingen. Hitze schoss in ihre Wangen. Es stimmte also.

Wie hatte sie auch nur einen Moment glauben können, dass Bella sich beim Sturz auf der Treppe die Verletzungen an den Armen zugezogen hatte? Bella hatte ihr die Wunde zwar nur ganz kurz gezeigt und die Ärmel gleich wieder hinabgezogen – „Mama, echt, das ist nicht schlimm." – aber trotzdem hätte sie noch mal nachhaken müssen! Sie konnte sich ja nicht mal an einen Sturz erinnern. Doch selbst Konstantin hatte mit dem Kopf geschüttelt und gesagt: „Jetzt lass doch mal das arme Kind in Ruhe, das sah doch wirklich nicht schlimm aus. Ich repariere die blöde Treppe am Wochenende. Und lauft nicht dauernd auf Socken durchs Haus, dann rutscht ihr auch nicht auf der Treppe aus." Er hatte noch über seinen Reim gelacht, Bella seine Hand gönnerhaft auf ihre Schulter gelegt und war, nachdem sie die Hand abgeschüttelt hatte, achselzuckend zurück in die Küche gegangen. Damit war die Sache erledigt gewesen. Karla hatte sich dem gefügt und nicht mehr weiter darüber nachgedacht.

Jetzt schob sie den Nachtschrank noch ein Stückchen weiter vom Bett weg und suchte nach weiteren Klingen. Sie musste unbedingt alles entsorgen, bevor Bella wieder nach Hause kam. Nach Hause. War es das noch?

Weitere Klingen fand sie nicht, aber einen zusammengefalteten Zettel, aus einem Collegeblock herausgerissen. Mama, stand mit Füller darauf geschrieben. Daneben ein Herz.

Karla wagte erst nicht, den karierten Zettel aufzufalten und zu lesen. Wie gern hätte sie jetzt Mrs Orange zur Unterstützung bei sich gehabt, aber die war die Treppe hinabgerannt, nachdem sie die Rasierklingen hervorgefegt hatte. Ihr hatte sie zu verdanken, dass die Wahrheit doch noch ans Licht gekommen war. Und nun saß sie hier, in der einen Hand Rasierklingen, am Finger einen getrockneten Blutstropfen. In der anderen Hand einen Brief, der an sie gerichtet war, den sie aber offensichtlich nicht finden sollte. Ganz langsam, beinahe in Zeitlupe, klappte sie zwei dicht beschriebene Collegeblockseiten auf und starrte auf die Worte ihrer Tochter.

Meine liebe Mama,
wenn du diese Zeilen liest, werde ich hoffentlich tot sein. Ich hoffe, dass es einen Himmel gibt und dass ich dort meinen Papa wiedersehe.
Ich hasse Konstantin und du liebst ihn. Am Anfang fand ich ihn auch toll, das weißt du. Ich habe mich darauf gefreut, dass wir wieder eine richtige Familie werden. Und dass du nicht mehr traurig sein musst. Ich habe mich so gefreut, als du wieder glücklich warst, wieder lachen konntest.
Aber mit der Zeit hast du dich verändert. Du bist nicht mehr unsere starke Mama, die, die uns vor allem beschützt. Die jeden von uns fernhält, der uns verletzen will. Du bist schwach und blind. Wir wohnen im Haus des Monsters, aber du kannst es nicht sehen.

Ich bin dir nicht böse, ich weiß ja, dass dich das Monster in seiner Gewalt hat. Aber ich kann so nicht mehr leben, ich ertrage diesen Anblick nicht. Und ich hoffe, dass du wach wirst, wenn ich tot bin. Dann kannst du wenigstens Emma schützen. Und dich selbst.

Bitte, Mama, geh. Bevor es zu spät ist. Ich wollte dir irgendwie helfen, dir sagen, was los ist. Aber du hörst nicht zu. Du hörst nur auf das, was das Monster dir sagt. Weißt du, wie weh mir das tut, wenn du nicht mal mit mir kuscheln kannst, weil Konstantin sich dazwischendrängt oder mich ins Zimmer schickt? Und du machst nichts. Du bist seine Marionette. Das ist so schrecklich anzusehen.

Weißt du noch, damals, als mich die Schule nach Hause geschickt hat, weil meine Finger so geschwollen waren, dass ich den Stift nicht halten konnte? Nein, das weißt du nicht mehr. Ich hab dir damals erzählt, dass ich mir die Hand in der Tür einge-klemmt habe. Weil ich nicht zum Arzt wollte, hast du mir einen kühlen Verband umgelegt. Aber du hast mir die Geschichte mit der Tür einfach so geglaubt.

Das war Konstantin. Ich war wütend, weil er mich für irgendwas bestrafen wollte, was ich nicht getan habe. Dann hat er einfach meine Hand genommen und die Finger in seiner Hand eingequetscht! Es hat so wehgetan! Du warst noch an der Arbeit. So was hat er oft mit mir gemacht, meistens, wenn du nicht da warst. Aber manchmal auch unterm Tisch. Wa-rum musste ich ausgerechnet neben ihm sitzen? Ich habe das so gehasst, das weißt du auch. Meine

Beine schmerzen, wenn ich nur daran denke, wie er mich unterm Tisch gekniffen hat, weil ich die Klappe halten sollte. Warum hast du das bloß nicht gesehen? Ich hab mir so oft gewünscht, dass du das endlich siehst, damit ich es dir nicht sagen muss. Ich hatte Angst, dass du mir nicht glaubst. Oder dass Konstantin dann noch wütender wird und dir auch weh tut. Ich bin nur froh, dass er Emma mag. Sie hat vielleicht nichts zu befürchten. Noch nicht.

Ach Mama, alles ist schiefgegangen!

Ich will dir keine Vorwürfe machen, aber da sind so viele Dinge, die ich nicht verstehe. Immer habe ich gehofft, dass du endlich wach wirst, endlich einen Weg für uns drei und Mrs Orange in die Freiheit findest. Das hier ist ein Gefängnis und es ist gefährlich. Bitte kümmere dich um meine Katze, sie braucht dich und Emma, wenn ich nicht mehr da bin. Mrs Orange hasst Konstantin übrigens auch. Das hast du ja sicher schon gesehen. Sie geht ihm immer aus dem Weg, und wenn er sie sich trotzdem geschnappt hat, putzt sie sich hinterher stundenlang sauber. Katzen sind so schlau. Ich wünschte, mit ein bisschen Putzen wäre auch bei uns alles wieder gut.

Die Kratzspuren auf meinem Arm kommen übrigens nicht von dem Sturz auf der Treppe. Ich bin nicht gestürzt. Ich habe nur angefangen, mich zu ritzen. Weil ich nichts mehr gespürt habe in mir. Keinen Schmerz, keine Liebe, keine Freude. Nichts. Das Ritzen hilft ein bisschen.

Es tut mir leid, Mama.

Ich wollte nicht schwach sein. Ich wollte so stark

sein, dass ich uns drei retten kann. Aber ich kann nicht mehr. Ich will nicht mehr leben, ich will einfach davonfliegen. Du hättest uns retten müssen. Bitte hau ab, zeig Konstantin an. Es ist unrecht, was er tut. Ich habe dich schon so oft im Schlafzimmer weinen gehört. Er tut dir weh und du lässt es dir gefallen. Geh endlich, Mama! Und pass auf Emma und Mrs Orange auf.

Ich hab dich so lieb, Mama. Aber ich kann nicht mehr.

Ich werde dich von oben beschützen.

Deine Bella

Karla starrte auf die Buchstaben, die sich zu dieser gewaltigen Nachricht zusammengefügt hatten. Bella! Ihre Tochter, durch deren blaue Augen sie manchmal Alexanders Ebenbild erkannte, wollte nicht mehr leben! Der Gedanke war nicht zu ertragen. Er war mit nichts vergleichbar.

Sie schloss die Augen, sah sich am Abgrund knien, weit oben über Graubergen, unter ihr Bella an einem langen Gummiseil. Je mehr sie daran zog, umso mehr gab das Seil nach und zog sie in die Tiefe. Immer weiter von ihr weg. Bella hielt ihr flehend ihre Arme entgegen, doch sie wurde kleiner und kleiner. Karla fühlte sich hilfloser als jemals zuvor.

Mrs Orange sprang mauzend auf ihren Schoß und stupste den Brief in ihrer Hand an. Sie schrak aus ihrem Albtraum hoch.

„Du hast recht, ich muss zu Bella." Karla setzte

116

die Katze auf Bellas Kopfkissen, suchte ein paar Sachen zusammen, darunter das Foto von Alexander, das auf Bellas Nachttisch lag. Alexander mit der kleinen Bella auf dem Arm.

Zwischen all dem Schmerz und der Sorge ergriff sie so etwas wie Erleichterung. Sie wusste endlich wieder, was wichtig war. Und vor allem, was richtig war. Die Klarheit schmerzte, brannte in ihren Augen wie die tief liegenden Sonnenstrahlen im Spätherbst. Aber deutlicher als jetzt hatte sie schon lange nicht mehr ihre Zukunft sehen können. Sogar der Druck auf ihrer Lunge, an den sie sich in den Jahren beinahe gewöhnt hatte, war unvermittelt verschwunden. Karla atmete tief ein, ohne dass sie husten musste.

Der kleine Wecker auf Bellas Nachttisch tickte. Kurz nach halb zehn, sie hatte also noch ein paar Stunden Zeit für ihre Tochter. Sie würden reden müssen, sie würden weinen, schreien und lachen müssen, um gemeinsam das düstere Nebeltal verlassen zu können.

Karla war dankbar, dass Dilek ihr für den Rest der Woche freigegeben hatte. Ohne Details zu kennen, hatte ihre Chefin und Freundin ins Telefon gemurmelt: „Es liegt an Konstantin, oder?" Diese Frau hatte eine unglaubliche Menschenkenntnis. Dilek taxierte in wenigen Sekunden ihr Gegenüber wusste, ob sie ihm trauen konnte oder nicht. Einfach so. Karla wünschte, diesen Röntgenblick hätte sie sich ab und zu mal ausleihen können. Sie selbst war viel zu blauäugig, glaubte immer zuerst an das

Gute im Menschen. Wenn ihr jemand eine einigermaßen glaubwürdige Geschichte erzählte, fragte sie nicht weiter nach.

Und mit Konstantin war es ihr wohl offensichtlich ebenso ergangen. Dilek hatte von Anfang an Bedenken angemeldet, ob er wirklich so freundlich sei, wie er tue. Sie hatte sein falsches Wesen entlarvt und immer ein Auge auf Karla gehabt. Aber die hatte von all den Bedenken nichts hören wollen, hatte ihn sogar in Schutz genommen. Dilek zeigte deutlich, wie sehr sie sich darüber ärgerte. Immerhin hatte sie Karla versprochen, sich nicht einzumischen, wenn sie nicht gerade mit blauen Flecken auftauchen würde. Nur ihre Meinung wolle sie ab und zu sagen, und wenn etwas passieren sollte, könne sie mit ihrer Hilfe rechnen.

Karla erinnerte sich an ihren ersten Arbeitstag im Kiosk …

3

August, vier Jahre früher

Das Schaufenster spiegelte den blauen Himmel und die schnell vorbeiziehenden Wolken wider. Der Kiosk wirkte eher wie ein großer Kramladen. So ein Tante-Emma-Laden, wie Karla ihn aus ihrer Kindheit kannte. Die Erinnerung nahm ihr ein wenig von der Nervosität. Immerhin begann hinter dieser

Tür ihr erster Arbeitstag seit der Geburt der Mädchen. Ein *Open*-Schild blinkte unablässig.

Karla warf einen flüchtigen Blick auf ihr Spiegelbild, strich ihre Jacke glatt und schob die Tür auf. Ein zartes Läuten kündigte ihr Eintreffen an.

Die Chefin schenkte ihr ein strahlendes Lächeln, trat um den Verkaufstresen herum und begrüßte sie mit einem kräftigen Händedruck. Schon beim Vorstellungsgespräch vor zwei Wochen war Karla von deren Ausstrahlung fasziniert gewesen. Dilek Sarp, die als kleines Kind mit ihren Eltern aus der Türkei nach Deutschland gekommen war, strahlte so viel Selbstbewusstsein und Lebenslust aus, dass Karla sich richtig blass neben ihr vorkam. Zu ihrer schwarzen Hose trug Frau Sarp eine weiße Bluse, darüber einen knallroten Blazer in der gleichen Farbe wie ihr Lippenstift. In den hohen Pumps bewegte sie sich durch den Raum, als trüge sie Turnschuhe. Beneidenswert!

„Guten Morgen, Frau Gärtner, aufgeregt?"

„Ein bisschen", erwiderte Karla und schaute sich um. Rechterhand befand sich ein langes Regal, daneben eine Kühltheke mit Lebensmitteln für den täglichen Bedarf. Neben der Kasse gab es frische Brötchen, links Schulsachen, Zeitschriften und Bücher, eine Lotto-Annahmestelle und einen kleinen Paketshop. Ein Regal mit den typischen Schütten für lose Süßigkeiten unterteilte den Tresen mittig. An der Rückseite waren Getränke aufgereiht. Frau Sarp führte Karla am Zeitschriftenständer entlang durch eine Tür in die hinteren Räumlichkeiten.

Hier befand sich ihr zukünftiger Arbeitsplatz, das Büro, außerdem Personalküche und Toiletten.

Dilek Sarp benötigte dringend Unterstützung im Büro, das war offensichtlich. Auf zwei Schreibtischen stapelten sich übervolle Ablagefächer, Druckerpatronen, ungeöffnete Briefumschläge und Kaffeetassen.

„Es tut mir leid, ich hatte heute noch keine Zeit, Ihren Arbeitsplatz herzurichten." Sie wies entschuldigend auf den Schreibtisch am Fenster. „Das wird Ihr Platz, von hier aus haben Sie auch einen guten Blick auf die Kunden im Eingangsbereich. Hier am Monitor können Sie jederzeit auf den Innenraum schauen und wenn Ihnen irgendwas seltsam vorkommt, dann drücken Sie einfach den Alarmknopf unter ihrem Tisch." Sie zeigte Karla, wo sich der Knopf befand und wie sie die Kameraeinstellungen am Monitor wechseln konnte.

Überwachungskameras und Alarmanlagen. Bisher hatte Karla nur in Betrieben gearbeitet, in denen sie ausschließlich für Buchhaltung und Kundendaten zuständig gewesen war. Ein solches Sicherheitsrisiko wie hier hatte es damals nicht gegeben. Ein Kribbeln huschte über ihren Nacken. So schlimm würde es sicher gar nicht werden.

„Ah, da kommt mein Mann", rief Dilek Sarp und tippte auf das Monitorbild. Gerade schlug die Tür hinter einem Mann zu, dessen Gesicht von einem Karton verdeckt war. „Kommen Sie, ich stelle Sie vor!"

Emre Sarp war ein großer, schlanker Mann mit

ehemals schwarzen Haaren, die nun von vielen silbergrauen Strähnen durchzogen waren. Er grinste Karla gut gelaunt an und begrüßte sie mit einem sehr kräftigen Händedruck.

Zwischen Dilek und Emre herrschte eine ganz besondere Energie, das konnte Karla sofort spüren. Die beiden waren aufeinander abgestimmt wie die Zahnräder einer Uhr.

Wie Karla wusste, hatten die beiden aus der ehemaligen Trinkhalle einen Anlaufpunkt für den ganzen Stadtteil gemacht. Hier kaufte jeder ein. Die Schüler auf dem morgendlichen Weg zum Unterricht, die alte Dame von gegenüber, die Mehl und Kaffee brauchte, Durchreisende, Leseratten.

Dilek sprühte vor Energie und war stets gut gelaunt. Dabei verhandelte sie selbstbewusst mit Großhändlern und Kunden, wollte immer einen Tick besser sein als ihre Konkurrenz. Das hatte Karla vor zwei Wochen erlebt, als Frau Sarp während des Vorstellungsgespräches ein paar Anrufe entgegengenommen und in kürzester Zeit ihre Forderungen und Wünsche durchgesetzt hatte. Sie ging auf die Fünfzig zu, aber ihre rabenschwarzen kinnlangen Haare, ihre betont weibliche Figur und ihre positive Ausstrahlung ließen sie zehn Jahre jünger wirken. Dilek war eine auffällige Erscheinung. Und ihr Mann war stolz auf sie, das sah Karla ein seinem Lächeln.

„Wie geht es Ihnen?", wandte er sich mit auffälligem Akzent an Karla.

„Ich bin ein bisschen nervös. Sonst ist alles

prima."

„Ich bin auch nervös." Er grinste sie an.

„Ich würde sagen, wir trinken jetzt erst mal einen leckeren Kaffee. Haben Sie schon gefrühstückt?" Frau Sarp schob sich an ihrem Mann vorbei zum Kaffeeautomaten. „Kaffee oder Cappuccino?"

„Ähm, Cappuccino, danke. Ich hab noch nicht gefrühstückt heute."

„Das trifft sich gut. Wir nämlich auch nicht. Emre, sind die Croissants heute mitgekommen?" Ohne eine Antwort abzuwarten, überprüfte sie die Bäckerkisten, die unter der Theke standen.

„Ja, Liebling. Schokobrötchen auch, hab ich sogar schon verkauft vorhin."

„Das hast du gut gemacht!" Karlas Chefin antwortete nun auch mit übertrieben türkischem Akzent und klopfte ihrem Mann amüsiert auf die Schulter, ehe sie Karla zuzwinkerte. Sehr witzig, die beiden. Ein bisschen wie ihre Eltern, dachte Karla. Sie waren schon seit knapp dreißig Jahren verheiratet, alberten aber auch heute noch gern miteinander herum, hielten Händchen und küssten sich. Wehmut legte sich um Karlas Herz. Auch wenn sie jetzt mit Konstantin zusammen war, trauerte sie ab und zu ihrem unerfüllten Wunsch nach, mit Alexander zusammen alt zu werden. Er war ihre erste große Liebe, der Vater ihrer Kinder, ihr Herzensmensch.

„Alles in Ordnung?" Frau Sarp richtete einen sehr aufmerksamen Blick auf Karla.

Sie nickte.

„Super, dann lasst uns was essen." Dilek schob ihr einen Teller herüber, auf dem ein riesiges, noch warmes Croissant lag. Dann drückte sie Karla und ihrem Mann jeweils eine gefüllte Kaffeetasse in die Hand, nahm sich eine weitere aus der Maschine und erhob sie in Karlas Richtung.

„Na dann, herzlich willkommen! Auf gute Zusammenarbeit!"

„Danke schön für den herzlichen Empfang!"

Herr Sarp nickte Karla zu und hob ebenfalls seine Kaffeetasse, bevor er in sein Croissant biss. Ein paar Krümel rieselten in seinen Kaffee und auf seine Hose, was ihm einen gespielt entrüsteten Blick seiner Frau einbrachte.

Bis heute hatte Karla den Alarmknopf nie betätigen müssen. Aber vielleicht war es Zeit, Dilek in die alarmierenden Entwicklungen einzuweihen …

4

Jetzt sprang sie in ihr Auto und machte sich auf den Weg ins Krankenhaus. Ihr war ein wenig flau im Magen, aber dennoch fühlte sie sich energiegeladen wie lange nicht.

Als sie anklopfte und die Tür des Krankenzimmers aufschob, saß Bella im Schneidersitz auf ihrem Bett und unterhielt sich mit ihrer Bettnachbarin. Bella schaute auf und grinste sie verstohlen an.

„Hallo." Karla nickte dem Mädchen im

Nachbarbett freundlich zu.

„Hallo, Mama." Bella ließ sich in die Arme nehmen und schmiegte sich an ihre Schultern. Karla genoss den friedlichen Moment. Das hatte sie vermisst.

„Ich hab dir was mitgebracht. Schau mal." Sie holte das Bild von Bellas Nachttisch heraus und drückte es ihr in die Hand. Als sie vorsichtig darüberstrich, fiel Karlas Blick auf die zarten Finger, die schon so viel Schmerz erlitten hatten. Es fiel ihr schwer, den Kloß im Hals wieder hinunterzuschlucken. Nachdem Bella das Foto aufs Kopfkissen gelegt hatte, nahm Karla behutsam die Hände in ihre und betrachtete sie genauer. Bella zuckte leicht zurück, als sie ihren Mittelfinger berührte. Die Kuppe war vom oberen Gelenk an unnatürlich nach hinten gebogen, ganz leicht nur. Man musste schon genau hinsehen, um die Deformation erkennen zu können. Karla sah genau hin, prägte sich den Anblick in allen Details ein. Wie hatte sie das übersehen können? Sanft streichelte sie darüber, während sie nach Worten der Entschuldigung suchte. Doch die gab es dafür nicht.

So flüsterte sie nur: „Bella, meine Bella. Es tut mir leid. Ich mache es wieder gut, das verspreche ich dir."

Bella nickte, während dicke Tränen auf ihrer beider Hände tropften. Irgendwann räusperte sie sich und flüsterte mit kratziger Stimme: „Ich war vorhin bei der Psychologin." Sie atmete schwer aus und verdrehte die Augen, als Karla sie ansah.

„Wie war es denn?", fragte Karla.

„Ach", winkte Bella ab. „Ich hab nichts gesagt. Was hätte ich denn auch sagen sollen? Ich kenne die ja nicht mal." Sie klang trotzig. „Hoffentlich muss ich nicht noch mal hin, ich bin doch nicht krank da." Sie tippte sich mit dem Zeigefinger gegen die Stirn.

Jetzt musste Karla doch lachen. Ihr kleiner Trotzkopf! „Nein, das bist du ganz bestimmt nicht."

Bella erwiderte das Lachen, aber die kleinen Blitze in ihren Augen funkelten noch mit den versiegten Tränen um die Wette. „Die will auch mit dir sprechen."

Karla stöhnte auf. „Das habe ich befürchtet. Vielleicht bin ich ja verrückt." Sie grinste.

Bella schubste sie übermütig an. „Ja. Vielleicht."

In diesem Moment klopfte es kräftig an der Tür, die im selben Moment schwungvoll geöffnet wurde. Ein junger Arzt, gefolgt von drei Schwestern, betrat das Krankenzimmer und grüßte freundlich. Visite.

Er war nervös, schaute mehr in die Krankenakte als zu Bella oder Karla. Auch als er den Schwestern Anweisungen gab, schaute er sie nicht direkt an. Er erwähnte kurz, dass Bella heute Morgen bei der Kinderpsychologin des Krankenhauses gewesen sei, aber noch kein Bericht vorliege. Die Kollegin wolle zunächst das Gespräch mit der Mutter abwarten und sich dann ein Urteil bilden.

Karla nickte. „Ist in Ordnung. Wie lange muss Bella denn hierbleiben?"

„Das kann ich noch nicht sagen. Der Chefarzt

möchte sich noch mit der Psychologin beratschlagen. Außerdem sind Bellas Blutwerte nicht optimal und sie müsste auch mehr essen." Jetzt warf er einen ganz kurzen Blick zu Bella und dann wieder in die Akte.

Bella stöhnte genervt.

Karla antwortete für sie. „Sie isst aber schon immer so wenig."

„Das kann ja sein. Sie müsste wenigstens mehr trinken, aber auch das macht sie nicht." Er blickte zum Wasserglas auf dem Nachtschränkchen. Es war leer, aber die grüne Flasche daneben noch fast voll.

„Ist ja gut", murmelte Bella leise und goss sich Wasser ins Glas.

Der Arzt hob den Daumen und nickte. „Morgen wissen wir mehr." Dann wandte er sich der anderen Patientin zu.

Schwester Annette zwinkerte Bella zu.

Als die vier gerade das Zimmer verlassen hatten, klopfte es schon wieder. Erholsam war es hier nicht gerade. Eine zierliche Frau mit grauen kinnlangen Locken trat ein und kam direkt auf sie zu.

„Sie sind sicher Bellas Mutter, Frau Gärtner?"

Karla nickte. „Das ist richtig, aber ich heiße Wolff."

„Oh, ach so. Ich bin Frau Johannsen-Lehr, die Psychologin." Sie schüttelte ihr kräftiger als erwartet die Hand und wandte sich Bella zu. „Hallo Bella, ich entführe mal kurz deine Mama, okay?"

Bella zuckte mit den Schultern.

Frau Johannsen-Lehr wandte sich an Karla. „Bella hat nicht so viel Lust, mit mir zu reden, aber das muss sie auch nicht. Können Sie vielleicht gerade eine halbe Stunde für mich erübrigen?"

„Ja klar." Karla erwischte sich dabei, wie sie ebenfalls mit den Schultern zuckte. Sie winkte Bella zu und verließ das Krankenzimmer nach der Psychologin, die so schnell durch den Flur huschte, dass Karla sich beeilen musste, hinterherzukommen. Eine Etage höher hielt ihr die Psychologin eine Tür auf, die innen und außen mit Kinderzeichnungen beklebt war.

Sie betraten einen großen Raum, dessen Erker auf eine mächtige Linde zeigte, die zum Krankenhausgarten gehörte. Ein schöner Ausblick. In den Ästen hingen bunte Bänder aus Krepppapier und flatterten im Wind. Der Raum selbst war voller Bücherregale, Kuscheltiere und Spiele. Hier gab es keine Couch, wie Karla erwartet hatte, sondern bunte Sitzwürfel. Am Fenster stand ein großer halbrunder Schreibtisch. Frau Johannsen-Lehr wies auf einen der beiden Sessel davor und ließ sich auf ihren Bürostuhl fallen. Es war gemütlich hier, nicht so steril. Man nahm kaum wahr, dass dieser freundliche Raum ebenfalls zum Krankenhaus gehörte.

Nervös war Karla trotzdem. Und neugierig, was bei dem Gespräch mit Bella herausgekommen war, denn viel hatte sie ja offensichtlich nicht erzählt. Hoffentlich war das kein Problem.

„Okay, Frau Wolff, möchten Sie etwas trinken?"

„Nein, danke."

„Na gut, dann legen wir mal los. Als Erstes möchte ich Ihnen sagen, dass Sie eine tolle Tochter haben."

Karla nickte. „Ich weiß."

Ihr Gegenüber nickte. „Wissen Sie, ich habe selten ein Mädchen gesehen, das so einen festen Willen hat. Bella hat mir am Anfang ganz deutlich gesagt, dass sie kein Interesse hat, mit mir zu sprechen." Sie machte eine kurze Pause. „Ich habe ihr dazu gratuliert. Schließlich kennt sie mich ja gar nicht. Warum sollte sie einer fremden Person von ihren Problemen erzählen? Ich wünschte manchmal, dass es mehr Kinder und Jugendliche gäbe, die eine gewisse Vorsicht an den Tag legen. Das würde ihnen viel Leid ersparen."

Karla war überrascht. Mit dieser Stellungnahme hätte sie nicht gerechnet. Aber die Psychologin hatte recht. Bellas Willen zu akzeptieren war zwar manchmal hart und anstrengend, aber wenigstens wusste sie immer genau, was sie wollte.

„Frau Wolff, ich vermute, dass es bei Ihnen zuhause Probleme gibt, die Bella nicht allein lösen kann." Es klang eher wie eine Frage.

Karla nickte und blinzelte die Tränen weg. Die verzweifelten Worte aus Bellas Abschiedsbrief flammten wieder auf.

„Ja, das stimmt. Und ich war blind. Bis gestern."

„Warum?"

„Ich weiß es nicht. Mein Mann ..." Sie stockte. „Konstantin und Bella haben sich in letzter Zeit nicht gut verstanden, sie haben oft gestritten. Bella hat sich gegen die Verbote gewehrt, die er ihr auferlegen wollte. Ich wusste nicht, wie schlimm es wirklich war. Ich kam ja später von der Arbeit nach Hause, da war Bella oft in ihrem Zimmer und lernte. Konstantin hat mir zwar immer erzählt, wie stur sie ist, aber ich habe das nicht ernst genug genommen. Ich dachte, er kommt halt einfach nicht so gut damit klar, dass sie jetzt in der Pubertät ist."

„Okay. Aber was ist mit dem Ritzen?"

„Das habe ich auch nicht gewusst bis gestern. Letzte Woche hat sie mir ganz kurz ihren Arm gezeigt, weil ich einen der Kratzer zufällig gesehen habe. Sie erzählte mir, dass sie auf Socken auf der Treppe ausgerutscht sei. An der Wandseite ist so eine Metallschiene, die etwas nach oben gebogen ist, da ist sie angeblich mit ihrem Arm hängen geblieben. Ich habe ihr geglaubt, weil sie es mir so überzeugend erzählt hat. Sie hat dabei noch über ihre Ungeschicktheit gelacht."

Karla lauschte ihren Worten nach, die für einen Moment wie eine Wolke im Raum hingen. Sie fühlte sich unglaublich hilflos und konnte den Gedanken nicht ertragen, als Mutter versagt zu haben.

Frau Johannsen-Lehr schien ihre Gedanken lesen zu können. Sie beugte sich über den Schreibtisch zu ihr herüber und sah sie freundlich an.

„Ich weiß, was jetzt in Ihnen vorgeht", bestätigte sie ihre Befürchtung. „Aber Sie machen sich völlig umsonst darüber Sorgen, dass Sie das nicht bemerkt haben. Fast alle Jugendlichen, die sich ritzen, haben ganz tolle Ausflüchte parat, ziehen die Ärmel bis über die Finger, sogar im Sommer. Täuschen vor, Mückenstiche zu zerkratzen. Sie ritzen sich, weil sie klare, positive Gefühle vermissen, weil sie immer unter Anspannung stehen. Schmerz ist ein ganz deutliches Gefühl. Nach solch einer Selbstverletzung können sie sich entspannen, weil ihr Körper Glückshormone ausschüttet. Gerade Mädchen in der Pubertät sind so oft verzweifelt. Auf der Suche. Unglücklich. Das Ritzen ist ein stummer Schrei nach Aufmerksamkeit. Und es kann sich in ein Suchtverhalten umwandeln, wenn es im Umfeld Probleme gibt, die nicht allein bewältigt werden können."

Karla konnte darauf nichts erwidern. Einerseits beruhigte es sie, dass es ihnen nicht allein so ging, dass das ein bekanntes Problem war, aber andererseits ... Sie hätte doch mitbekommen müssen, dass Bella solche großen Sorgen hat. Da war ja nicht nur das Ritzen, da war auch noch der Brief.

„Bella hat einen Abschiedsbrief geschrieben", flüsterte Karla. „Sie wollte nicht mehr leben." Jetzt, wo sie diesen unglaublichen Satz ausgesprochen hatte, entlud sich der ganze Kummer, der ganze Schmerz der letzten Stunden.

Die Psychologin schob ihr eine Box mit Taschentüchern hinüber und wartete den Ausbruch geduldig ab. Sie nickte aufmunternd.

„Entschuldigung", wisperte Karla nach einer gefühlten Ewigkeit und putzte sich ihre Nase.

„Wofür?", erwiderte Frau Johannsen-Lehr.

„Ach, ich weiß auch nicht." Karla schob die Schultern hoch.

„Das machen Sie immer so, oder? Sich für alles entschuldigen?"

Langsam nickte sie.

„Okay, Frau Wolff, noch mal zu Bella. Sie hat, als sie bei mir war, fast nichts erzählt. Aber auf meine Frage, ob sie zuhause Schwierigkeiten habe, hat sie genickt. Auf die nächste Frage, ob das an ihrer Mutter liege, hat sie entschieden den Kopf geschüttelt. Deshalb vermute ich, dass es an ihrem Mann liegt." Sie machte eine kurze Pause und fuhr dann mit ernster Stimme fort: „Er ist nicht Bellas Vater, richtig?"

„Richtig. Bellas Papa ist gestorben, als sie noch klein war. Wir sind erst ein paar Jahre später hierher gezogen, nachdem ich Konstantin kennengelernt hatte. Meine Töchter waren am Anfang ebenso verliebt in ihn wie ich. Gerade Bella."

„Haben Sie auch gemeinsame Kinder?"

„Nein, es hat sich inzwischen herausgestellt, dass Konstantin keine Kinder zeugen kann."

„War das für Sie belastend?"

„Für mich nicht, aber für Konstantin. Er fand den Gedanken unerträglich, niemals eigene Kinder haben zu können."

„Hat er sich denn danach anders verhalten? Ihnen und Ihren Kindern gegenüber?"

„Nicht direkt danach, nein. Ehrlich gesagt, ich habe mich an sein Verhalten gewöhnt. Er ist den Kindern gegenüber sehr streng, vor allem bei Bella.

Und auch bei mir. Er ist halt der Mann im Haus."
Sie war selbst überrascht, wie leicht ihr diese Erklärung gefallen war. So bewusst hatte sie diesen Gedanken noch nie an sich herangelassen. Sie blickte auf und geradewegs in die freundlichen Augen der Psychologin.

„In Bellas Brief stand, dass er ihr heimlich schon seit Jahren wehgetan hat. Sie will nicht mehr leben, weil sie das Gefühl hat, sie steht im Weg. Sie will, dass ich glücklich mit ihm bin. Aber ohne meine Kinder kann ich gar nicht glücklich sein."

„Und ohne Ihren Mann?"

„Ja. Ich habe Angst vor diesem Schritt, aber es gibt keine andere Möglichkeit. Bella hat es geschafft, mich aus der Trance zu befreien, in der ich mich seit Jahren befand."

„Gut. Das ist Ihre Entscheidung, aber ich sehe das ganz genauso. Was Bella angeht – zeigen Sie ihr, beweisen Sie ihr jeden Tag, dass Sie für sie sorgen können. Lassen Sie sich nicht von Ihrem Mann reinreden und passen Sie auf sich und Ihre Kinder auf. Ich kenne Ihren Mann nicht, aber ich befürchte, dass er nicht ungefährlich ist. Bella muss keine Therapie machen, sie ist völlig gesund. Wenn sie aber dennoch mit mir reden möchte, kann sie mich jederzeit anrufen. Das gilt auch für Sie." Sie öffnete eine kleine Schachtel und schob eine schlichte Visitenkarte über den Schreibtisch zu Karla.

„Ich werde heute Abend den Bericht für die Station schreiben und morgen kann Bella mit Ihnen nach Hause gehen."

„Danke. Ich bin jetzt wirklich ein bisschen erleichtert, auch wenn ich das Schlimmste noch vor mir habe."

„Ach, noch etwas. Wenn Sie Angst haben, dass die Situation eskaliert, dann zögern Sie nicht, sich Hilfe zu holen. Hier," sie hielt Karla einen blau-weißen Flyer entgegen. „Der Weiße Ring ist die richtige Adresse. Sie bieten Opferschutz, wo er gebraucht wird. Melden Sie sich dort, wenn es hart auf hart kommt. Die Polizei kann meistens nicht viel machen, die sind auch psychologisch nicht so gut geschult. Ich wünsche Ihnen, dass alles gut wird. Passen Sie auf sich auf. Und auf Ihre Töchter!"

Frau Johannsen-Lehr kam um den Tisch herum, der neben ihr wirklich groß wirkte.

Karla stand ebenfalls auf und nahm dankend die ihr angebotene Hand. „Vielen Dank. Ich werde aufpassen."

Als sie die Tür hinter sich schloss, fiel ihr Blick auf ein Bild an der gegenüberliegenden Wand. Es zeigte eine Szene vor einem Restaurant irgendwo im Süden. Wie damals im *Vesuvio*, kurz bevor sie zusammengezogen waren …

5

Im Juni, vier Jahre zuvor

An einem der letzten noch freien Zweiertische auf der Terrasse der Pizzeria *Vesuvio* saß Karla Konstantin gegenüber und ihre Hände lagen in seinen, während sie auf ihre Bestellung warteten. Eine Kellnerin balancierte geschickt die großen Pizzateller zwischen den Gästen hindurch. Eine weitere verteilte gerade Decken, denn draußen wurde es frischer, seit die Sonne blutrot untergegangen war. Niemand hatte an diesem Abend Lust, nach Hause zu gehen.

Schon seit ein paar Tagen war der Sommer in der Stadt, überall lag Urlaubsstimmung in der Luft. Die wenigen Geschäfte, die noch nicht aus der Innenstadt abgezogen waren, boten ihre auf den Sommer abgestimmten Waren in Körben und Ständern vor der Tür an, fröhliche Musik tönte aus einem Fenster über dem Buchladen, die Cafés und Kneipen waren voll mit gut gelaunten Gästen. Die Schlange am Fenster der Eisdiele wuchs von Tag zu Tag, das beste Eis der Stadt hatte Hochkonjunktur.

Seit ihrem letzten Treffen waren zwei Wochen vergangen, zwei endlos lange Wochen. Karla wollte heute endlich mit Konstantin über seine seltsame E-Mail sprechen. Immer wieder hatte sie auf die Buchstaben gestarrt, weil sie zwischen den Zeilen auf eine Antwort, auf irgendeinen Hinweis gehofft hatte, aber sie kam nicht dahinter, was

Konstantins Stimmung trübte. Irgendetwas verschwieg er ihr.

Eigentlich gefiel ihr gerade dieses Geheimnisvolle an ihm. Es machte sie neugierig. Konstantin hatte schon viel Schlimmes in seinem Leben durchgemacht, da fand sie es nur natürlich, dass er sich ihr nicht gleich öffnen konnte. Er würde mit der Zeit schon merken, dass er ihr vertrauen konnte. Sie wollte ihn nicht drängen, sie hatten ja alle Zeit der Welt. Aber diese eine Mail musste er ihr erklären, denn wenn es um ihre gemeinsame Zukunft ging, brauchte sie mehr Sicherheit. Auch und vor allem für Bella und Emma.

Vorsichtig suchte sie nach den richtigen Worten. Konstantin war so sensibel, das hatte sie schon mehrfach bemerkt. Dennoch würde sie in diesem einen Punkt hartnäckig bleiben. In Gedanken formulierte sie ihre Worte, schaute ihn lange an. Er neigte den Kopf zur Seite, hatte ihr Zögern sicher bemerkt.

Sie fasste sich ein Herz. „Geht es dir heute besser? Ich habe mir neulich Sorgen gemacht."

Verwirrung umspielte seinen Blick und er neigte seinen Kopf ganz leicht zur Seite. Sie liebte diese kleine Geste und hoffte, dass sie sich umsonst Sorgen gemacht hatte.

„Warum? Mir geht es prima, du bist bei mir." Sein Blick ruhte auf ihr. Das Kerzenlicht ließ seine Augen golden funkeln.

„Aber Anfang der Woche nicht. Und letzte Woche, als du mich angerufen hast ..."

Konstantin unterbrach sie kopfschüttelnd und ergriff über den Tisch hinweg wieder ihre Hand, die sie kurz weggezogen hatte. „Was meinst du? Ich hab dich nur vermisst, wie immer!" Seine Stimme klang belegt.

Behutsam lenkte sie ein. „Entschuldige, Liebling, vielleicht hab ich da was falsch verstanden. Deine E-Mail klang ein bisschen hoffnungslos. Ich hab dich halt auch vermisst. Zwei Wochen sind einfach viel zu lang." Sie führte seine Hand an ihre Lippen und küsste zärtlich seine Fingerspitzen.

„Das stimmt. Gut, dass das bald vorbei ist."

Erleichtert nickte Karla. Mit ihrer ganzen Fragerei hätte sie beinahe die Stimmung kaputtgemacht. Woher kam bloß dieses Misstrauen? Vermutlich lag es einfach daran, dass sie sich erst wieder an eine Beziehung mit einem Mann gewöhnen musste.

In diesem Moment trat ein Kellner mit zwei großen Tellern an ihren Tisch, vollführte mit den Armen schwungvoll einen Halbkreis und setzte die Teller elegant vor ihnen ab.

„Buon Apetito!" Ehe er verschwand, deutete er eine Verbeugung an, drehte sich auf dem Absatz um und erkundigte sich am Nachbartisch nach dem Befinden.

Der Duft der heißen Pizza mit gebackenem Schinken, Rosmarin und Käse stieg in Karlas Nase und ließ ihr das Wasser im Mund zusammenlaufen. Konstantin beugte sich über seine Pizza und seufzte theatralisch. „Lass uns essen, ich kann nicht länger warten."

„Worauf? Auf die Pizza, den Rotwein oder mich?"
„Ich will alles. In dieser Reihenfolge."

Zwei Stunden und ein paar Weingläser später spazierten sie Hand in Hand die Straßen hinauf zu Konstantins kleinem Haus am Waldrand. Vor ein paar Jahren hatte er es von seinem Vater Hans bekommen. Der war als gebürtiger Hamburger im Alter wieder ans Meer zurückgezogen. Frida, seine siebzehn Jahre jüngere Freundin, war Niederländerin und Besitzerin eines gemütlichen Bungalows mit eigenem Strandzugang.

Karla konnte gut verstehen, wie froh Konstantin darüber war, dass er damals das Haus in Graubergen übernehmen konnte. Er hatte ihr von seiner Arbeitslosigkeit und seinen Schulden erzählt und auch, dass sein Vater Hans die Schulden großzügig übernommen hatte und auch heute noch regelmäßig bei ihm anrief, um sicherzugehen, dass sein einziger Sohn über die Runden kam.

Aus irgendeinem Grund war Konstantin trotz allem nicht gut auf seinen Vater zu sprechen und Karla hatte keine Ahnung, warum das so war. Als sie Hans und Frida kennenlernte, schloss sie die beiden sofort in ihr Herz. Hans war ausgesprochen liebevoll, fand ständig neue Gesprächsthemen, kochte fantastisch und hatte Humor. Man musste ihn einfach mögen.

Manchmal fragte sich Karla, ob Konstantin vielleicht eifersüchtig auf seinen Vater war, aber das wäre völlig absurd. Vielleicht war es die

Ähnlichkeit, die ihn abstieß? Manche Menschen fürchteten sich ja regelrecht davor, einmal so zu werden wie ihre Eltern. Allerdings war Karla schon häufiger aufgefallen, dass Konstantin abfällig über Menschen sprach, die wohlhabender waren als er. In Geldfragen wirkte er manchmal angespannt.

Vorhin im *Vesuvio* hatte es eine komische Situation gegeben, als sie zahlen wollten. Karla war sich ganz sicher gewesen, dass Konstantin am Abend vorher davon gesprochen hatte, sie einzuladen. Als dann der Kellner mit der Rechnung kam und fragte „Zusammen?", schaute Konstantin zu ihr hinüber, lächelte und sagte: „Entschuldigung, ich hab meine Brieftasche vergessen."

Zum Glück hatte sie genug Geld dabei, sodass der Moment nicht peinlich wurde. Sie hatte die Quittung zu sich herübergezogen und bezahlt.

Die kühle Abendluft wischte die träge Schwere weg, die der Rotwein in Karlas Kopf hinterlassen hatte. Und so fragte sie sich, ob Konstantin die Brieftasche absichtlich vergessen hatte. Kopfschüttelnd schob sie den Gedanken weg. Sowas war ihr schließlich auch schon passiert.

Jetzt bloß nichts Unüberlegtes sagen, dachte sie noch. Und dann entzog sie Konstantin ihre Hand und baute sich vor ihm auf. „Wolltest du mich heute nicht zum Essen einladen?" Sie schaute ihn herausfordernd an und registrierte einen erstaunten Blick. Etwas in ihr fühlte sich hintergangen und wollte jetzt darüber reden. Gleichzeitig kam sie sich doof vor, dass sie die Sache überhaupt ansprach.

Sie sollte sich wohl besser entschuldigen. Doch sie stand nur da und starrte Konstantin an.

„Das habe ich nie gesagt. Ich habe dich nur gefragt, ob wir abends essen gehen wollen. Du weißt doch, wie viel Geld das *ZAG* verschlingt." Er schob die Schultern hoch und kam ihr einen Schritt entgegen. So nah, dass sie seinen Rotweinatem roch. „Das hast du bestimmt nur falsch verstanden, mein Engel. Und jetzt weißt du doch gar nicht mehr, was du redest. Du hast zu viel getrunken." Er gab ihr einen Kuss auf die Nase, nahm sie wieder an die Hand und ging weiter.

„Das war doch nur ein Glas." Sie fühlte sich klar und wach. Sie trottete neben ihm her und kaute auf ihrer Unterlippe.

„Bist du eigentlich immer so pingelig?", fragte Konstantin mit einem Mal. „Was ist denn so schlimm daran, wenn du mal bezahlst? Beim nächsten Mal bin ich dran. Ich lade dich richtig schick ein, versprochen!" Er blieb stehen, wandte sich zu ihr und nahm sie in den Arm. So fest, dass sie kaum atmen konnte.

Abwehrend schob sie ihre Hände vor seinen Brustkorb. „Hey, ich kann kaum atmen!"

Konstantin ließ sie stehen und stapfte die restlichen Meter zum Haus, ohne auf sie zu warten. Sie folgte ihm verwirrt.

„Mein Gott, was ist denn heute mit dir los? Willst du mich loswerden oder was?", blaffte er sie an, als sie hinter ihm an der Eingangstür stehen blieb.

Sie wich ein Stück zurück. „Nein, wie kommst du

darauf?"

„Na, so unzufrieden wie du heute bist? Ich habe das Gefühl, du suchst nach irgendwelchen Gründen, um mich wieder in den Wind zu schießen."

Karla wusste nicht, wie sie auf seinen Ausbruch reagieren sollte, und suchte nach den richtigen Worten. Ihr erster Streit. Konstantin übertrieb. Sie übertrieb. War doch egal, wer die blöde Pizza bezahlte.

„Es tut mir leid. Du hast recht, das war dumm von mir. Ich liebe dich und will dich auf keinen Fall loswerden."

Sie ging auf Konstantin zu und stupste mit der Fingerkuppe an seine Schulter. „Komm her, Wolfi." Dann schmiegte sie sich an ihn.

Einen Moment später entspannte sich auch Konstantin. Sein steifer Rücken lockerte sich unter ihren Händen und er erwiderte ihre Umarmung. Dann hauchte er einen Kuss auf ihre Stirn. Alles war wieder gut.

Später lagen sie fest aneinander geschmiegt in dem großen Bett, das Konstantin wie all die anderen Möbel auch von seinem Vater übernommen hatte. Die Matratzen waren einen Hauch zu weich und der Lattenrost quietschte. Aber davon abgesehen war es unglaublich gemütlich. Man sank einfach so in die weichen Kissen ein und fühlte sich augenblicklich geborgen.

Ihr eigenes Ehebett zuhause hatte Karla kurz nach Alexanders Tod entsorgt, weil sie es nicht ausgehalten hatte, dass die Betthälfte neben ihr leer blieb. Stattdessen schlief sie nun in einem schmalen Futonbett, das bei Weitem nicht so gemütlich war, aber trotzdem noch Platz für Emma und Bella bot, wenn sie morgens unter ihre Decke schlüpften.

Konstantin strich mit dem Zeigefinger zärtlich an ihrem nackten Arm hinab. Sie war hundemüde und rückte näher an ihn heran, um in seinen Armen einzuschlafen.

Er fuhr mit seinen Händen unter die Decke und umschloss fest ihre Brüste. Sein Atem flatterte über ihren Nacken, sie spürte seine wachsende Erregung.

„Nicht, bitte", murmelte sie.

„Ach, das gefällt dir doch", raunte er. Seine Stimme vibrierte.

Sonst genoss sie es, von Konstantin berührt zu werden. Es war leicht, sich in seinen Armen fallen zu lassen. Aber jetzt sehnte sie sich einfach nur nach Schlaf.

Konstantin stöhnte leise und drehte sie schwungvoll auf den Rücken. Unter seinem Kopfkissen zog er einen Schal hervor und band ihn um ihre Handgelenke. Als Karla vor Schreck aufschrie, traf sie ein düsterer Blick. Konstantin war wie ein Fremder.

„Bitte, hör auf", flüsterte sie, doch er reagierte nicht und zog den Knoten fester.

Alle Müdigkeit wich aus Karlas Körper und machte einer Unruhe Platz, die neu für sie war. Als sie mit Konstantin mit aller Kraft von sich schieben wollte, packte er ihre Hände und drückte sie über ihrem Kopf ins Kissen. Karla schloss die Augen, atmete gegen den Schmerz und die Wut an. So hilflos hatte sie sich noch nie gefühlt.

Eine gefühlte Ewigkeit später löste er den Schal von ihren Handgelenken und hauchte einen Kuss auf die roten Striemen, die die Fessel hinterlassen hatte.

Karla hoffte auf eine Entschuldigung, auf ein Wort der Reue. Doch nichts geschah. Sie konnte nicht weinen, fühlte sich leer und allein.

Die Sehnsucht zu ihren Kindern, die vermutlich friedlich in ihren Betten bei Oma und Opa lagen, packte sie mit einem Mal und sie fragte sich, ob das alles hier ein Fehler war. Wie einen Kokon wickelte sie die Bettdecke um sich.

Konstantin lachte und bahnte sich einen Weg darunter. „Du willst doch jetzt nicht alleine sein." In seiner Stimme schwang etwas mit, das sie nicht einordnen konnte. Mit letzter Kraft murmelte sie: „Konstantin bitte, ich will schlafen."

Beleidigt brummte er: „Du kannst doch hier nicht nackt vor mir liegen und erwarten, dass ich die Finger stillhalte. Ich brauche das, ich bin ein Mann, das weißt du."

Diese Worte kamen nur noch in Fetzen bei Karla an, setzten sich gar nicht richtig fest. Später war sie nicht mal sicher, ob sie das nur geträumt hatte.

Als Karla das erste Mal wach wurde, war es

draußen noch fast dunkel. Diffuses Licht bahnte sich seinen Weg unter der Gardine hindurch, kroch über den Fußboden. So matt, wie der Morgen war, fühlte auch sie sich. Eine Nebelwolke verhinderte, dass ihr Gehirn eine Erklärung für das beklemmende Gefühl in ihrer Magengegend fand. Grübelnd war sie wieder eingeschlafen.

Einige Zeit später hatte die Sonne die graue Wand weggeschoben, drang in zart geschwungenen Linien durch das Muster der Vorhänge und hinterließ auf der gegenüberliegenden Wand leuchtende Flecken. Karla drehte sich um und stellte fest, dass Konstantin nicht mehr neben ihr lag.

Ein Blick auf den Wecker verriet ihr, dass es schon kurz nach neun war. So lange blieb sie sonst nie im Bett. Ihre Decke hatte sie noch immer fest im Griff, sodass sie einen Moment brauchte, bis sie sich daraus befreit hatte. Als sie die Beine aus dem Bett geschoben und sich aufgesetzt hatte, traf sie ein heftiges Pochen hinter der Schläfe. Am liebsten wäre sie sofort wieder zurück ins Bett gekrochen, aber sie musste dringend auf die Toilette. Die Kopfschmerzen verursachten leichten Schwindel und so tastete sich Karla zwischen Bett, Schrank und Wand entlang langsam zur Tür, die nur angelehnt war. Aus der benachbarten Küche drang leise Musik. Karla wollte sich an der halb geöffneten Tür vorbeischleichen.

„Guten Morgen, mein Engel, hast du gut geschlafen?" Konstantin saß am Küchentisch, die Beine auf der Tischplatte, im Schoß ein Buch, und schaute sie an. Er las fast immer und überall, wenn er gerade nichts anderes zu tun hatte. Meistens verschlang er spirituelle Ratgeber und Geschichten. Karla konnte damit zwar nicht viel anfangen, aber da sie selbst eine Leseratte war, hatte sie vollstes Verständnis für sein Hobby.

Heute Morgen war er bester Laune. Sogar Brötchen hatte er schon vom Bäcker geholt. Wie es aussah, war er mit dem Fahrrad in der Stadt gewesen, denn er hatte noch seine Radlerhose an. Er stand auf und kam auf sie zu, zog sie zärtlich an sich und gab ihr einen sanften Kuss auf die Stirn.

„Ich glaube schon. Nur mein Kopf brummt etwas", murmelte Karla und machte sich innerlich steif, ohne zu wissen, warum sie sich gegen die Berührung stemmte. „Ich geh erst mal duschen."

„Ja klar, kein Problem. Danach wird es dir besser gehen, du wirst sehen. Brauchst du eine Ibuprofen?"

Konstantin strich fürsorglich mit dem Zeigefinger über ihre Wangen. Er war so liebevoll heute Morgen, dass der bittere Beigeschmack sich beinahe in Luft auflöste. Aber eben nur beinahe. Etwas in ihr sträubte sich gegen Konstantins Berührungen.

„Nein, ich glaube nicht. Bis gleich." Sie hauchte einen Kuss auf seine Schulter und stieg die Stufen ins erste Stockwerk hinauf, in dem sich das Bad befand. Sie streifte Shirt und Slip ab und drehte das Wasser auf. Der heiße Wasserstrahl prasselte dampfend auf sie herab und nahm die letzte Müdigkeit mit in den Abfluss. Dann rubbelte sie sich mit dem Handtuch trocken und wischte über den angelaufenen Spiegel. Im gleichen Moment wünschte sie sich, sie hätte nicht hineingeschaut. Dunkle Ringe unter den Augen, blasse Haut und ein unergründlicher Ausdruck in ihrem Blick, der sie verwirrte. Sie hätte auf den Rotwein verzichten sollen.

Aus ihrem Rucksack fischte sie frische Unterwäsche, ein blaues Shirt und eine dunkle Jogginghose und zog sich an. Anschließend warf sie sich über dem Waschbecken ein paar Hände voll kaltes Wasser ins Gesicht und rubbelte ihre Haut vor allem an den Wangen kräftig trocken. Wenigstens war sie jetzt nicht mehr ganz so blass. Ihre Haare band sie zu einem lockeren Knoten hoch, für eine richtige Frisur fehlte ihr die Lust.

Als sie wieder in die Küche trat, stellte sie fest, dass sich Konstantin wirklich Mühe gegeben hatte. Sogar Kerzen hatte er angezündet.

„Tee?" Er wartete gar nicht erst ihre Antwort ab und schenkte ihr ein.

Sie nahm die Tasse zwischen beide Hände und hielt ihre Nase darüber. „Hmm", seufzte sie, rührte einen Löffel Honig hinein und nahm einen Schluck, der sich wohlig in ihrem Bauch verteilte. Jetzt konnte es nur noch besser werden, das ganze Wochenende lag ja noch vor ihnen.

Sie frühstückten gemütlich, aßen Croissants mit Erdbeerkonfitüre und Käsebrötchen, tranken Orangensaft und Tee. Die Kopfschmerztablette neben dem Teller ignorierte Karla. Es ging ihr schon besser. Ehe sie fragen konnte, was fürs

Wochenende geplant war, schaute Konstantin sie so ernst an, dass das Blut hinter ihren Schläfen erneut heftig pulsierte.

„Was ist?" Das seltsame Gefühl in Karlas Bauch war wieder da. Sie konnte kaum den letzten Bissen ihres Brötchens hinunterschlucken. „Jetzt sag schon!"

„Ich …" Konstantin zögerte. „Ich muss dir ein bisschen was über meine Kindheit erzählen. Damit du weißt, warum ich so bin, wie ich bin."

Karla stellte ihre Tasse ab, da deren Inhalt gefährlich zu schwanken begonnen hatte, und schaute ihn an. „Wie meinst du das?"

Konstantin holte tief Luft und nahm seine randlose Brille ab, um sie neben sich auf den Tisch zu legen. „Ich habe dir ja mal erzählt, dass ich keine Mutter mehr habe, richtig?"

„Ja, das hast du. Das tut mir unendlich leid."

„Das braucht es nicht. Meine Mutter lebt noch. Sie ist nur für mich gestorben."

„Was?" Ihre Stimme klang selbst in ihren eigenen Ohren schrill.

Er verbarg sein Gesicht in den Händen, die Ellenbogen auf den Tisch gestützt. Seine Schultern hoben und senkten sich parallel zum unregelmäßigen Rhythmus seines Atems. Als er wieder hochschaute, wirkte sein Blick wie von Wolken verhangen. „Sie ist einfach abgehauen. Über Nacht. Da war ich gerade neun."

„Oh Gott. Warum?" Karla konnte sich nicht vorstellen, jemals ihre beiden Töchter zu verlassen.

Wie kam eine Mutter darauf, so etwas zu tun? War etwas Schlimmes geschehen, dass sie so verzweifelt gewesen war? Grundlos würde eine Mutter einen solchen Schritt doch sicher niemals gehen. „Ist etwas passiert?", fragte sie vorsichtig nach.

„Passiert?" Konstantin fuhr hoch. „Klar ist was passiert. Sie hat sich mit meinem Vater gestritten, hat ihre Klamotten gepackt und ist abgehauen! Das ist passiert!" Mit einem dumpfen Knall stellte er seine Tasse ab.

„Hatten sie denn öfter Streit?" Karla musste Konstantin dazu bringen, mit ihr über seine Vergangenheit zu reden. Wegen eines Streites weglaufen – sie konnte sich nicht vorstellen, dass das wirklich der einzige Grund gewesen sein soll.

Er zuckte mit den Schultern. „Andauernd. Aber ist doch normal in einer Beziehung, dass man mal streitet, oder?" Sein Blick war voller Wut.

„Finde ich nicht. Ab und zu eine Meinungsverschiedenheit ist okay, aber andauernd? Ich weiß nicht. Man muss doch auch mal einer Meinung ..."

Konstantin unterbrach sie. „Immer Friede, Freude, Eierkuchen ist aber auch nicht normal! Ich finde, Streit reinigt die Luft. Punkt. Deswegen haut man nicht einfach ab und kommt nie mehr wieder!"

„Entschuldige, dass ich danach gefragt habe. Ich fand es nur seltsam und dachte, dass deine Mutter vielleicht auch andere Probleme hatte, die sie nicht lösen konnte. Vielleicht war sie verzweifelt? Krank? Einsam?"

„Krank? Ja. Hier!" Konstantin tippte sich heftig

an die Stirn. „Meine Erzeugerin ...", dieses Wort betonte er voller Hass, „... ist einfach ein mieses Stück!" Er ließ keine Erwiderung zu und fauchte Karla entgegen: „Deshalb fällt es mir so schwer, euch Frauen überhaupt zu vertrauen! Wenn es schwierig wird, haut ihr ab. Alle anderen sind euch doch gleichgültig. Hauptsache, euch geht es gut!"

„Aber das stimmt doch nicht." Sie griff nach seiner Hand.

Konstantin zog sie weg. Er wirkte wie ein trotziger Junge, unverstanden und alleingelassen. Sofort regte sich Mitleid in Karla. Egal, was seine Mutter damals für Gründe gehabt hatte, sie hatte einen kleinen Jungen zurückgelassen, der ohne Mutter groß werden musste.

Seine Stimme war jetzt nur noch ein Flüstern. „Und du wirst mich auch wieder verlassen eines Tages. Das weiß ich. Ihr Frauen seid alle gleich."

„Nein, Konstantin, das werde ich nicht!" Seine Worte verletzten sie. „Ich liebe dich. Ich habe schon alles in Bewegung gesetzt und ziehe in ein paar Wochen zu dir. Ich werde dich bestimmt nicht verlassen! Niemals, bitte glaub mir."

Wenn es etwas gäbe, womit sie ihm ihre Treue beweisen könnte, würde sie das tun. Konstantin wirkte verletzt. Logisch, bei allem, was er schon durchgemacht hatte. Deshalb war er manchmal so ruppig, sensibel und wütend. Wirkte zerrissen. Es war die Sorge, dass ihm wieder entglitt, was er liebte.

Karla ging um den Tisch herum, beugte sich von

hinten über ihn und schlang ihre Arme um seine. „Liebling, ich bin bei dir. Ich bin anders, glaub mir. Ich bleibe bei dir, wenn es schwierig wird. Wirklich.“

Konstantin hielt ihre Hände fest und schwieg einen Moment. „Ich versuche es, aber lass mir etwas Zeit. Bisher hat mich jede Frau in meinem Leben wieder verlassen. Aber du bist mir wichtig. Dich lasse ich nicht so einfach wieder gehen.“

Der letzte Satz ging ihr nicht mehr aus dem Kopf, während sie das Auto auf den Parkplatz des Krankenhauses lenkte und zu Bella ging ...

6

„Hey Süße, da bin ich wieder.“ Sie traf Bella im Flur des unteren Stockwerks.

„Hey Mama. Schau mal, hier gibt es eine Bücherei.“ Bella hatte ein paar Bücher unter ihren Arm geklemmt. Ein gewohntes Bild, über das sich Karla in diesem Moment besonders freute. Es wirkte so normal. Solange es irgendwo Bücher gab, war alles gut. Das Regal in Bellas Zimmer war schon längst zu voll geworden, sodass sich alle Neuankömmlinge an der Fußbodenleiste entlang reihten.

Karla teilte die Leidenschaft fürs Lesen ebenso und inzwischen hatten sich ihre Vorlieben soweit angeglichen, dass sie sich gegenseitig Bücher ausliehen und anschließend darüber sprachen. Leider war ihr kleiner Buchclub in letzter Zeit ein bisschen eingeschlafen, aber das würde sich nun wieder ändern, davon war Karla überzeugt. Dann würden sie auch wieder regelmäßig in die Bibliothek gehen, zu der sogar Emma gern mitkam.

Geschäftiges Klappern brachte Unruhe in den Krankenhausflur. Am anderen Ende stand ein großer Wagen, auf dem abgedeckte Teller gestapelt waren.

„Hm, das riecht aber gut. Was gibt´s denn heute?", fragte Karla, während sie zurück ins Zimmer schlenderten.

„Also, ich hab mir Kartoffelbrei mit Spinat und Spiegelei bestellt, da hab ich richtig Bock drauf!"

„Lecker, das könnten wir zuhause auch mal wieder machen."

Bella nickte und legte die Bücher, die sie gerade in der kleinen Bücherei gefunden hatte, nebeneinander aufs Bett.

„Na, da hast du dir ja was vorgenommen."

„Ja, was soll ich denn sonst machen die ganze Zeit? Es ist so langweilig hier. Fernsehen ist auch blöd." Bella nickte mit dem Kopf zum Nachbarbett, das gerade leer war, „Sie schläft so viel, da will ich nicht stören."

„Okay. Ist ja nur noch bis morgen. Sagt jedenfalls Frau Johannsen-Lehr."

„Wie war´s denn eigentlich mit ihr?" Bellas Blick war schwer zu deuten. Einerseits neugierig, andererseits genervt über die Tatsache, dass sich eine Psychologin mit ihren Problemen befasst hatte.

„Es war gut. Wirklich! Und keine Sorge, du musst nicht mehr zu ihr. Sie meinte, dass du alles richtig gemacht hast. Dein fester Wille, ihr nichts von dir zu erzählen, hat sie sehr beeindruckt."

„Echt? Zum Glück. Ich hätte ihr auch beim nächsten Mal nichts erzählt. Das geht sie alles nichts an!"

„Ich weiß, Bella. Aber mich gehen ein paar Sachen was an. Und wir müssen uns unterhalten." Sie schob eine der blonden Strähnen aus Bellas Gesicht. „Die nächsten Wochen werden sicher schwierig, aber wir schaffen das."

Bella nickte. In diesem Moment klopfte es und Schwester Annette öffnete die Tür mit dem Ellenbogen, da sie in den Händen einen großen, viereckigen Krankenhausteller trug. Sie stellte ihn auf Bellas Nachttisch ab und öffnete schwungvoll die Abdeckhaube.

„Voilà!" Sie lachte fröhlich. „Lass es dir schmecken." Bella starrte entsetzt auf den Teller. Sowohl der Kartoffelbrei als auch der Spinat und das Rührei waren in eine viereckige Form gepresst worden.

Als die Schwester das zweite Tablett gebracht und die Tür wieder geschlossen hatte, meckerte Bella:

„Das soll Rührei sein? Das ist grau! Und der Spinat ist braun!" Sie pikte mit der Gabel ins Püree. „Und das ist staubtrocken! Und die wundern sich, dass ich nichts esse, pah!"

Bella war so entrüstet, dass Karla lachen musste.

Insgeheim musste sie ihr recht geben – das Essen sah wirklich nicht besonders appetitlich aus. „Komm, iss wenigstens ein bisschen. Vielleicht schmeckt es ja besser, als es aussieht."

Bella sah sie mit gespieltem Entsetzen an, schob sich aber eine Gabel der festen Kartoffelmasse in den Mund. „Die können hier definitiv nicht kochen. Das steht mal fest", beschwerte sie sich mit vollem Mund.

Karla lachte. Bis Bella ihr eine Gabel voll Püree hinhielt. „Hier, probier mal! Das kannst du ja wohl besser."

Karla blieb nichts anderes übrig, schließlich hatte sie das auch von Bella verlangt. Die Masse war nur lauwarm, dazu noch stückig und fad. Nein, so wurde kein Kartoffelpüree gemacht, Bella hatte recht.

„Stimmt. Das kann jeder besser. Hier." Sie reichte Bella die Gabel zurück.

Bella zuckte resigniert mit den Schultern. „Egal, ich hab Hunger, ein bisschen esse ich, dann meckern die wenigstens nicht mit mir. Zum Glück gibt es zum Nachtisch Vanillepudding."

Am darauffolgenden Nachmittag traf Karla im Krankenhaus ein, als Bellas Freundin Katha zu Besuch war. Sie hatte die beiden schon vom Flur aus kichern gehört.

„Hallo Frau Wolff." Katha nickte ihr zu.

„Hallo Katha, wie geht´s dir? In der Schule alles okay?" Karla freute sich über den Besuch. Sie berührte das Mädchen kurz an der Schulter und beugte sich dann zu Bella hinab, um ihr ein Wangenküsschen zu geben.

„Ja, alles gut. Schule auch. Bella hat nichts verpasst."

„Hey Mama, hast du den Stationsarzt schon getroffen? Der wollte noch den Bericht für den Hausarzt schreiben und mich dann entlassen." Bella klang genervt. Sie war froh, endlich gehen zu können, das sah man ihr an. Karla hoffte, dass sich Konstantin in den nächsten Tagen zurückhalten und sie einfach in Ruhe lassen würde.

„Ich gehe jetzt, Bella. Wir sehen uns morgen in der Schule, okay?" Katha drückte ihre Freundin und flüsterte ihr leise, aber so, dass Karla es hören konnte, ins Ohr: „Mach bitte keinen Blödsinn, ja? Alles wird gut. Ich hab dich lieb."

Bella nickte. „Bis morgen. Ich hab dich auch lieb." Die beiden kicherten.

Katha hob ihren grauen Rucksack auf und warf ihn sich über die Schulter. „Tschüss", murmelte sie in Karlas Richtung und schlüpfte hinaus.

Karla setzte sich zu Bella aufs Bett. „Ich bin froh, dass du Katha hast. Sie ist echt lieb."

„Ja, das ist sie. Kann ich am Wochenende bei ihr schlafen?"

„Von mir aus. Wenn ihre Eltern nichts dagegen haben. Ich geh mal ins Stationszimmer, vielleicht ist der Bericht ja schon fertig. Konstantin wartet draußen im Auto."

„Okay." Bella verdrehte die Augen.

Karla hob entschuldigend die Hände. „Der braucht das Auto gleich für zwei Hausbesuche, deshalb."

Ein paar Minuten später war sie wieder bei ihr und hielt einen grauen Briefumschlag in der Hand. „So, wir können endlich gehen", seufzte sie und steckte den Brief in ihre Handtasche. Dann nahm sie Bellas Reisetasche und hielt ihr die Tür auf.

Im Flur trafen sie auf Schwester Annette.

„Tschüss, Bella, alles Gute für dich. Lass dich nicht unterkriegen!" Ein letztes Zwinkern, ein kurzer Gruß in Karlas Richtung, und schon war sie im Zimmer verschwunden, wahrscheinlich, um Bellas Bett für den nächsten Patienten vorzubereiten.

Als sie die endlos scheinenden Flure des großen Komplexes hinter sich gelassen hatten und vor dem Eingangsportal standen, entdeckten sie Konstantin mit laufendem Motor direkt an der Zufahrt, die für Krankenfahrzeuge bestimmt war. Er winkte genervt in ihre Richtung und Karla hoffte insgeheim, dass er nicht noch hupen würde.

Rasch steuerten sie auf den Van zu. Karla bugsierte die Tasche in den Kofferraum und setzte sich neben Konstantin auf den Beifahrersitz, während Bella hinter ihr Platz nahm.

„Hi, Konstantin", begrüßte Bella ihn. Der antwortete nicht, sondern starrte geradeaus und fädelte sich ungeduldig in den Verkehr ein.

Die Fahrt nach Hause dauerte nur etwas mehr als eine Viertelstunde, aber sie fühlte sich wie eine Ewigkeit an. Bei einem Seitenblick auf Konstantin

sah Karla, wie er seine Kieferknochen fest aufeinan-
derpresste und immer wieder in den Rückspiegel
starrte. Er sagte kein Wort, fragte weder sie noch
Bella, wie es im Krankenhaus gewesen war.

Eine Entscheidung

1

Als Karla ins Wohnzimmer trat, mit einer Tasse Tee in der Hand, spürte sie durch ihre dicken Wollsocken hindurch jede einzelne Faser des Teppichs, als würden lauter kleine Finger sie zurückhalten wollen. Wie der Abend wohl ausgehen würde? Sie musste es hinter sich bringen. Sie musste es Konstantin endlich sagen.

Diesmal gab es keinen Plan, wie sie vorgehen sollte. Sonst machte sie immer für alles Pläne und Tabellen, fühlte sich zwischen den Zeilen und Kästchen sicher, ließ sich von ihnen tragen und beschützen. Nur für das hier gab es keinen Schutz, das ließ sich nicht in eine Tabelle pressen.

Konstantin kauerte auf der Couch, ein Buch in der Hand, ein Glas Rotwein vor sich auf dem Tisch. Karla war froh, dass die Flasche daneben noch fast voll war. Je mehr er getrunken hatte, umso unkontrollierter reagierte er.

Ihr Herz hämmerte ungleichmäßig gegen ihre

156

Brust, so laut, dass sie fürchtete, Konstantin könne es hören. In Zeitlupe trat sie einen weiteren Schritt auf ihn zu. Noch immer wollten die Teppichfransen sie zurückhalten.

Mrs Orange tapste neben ihr her und fixierte den Teebeutel, der aus der Tasse baumelte. Doch als Konstantin aufsah, fauchte die Katze leise und rannte hinaus. Karla hörte sie die Treppe hinaufspringen. Meistens war sie bei Bella, doch heute waren die Mädchen bei Karlas Eltern, obwohl Bella lieber zuhause geblieben wäre. Sie wusste, was ihre Mutter vorhatte, und wollte in ihrer Nähe sein, um sie zu beschützen. Eine richtige Löwentochter. Doch das hier musste Karla allein durchziehen.

Konstantin musterte sie fragend und schob eine Augenbraue hoch. Karlas Blick blieb beunruhigt daran kleben. Er klappte das Buch zu, legte es auf den Tisch und klopfte aufmunternd mit der Hand auf den Platz neben sich. Sie wusste, dass er sich auf das kinderfreie Wochenende freute.

„Komm her und setz dich. Und entspann dich. Du hattest eine anstrengende Woche." Diese schmeichelnde Stimme. Bloß nicht schwach werden, auch wenn er so freundlich klang wie damals bei ihrer ersten Begegnung. Karla wandte den Blick ab und zwang sich, auch die anderen Gelegenheiten wieder in ihr Gedächtnis zu holen. Der Abend in der Pizzeria. Der letzte Morgen in Paris, nachdem sie seinen Antrag angenommen hatte. Sein Verhalten nach immer dem gleichen Ablauf der Abende, an denen er sich vergessen hatte.

Die Erinnerung half. Mit durchgedrücktem Rücken nahm sie auf dem Sofa Platz. Der Abstand hätte nicht größer sein können. Sie hielt seinem fragenden Blick stand, schob die leisen Zweifel, die immer noch in ihrem Magen herumflirrten, beiseite. In ihrem Kopf ratterten die vielen Facetten dieses Gesichts vorbei wie ein alter Film. Sie konnte ihn nicht stoppen, aber das war auch gut so. Sie fragte sich, hinter welcher der vielen Masken der wahre Konstantin verborgen war.

Er beugte sich zu ihr, seine Hand näherte sich ihrem Gesicht, sein Zeigefinger schob ihr Kinn ein wenig hoch. Ohne ihn aus den Augen zu lassen, stellte sie ihre Teetasse auf dem Tisch ab. Sie wunderte sich, dass nichts daneben ging, obwohl ihr Körper ein einziges Beben war.

„Ist alles in Ordnung?" Er hatte also wahrgenommen, dass sie etwas mit sich herumschleppte. Natürlich hatte er das.

„Nein. Ist es nicht", hörte sie sich flüstern.

„Wieso? Was ist los?" Schon hatte sich der Klang seiner Stimme verändert. Nur eine Nuance, doch sie war da. Ab jetzt gab es kein Zurück mehr. Endlich zog er seine Hand von ihrem Gesicht weg und ballte sie auf seinem Schoß zu einer steinernen Faust.

„Konstantin …" Karla machte eine lange Pause, starrte auf die feinen Äderchen auf ihrem Handrücken. Ehe die Luft in Scherben zerspringen konnte, sprach sie den Satz, den sie in Gedanken tausendfach geübt hatte. „Ich werde mich von dir trennen."

„Wie jetzt?" Es klang wie ein heiseres Bellen.

„Ich kann nicht mehr. Du machst mich krank. Und Bella auch."

„Ich mache was?" Wie ein Peitschenknall flog ihr die Frage entgegen.

Bilder aus Paris blitzten auf. Der Heiratsantrag an der Seine. Die gleiche kalte Stimme, die sie zu einem Ja gezwungen hatte.

„Bella natürlich. Das war so klar!" Verächtlich spuckte er den Namen aus. „Ich hab doch gesagt, dass sie nicht ganz dicht ist! Und jetzt bist du ihr endgültig auf den Leim gegangen. Mensch Karla, die ist mit allen Wassern gewaschen, will uns auseinanderbringen. Von Anfang an! Sie hasst mich. Und ich weiß nicht mal, warum. Ich geb mir solche Mühe, und dieses Biest lügt und lügt." Konstantin redete sich in Rage, sprang auf und tigerte vor Karla hin und her. Sie zwang sich, ihren Rücken gerade zu halten und krallte ihre Hände in die Sofakante. Sie brauchte etwas zum Festhalten, während ihr Mann sich immer mehr ereiferte.

„Sie hat das ganze Theater doch nur gespielt, damit sie deine Aufmerksamkeit kriegt. Und du dummes Ding fällst drauf rein! In zwei Jahren ist sie erwachsen und zieht aus. So lange halten wir das doch noch aus zusammen." Und leise, fast bettelnd: „Meinst du nicht?"

Karla schüttelte den Kopf. „Nein, halten wir nicht. Du machst mich unglücklich, schon seit einiger Zeit. Merkst du das nicht?"

„Wieso mache ich dich unglücklich? Ich mache

doch alles für dich! Und jeder sagt, was wir für ein tolles Paar sind. Du kannst hier jeden fragen!" Sein Arm machte einen Bogen, der wohl die ganze Nachbarschaft einschließen sollte.

„Ja, ich weiß. Das denken sie. Es weiß ja auch niemand, was wirklich los ist. Draußen bist du zu uns allen immer unglaublich nett, auch zu Bella. Aber du spielst nur Theater. Ich glaube dir nicht mehr. Kein Wort." Sie hatte es wirklich gesagt.

„Ich spiele kein Theater, Karla. Ich liebe dich!"

Wieder eine neue Maske. In irgendeiner Fernsehshow hatte sich mal jemand innerhalb weniger Sekunden immer wieder ein neues Kleid übergeworfen. Ein menschliches Chamäleon. Genau wie Konstantin mit seinen Launen. Welche davon war echt?

Seine Augen schimmerten feucht. Bitte bloß das nicht, dachte Karla. Schon rissen ganz tief in ihr wieder diese kleinen Zweifel an ihr herum, arbeiteten fieberhaft daran, sie umzustimmen.

Konstantin ließ sich mit einem Seufzen aufs Sofa fallen. Seine Hände kneteten eines der Kissen, bis die Venen auf den Handrücken deutlich hervortraten. Diese Hände, die so viel Schmerz bringen konnten. Nicht nur Karla. Zeilen aus Bellas Abschiedsbrief erinnerten sie daran.

„Ich habe dich auch geliebt, Konstantin. Aber meine Kinder liebe ich mehr und ich bin für ihre Sicherheit und ihr Glück verantwortlich. Ich möchte nie wieder, dass eins von ihnen so unglücklich ist, dass es sich freiwillig Schmerz zufügt. Du kannst dir überhaupt nicht vorstellen, wie schrecklich sich das anfühlt."

„Und jetzt liebst du mich nicht mehr?", fragte Konstantin mit brüchiger Stimme. „Du sagst, du hast mich auch geliebt. Jetzt nicht mehr?" Sein Schluchzen ließ sie zusammenzucken. Statt zu antworten hob sie nur ihre Schultern und ließ sie wieder fallen. Hinter der traurigen Maske verbarg sich der Mensch, der ihr Leben zerstören wollte. Er war ein Monster.

Ein Monster, ein Monster, wiederholte sie im Stillen wie einen Kinderreim, während schmerzhafte Erinnerungen zu neuen Warnungen zusammenschmolzen: Bellas zerschnittene Unterarme. Rote Striemen mit getrocknetem Blut, die die Worte *er lügt* bildeten.

Karla räusperte sich und wischte mit dem Ärmel eine Träne von ihrer Wange. „Richtig. Ich habe dich geliebt. Das heißt, eigentlich habe ich den Konstantin geliebt, der nett zu mir und meinen Kindern war, der mich auf Händen getragen und mit mir die Zukunft in bunten Farben gemalt hat."

Mit wässrigen Augen fiel er vor ihr auf die Knie, quetschte sich dabei zwischen Tisch und Sofa und umklammerte ihre Hände. „Aber das bin ich! Und ich werde das immer sein. Bitte glaube mir. Du musst mir glauben!"

Karla schob seine Hände weg und strich ihre Hose glatt. Beunruhigt stellte sie fest, dass sie jetzt nicht mehr so ohne Weiteres wegkam.

Ihr Mann hockte vor ihr wie ein bettelnder Hund.

„Ich hasse diesen anderen Konstantin ebenso wie du. Ich habe aber keine Macht über ihn. Du weißt doch, dass ich manisch-depressiv bin, das habe ich dir von Anfang an gesagt."

„Du bist nicht manisch-depressiv. Du bist ein Psychopath, das ist alles." Das hatte sie nicht sagen wollen.

„Was?" Konstantin lachte auf. Die eisige Kälte in seiner Stimme ließ sie zusammenzucken. „Wie kannst du so was behaupten? Ich bin krank, ich nehme Medikamente, wie du weißt. Ich tue alles, um dich nicht zu verlieren!" Als er sie jetzt anstarrte, so dicht vor ihr, hatte der Sturm, der in ihr tobte, sämtliche Zweifel davongefegt.

„Herzchen, bitte. Gib mir noch eine Chance! Willst du das alles hier wegwerfen?" Abermals vollführte er mit den Armen einen großen Halbkreis durch das Wohnzimmer. „Das ist auch dein Haus. Und dein Garten, den kannst du doch nicht einfach so aufgeben? Du hast das alles hier zu unserem Zuhause gemacht und jetzt willst du es nicht mehr?"

Bei der Erwähnung des Gartens hatte Karla ein leises Ziehen in ihrer Brust gespürt. Ja, den würde sie wirklich vermissen. Aber auch woanders wuchsen Kräuter und Blumen. Irgendwo, wo die Arbeit im Garten nicht einfach Flucht war, sondern wirkliche Entspannung.

„Ach, hör auf. Ich werfe das alles nicht einfach so weg. Ich habe lange darüber nachgedacht, aber ich weiß auch, dass es keine andere Lösung für mich gibt."

„Du meinst das also wirklich ganz ernst?" Er hievte sich schwerfällig zurück aufs Sofa und blickte zu Boden.

„Ja."

„Wann?"

„Sobald ich eine Wohnung gefunden habe."

„Du hast noch keine?" Hoffnung in seiner Stimme.

Er musste nicht wissen, dass sie für die nächste Woche zwei Besichtigungstermine vereinbart hatte. „Ich wollte erst mit dir reden." Die kleine Lüge fiel ihr schwer, aber sie ließ sich nichts anmerken und schaute Konstantin an.

„Wohin willst du denn?"

„Das weiß ich noch nicht. Ich bleibe aber erst mal in Graubergen, bis Bella mit dem Abi fertig ist."

„Du denkst immer nur an Bella. Was ist mit Emma?", fragte er höhnisch. Er wollte sie verletzen und verunsichern, doch diesmal schaffte er es nicht. Karla war auf diese Frage vorbereitet.

„Bella macht bald Abitur, da kann ich sie nicht mittendrin herausnehmen. Emma hat ja noch genug Zeit, um ihre Zukunft zu planen. Und wenn es so weit ist, stehe ich natürlich auch Emma bei. Meine Kinder bekommen die Aufmerksamkeit, die sie benötigen. Jetzt endlich. Ich habe viel zu lange nicht genug auf sie aufgepasst, weil ich immer nur damit beschäftigt war, dich zufriedenzustellen."

Konstantin schnaufte verächtlich. „Weißt du was? Ich wusste, dass es eines Tages so weit kommen würde. Ihr Frauen seid alle gleich – wenn es schwierig wird, haut ihr ab und gebt uns die Schuld. Und ich hab dir vertraut." Als würde er Steine nach ihr werfen. Aber diesmal traf er nicht.

Sie lachte verbittert. „Hast du dich je gefragt, warum dich alle Frauen verlassen?" Zum ersten Mal, seit sie zusammen waren, wagte sie sich so weit vor. In ihrer Brust rumorte es so heftig, dass ihr für einen Moment der Atem stockte. So hatte sie noch nie mit ihm geredet.

„Was?", bellte er.

„Du hast mir von Anfang an gesagt, wie gemein alle Frauen in deinem Leben zu dir waren. Ich habe mich fast sechs Jahre lang bemüht, dir das Gegenteil zu beweisen. Ich habe alles für dich getan. Meine Freundinnen versetzt, weil du eifersüchtig warst. Meine Töchter auf ihre Zimmer geschickt, damit du mich für dich allein hast. Ich habe mein ganzes Leben nach deinen Wünschen ausgerichtet. Aber egal, was ich mache, es reicht nicht aus. Und ich glaube, es ging meinen Vorgängerinnen auch schon so. Nur, dass sie das schneller erkannt haben als ich."

„Das ist …" Konstantin stockte. Er öffnete die Lippen, stieß einen unbestimmten Laut aus, schloss den Mund wieder. „Ich hab dir gesagt, dass es nicht leicht mit mir werden würde, Karla." Es klang traurig. „Ich habe dich nie angelogen, aber die Wahrheit war wohl zu viel für dich. Schade."

„Ich kann dir nicht mehr glauben, Konstantin. Du bist nicht krank, du schiebst das nur vor, weil es einfacher für dich ist."

Sein Kinn sank auf die Brust und sein Oberkörper bebte, als er leise weiterredete. „Karla, ich war noch ein Kind, als meine Mutter abgehauen ist. Sie hat sich nicht mal für ihren eigenen Sohn interessiert."

„Vielleicht hatte sie Angst vor dir."

Unvermutet sprang er auf, riss dabei versehentlich ihren Tee vom Tisch und schlug ihr die Hand ins Gesicht. Vor Schreck war sie so gelähmt, dass sie den Schmerz erst spürte, als die Verandatür hinter ihm zuschlug.

Wann hatte das bloß angefangen? Sie konnte sich nicht mehr erinnern. Aber dass Dilek schon vor langer Zeit an Konstantins Liebe gezweifelt hatte, daran erinnerte sich Karla deutlich.

2

September, vier Jahre früher

Karla starrte auf den flimmernden Bildschirm auf ihrem Schreibtisch, ohne etwas darauf zu erkennen. Die Erinnerung an den gestrigen Abend schob sich hartnäckig dazwischen.

„Karla?" Dilek stand im Türrahmen und warf ihr einen besorgten Blick zu. Wer weiß, wie lange sie schon dort gestanden hatte.

Karla zuckte zusammen. Das Lächeln misslang. Als hätten ihre Mundwinkel verlernt, sich nach oben zu biegen.

„Stimmt was nicht?"

„Alles okay. Hab nur schlecht geschlafen", murmelte sie.

„Du siehst nicht gut aus, willst du lieber nach Hause gehen?" Dilek würde jetzt nicht mehr locker lassen.

Auch wenn Karla ihre Beharrlichkeit sonst zu schätzen wusste, in diesem Moment störte sie sich daran. Sie schüttelte den Kopf und seufzte. „Nein, es geht schon, wirklich." Die Mundwinkel streikten noch immer.

Schwungvoll zog Dilek den Drehstuhl hinter ihrem Schreibtisch hervor und riss dabei einen Ablagekorb voller Briefe herab. Karla sprang auf, aber da war Dilek schon bei ihr, setzte sich direkt vor sie und schob sie zurück auf den Stuhl. „Später. Jetzt erzähl mir mal, was los ist. Ich bin ja nicht blind."

Im nächsten Augenblick nahmen ihr die aufsteigenden Tränen die Sicht. Wie so oft in letzter Zeit.

Dilek reichte ihr wortlos ein Taschentuch. „Ist was mit deinen Kindern?"

„Nein."

„Deine Eltern?"

Sie verneinte wieder.

„Konstantin?"

Karla schwieg.

„Was hat er getan?"

„Nichts. Wir hatten nur eine kleine Meinungsverschiedenheit".

„Warum glaube ich dir das nicht? Du kannst mit mir reden, Karla. Immer. Ich mag dich und ich finde, du hast genug Mist erlebt. Also. Worüber habt ihr gestritten?"

Karla seufzte. „Er war sauer, weil ich neben ihm auf dem Sofa eingeschlafen bin."

„Wie bitte? Ich schlafe abends dauernd auf dem Sofa ein. Wo ist das Problem?"

„Konstantin ist der Meinung, ich mache das mit Absicht. Und ich interessiere mich nicht genug für ihn." Sie sagte es ganz leise. Es klang so dumm. So beschämend.

„Ist das dein Ernst? Ich meine, ist das wirklich sein Ernst?"

Karla nickte niedergeschlagen und versteckte ihr Gesicht in ihren Händen. Ja, das Ganze war lächerlich. Dennoch war es seit einiger Zeit ein Streitthema. Karla schlief meistens vorm Fernseher ein, sobald sie nur die Füße hochlegte. Konstantin war sauer darüber, fühlte sich aus einem Grund, den sie nicht verstand, ausgeschlossen. Vielleicht hatte sie ihn in ihrer Müdigkeit auch einfach nur falsch verstanden.

Doch morgen war Freitag, da brachte sie Bella und Emma zu ihren Eltern. Ein Wochenende ganz allein mit Konstantin war die Gelegenheit, Unklarheiten auszuräumen. Sie würde ihm beweisen, wie viel ihr an ihm lag.

„Jetzt hör mal, meine Liebe. Dein Freund spinnt. Ehrlich, lass dir das nicht gefallen. Wenn du müde bist, bist du müde. Du hast ja auch einen langen Tag und Kinder, Haushalt und was weiß ich nicht noch alles. Konstantin weiß doch gar nicht, was

Stress ist." Dilek hatte Konstantin von Anfang an nicht leiden können und nie einen Hehl daraus gemacht. Auch, weil er fast jeden Nachmittag um Punkt vier vorm Kiosk auf Karla wartete und auf seine Armbanduhr starrte, bis sie herauskam. Karla wusste, wie sehr Dilek das nervte. Den Laden betrat er nur selten. Wenn doch, prallte seine aufgesetzte Freundlichkeit an Dilek ab wie an einer Glasscheibe.

Letzens hatte Karla gehört, wie Dilek ihrem Mann zugeraunt hatte: „Mit dem Typen stimmt doch was nicht. Allein wie der guckt. Der zwinkert nicht mal, der starrt einfach nur so lange zu Karla, bis sie ihre Handtasche nimmt und ihm wie ein Hündchen aus dem Laden folgt. Warum macht sie das mit?"

So hatte Karla das bis dahin noch nie gesehen. Es war doch nett, dass er sie jeden Tag abholte.

Jetzt hörte sie sich sagen: „Du hast recht. Ich rede mit ihm. Vielleicht hat er das gar nicht so gemeint".

„Ja, vielleicht." Dilek seufzte und legte ihre Hand mit leichtem Druck auf Karlas Schulter. „Wenn du Probleme hast, sag mir Bescheid, ja? Wir Frauen müssen zusammenhalten, wir sind das starke Geschlecht. Männer sind von Natur aus schwach und hören nur auf den hier", sie griff in ihren Schritt und zwinkerte.

„Okay."

„Kaffee?" Dilek wartete keine Antwort ab und machte sich an dem Vollautomaten im Verkaufsraum zu schaffen. So wie sie das Fach für die

Bohnen zuknallte, war klar, dass sie immer noch wütend war. Dilek hasste es, dass es immer noch Frauen gab, die sich von ihren Männern unterdrücken ließen. Seit Jahren betreute sie ehrenamtlich Ehefrauen und Töchter, die sich aus Angst vor Blutrache vor ihren Familien versteckten. Karla bewunderte ihre Energie und ihren Mut. Immerhin setzte sie damit auch ihr eigenes Leben aufs Spiel.

3

Einen Tag später

Freitags war die ganze Welt mit dem Auto unterwegs. In beiden Richtungen kroch der Wochenendverkehr träge über die Autobahn.

„Wie weit ist es noch?", fragte Emma. Typisch für sie, stillsitzen war nicht ihr Ding.

Karla atmete tief durch und warf einen Blick in den Rückspiegel. Emma schaute sie unter ihren roten Locken herausfordernd an. Sie zwang sich, ruhig zu bleiben, obwohl sie selbst inzwischen ziemlich genervt von der Fahrt war. Wie war sie bloß auf die Idee gekommen, am Freitagnachmittag loszufahren, wo alle Welt unterwegs war?

„Gleich, mein Schatz, die nächste Abfahrt ist unsere." Zum Glück.

„Und wie weit ist die nächste Abfahrt?", kam es prompt zurück.

Karla lachte. „Noch ein Lied lang." Sie drehte die

Musik etwas lauter, damit Emma hinten genau aufpassen konnte. Der Verkehr lief endlich flüssiger, denn sonst würden es wohl mehr Songs werden, bis sie den Wagen von der Autobahn lenken konnte.

Bella schaute vom Beifahrersitz zu ihr hinüber, verdrehte die Augen und wies auf ihre Kopfhörer. Es beiden gleichzeitig recht zu machen, hatte Karla schon lange aufgegeben. Außerdem würden sie alle ein schönes Wochenende haben. Konstantin hatte Konzertkarten für eine irische Tanzgruppe ergattert, die in der Stadthalle auftrat. Und ein Wochenende allein mit ihm war gut, um ein paar der Stolpersteine aus dem Weg zu räumen.

Bella und Emma freuten sich schon die ganze Woche auf ihre Großeltern, die sie nicht mehr so oft zu sehen bekamen, seit sie in Graubergen wohnten. Sicher war der Kühlschrank voll mit all den Lieblingsleckereien ihrer Enkelinnen.

Bei Mutter war es ein bisschen wie im Schlaraffenland. Sie zauberte die leckersten und kalorienreichsten Gerichte und buk die besten Kuchen in der ganzen Straße. Legendär war ihre Nudelsuppe, die niemand sonst so kochen konnte. Karla hatte in den letzten Jahren immer genau aufgepasst, verwendete die gleichen Zutaten, stellte sogar die Nudeln nach dem gleichen Rezept her, aber irgendetwas fehlte immer. Das Geheimnis dieser Nudelsuppe würde sie wohl niemals lüften. Mutter lachte nur darüber und schwor, dass sie nichts verheimlichte. Es musste die Liebe sein, mit der sie die Suppe würzte und zu etwas Einzigartigem machte.

170

Als Karla in das Wohngebiet abbog, in dem ihr Elternhaus stand, ließ sie das Fenster ein wenig hinunter und sog die Luft ein. Der Geruch war stets der gleiche: erdig, leicht und irgendwie unbeschwert, nur die Jahreszeiten gaben ihre persönliche Note dazu. Kleine Fachwerkhäuser reihten sich aneinander, beugten sich ihr ein wenig krumm und in die Jahre gekommen entgegen. Das eine oder andere hatte einen neuen Anstrich oder ein neues Dach bekommen, aber sonst war alles wie immer. Im Schritttempo nahm sie das Zuhausegefühl in sich auf und lenkte das Auto bis zum Ende der Sackgasse, wo ihre Eltern wohnten. Direkt dahinter begann ein Weg, der über Wiesen und Felder in den dichten Wald führte. Es war ein schönes Gefühl, hier zu sein. Beruhigend. Manchmal fragte sie sich, ob sie für ihre Kinder in Graubergen je ein solches Band knüpfen könnte, wie ihre Eltern das hier für sie getan hatten.

Konstantins knappe Erzählungen über seine Kindheit kamen ihr in den Sinn. Die Mutter, die fehlte. Der Vater, der ihn später ins Internat gesteckt hatte, statt für ihn da zu sein. Er war stets herumgeschubst worden.

Sie war dankbar für das Glück, das sie mit ihrer eigenen Familie hatte. Nicht jeder hatte es so gut.

Emma fuchtelte mit ihren Armen vor Bellas Gesicht herum, die stöhnend die Kopfhörer abnahm und ihr Buch zuklappte.

„Da ist Opa!", rief Emma aufgeregt.

„Ich bin nicht blind", murrte Bella, klang aber

freundlich dabei.

Karlas Vater stieg die wenigen Stufen, die zum Haus führten, hinab und winkte ihnen zu. Karla hob die Hand zum Gruß und parkte ihren geliebten Fiesta vor der Garage ein. Lange würde sie ihn nicht mehr fahren können. Er war einfach zu klein für vier Personen.

Ihre Mutter wischte sich die Hände an einem Geschirrtuch ab, während sie ihnen entgegenkam. Wie immer, dachte Karla. Irgendetwas gab es immer zu wischen, zu spülen oder hin- und herzuräumen. Mutter konnte sich gerade noch am Geländer festhalten, ehe Alf an ihr vorbeischoss. Der zottelige Jagdhund rannte mit wild wedelnder Rute auf die drei Neuankömmlinge zu. Sein ganzer Körper wackelte dabei.

„Na, mein Dicker, hast du mich vermisst?" Es war gar nicht so leicht, aus dem Auto zu steigen, ohne über den wild gewordenen Fellhaufen zu stürzen. Seine elf Jahre sah man ihm nicht an.

Emma war inzwischen aus dem Wagen geklettert und versteckte sich hinter Karla, bis Alf seinen Freudentanz zwischen Bella und den Großeltern fortführte. Als der Hund erkannte, dass alle ihm folgten, düste er wieder ins Haus hinein. Seine Arbeit war getan.

Emma stürmte los und ließ sich erst von Oma Maria, dann von Opa Bernhard in den Arm nehmen.

Bella folgte ihr in gemäßigtem Tempo. Die Großeltern, ihre Mama und ihre beste Freundin Katha waren die einzigen, die sie so nah an sich heranließ. Und Emma natürlich, aber die forderte das einfach ein und die große Schwester ließ es gönnerhaft über sich ergehen.

„Wie geht es dir, mein Kind?" Sie zog Karla in ihre Arme. Mehr Zuhause als in dieser Berührung war nicht möglich. Für einen Moment schloss Karla die Augen, ließ sich halten, nahm die Mischung aus Limonenseife und frisch gebackenem Kuchen in sich auf und seufzte.

Mutter ergriff ihre Schultern und schob sie ein Stück von sich weg. Schade. „Ist alles gut?"

„Natürlich. Ich hab euch nur vermisst."

„Mir geht es auch so", sagte Maria. „Ich hätte nicht gedacht, dass die paar Kilometer so viel ausmachen."

„Hundertfünfzig, um genau zu sein. Also nicht nur ein paar." Vater hatte vom Flur aus zugehört und hob den Zeigefinger.

„Du hast recht. Aber mit dem Auto geht das doch ratzfatz." Karla spürte selbst, wie wenig überzeugend das klang, vor allem nach der Fahrt. Sie war als letzte ins Haus gekommen und zog die Tür hinter sich zu. Dann folgte sie den anderen zu der großen Sitzecke in der Küche, die der Mittelpunkt des Hauses war und an der schon ihre Töchter Platz genommen hatten. Auf dem Tisch lag wie immer die mit Vergissmeinnicht bestickte Leinendecke, durch die an ein paar Stellen das Holz durchschimmerte, weil sie schon so alt war. Vater hatte zwei Gläser mit Himbeerlimonade gefüllt und sie vor die

Mädchen gestellt, die sofort zugriffen.

„Bekomme ich auch eins?", fragte Karla.

Vater holte ein weiteres Glas aus dem Schrank und schenkte ihr aus einem Krug die rote Flüssigkeit ein. „Bitteschön, meine Kleine." Er zwinkerte ihr zu.

Die Bläschen kitzelten an der Nase, als sie das Glas ansetzte. Karla erzählte in kurzen Worten vom geplanten Wochenende, von ihrer Arbeit im Kiosk und vom Garten, der immer mehr Gestalt annahm, seit sie darin herumbuddelte. Über Konstantin sprach sie kaum, aber das fiel ihr erst später auf. Sie hatte es eilig, denn sie war noch auf einen Sprung mit Nadja verabredet.

Maria füllte einen großen Teller mit Mohnkuchen und legte einen Streifen Alufolie darüber. „Für gleich. Lasst es euch schmecken."

„Ich glaube, den esse ich ganz allein." Karla grinste und hob die Folie ein Stück an. Es war ihr Lieblingskuchen.

Ihre Mutter streichelte ihr zärtlich über die Wange. Wie immer waren ihre Hände ein wenig rau. „Mach das, mein Kind. Du kannst es vertragen."

Karla gab ihr einen Kuss auf die Wange und trat durch die Hintertür in den Garten hinaus. Bella und Emma kamen angeflitzt, um Tschüss zu sagen. Dann rannten sie wieder zurück zu ihrem Opa, der lachend aufblickte.

„Bis Sonntag, meine Kleine!", rief er.

Emma kicherte. „Tschüss, meine Kleine!", rief sie.

Kurz darauf hielt Karla vor einem der kleinen Einfamilienhäuser der neuen Wohnsiedlung. Die Häuser schmiegten sich mit ihren roten Dächern und den Fassaden in Gelb oder Weiß wie Zwerge aneinander. Türen und Fenster waren wie Nase und Augen angeordnet. Karla grinste und war kurz davor, die Zwerge zu grüßen. Aber die schauten alle gelangweilt auf das Stück Vorgarten vor ihrer Nase.

Karla parkte vor Nadjas Haus, das unschwer zu erkennen war. Nadjas Vorliebe für Blumen in allen Farben hatte dazu geführt, dass Stauden und Wiesenblumen bunt durcheinanderwuchsen und nur durch den niedrigen Lattenzaun davon abgehalten wurden, sich über das Grundstück hinaus breitzumachen. Der sanft geschwungene Pflasterweg führte durch einen prächtig berankten Bogen mit Clematis hindurch, deren Blüten jetzt im Spätsommer intensiv lila leuchteten. Neben der Eingangstür befand sich eine rot gestrichene Holzbank, die bestimmt nicht nur der Lieblingsplatz des Katers war, der sich gerade in der Sonne räkelte.

„Hey, Karla, da bist du ja!" Nadja riss schwungvoll die Tür auf, gerade mal zwei Sekunden, nachdem Karla den Klingelknopf gedrückt hatte. Wie immer. Sie fielen sich um den Hals.

„Wie geht es dir? Du siehst gut aus!" Nadja schob Karla zurück, genau wie ihre Mutter vor einer halben Stunde, betrachtete sie von oben bis unten und drückte sie nochmals an sich. Dafür, dass sie so zierlich war, hatte sie ganz schön viel Kraft.

„Danke, noch gehts mir gut", presste Karla hervor und grinste über Nadjas Schultern hinweg Louise an, die ebenfalls zur Begrüßung an die Tür gekommen war und ihr rettend den Kuchenteller abnahm. „Hi, dich begrüße ich später, falls ich der Krake hier entkommen kann."

Louise schaute an ihnen vorbei nach draußen. „Hi Karla, hast du dein Schnuckelchen gar nicht dabei?" Sie zwinkerte. Louise war seit einem halben Jahr solo und hatte die Männerwelt wieder neu für sich entdeckt. „Ist nur ein Scherz, Süße. Aber wenn er noch einen gutaussehenden Bruder hat, leg ruhig ein gutes Wort für mich ein."

„Leider nicht, sonst hätte ich dir gern geholfen. Noch nichts Neues am Start?" Louise sah gut aus in ihrer weißen Jeans und dem salbeifarbenen Top. Die blonden Locken reichten bis zum Kinn und betonten die grünen Augen. Eigentlich ein Wunder, dass sie noch immer solo war.

Nadja ließ Karla endlich los. „Heute sind eh nur Frauen erlaubt. Meinen habe ich auch weggeschickt."

„In den Baumarkt. Das kann dauern", ergänzte Louise.

Die drei Freundinnen lachten und traten durch Flur und Küche hindurch auf die angrenzende Terrasse. Lavendel, Salbei, Oleander und Hortensien blühten und dufteten in großen Kübeln um die Wette.

„Wow, ist das schön geworden! Ich fühl mich gleich wie im Urlaub", staunte Karla. „Kannst du

nicht mal in unserem Garten deinen grünen Daumen aktivieren? Da ist immer noch alles so zuge-
wuchert, weil Konstantin jahrelang nichts gemacht
hat." So schlimm war es inzwischen gar nicht mehr,
aber gegen Nadjas Garten war ihrer nur ein Acker.

„Na, der hat halt andere Sachen toll gemacht",
kicherte Louise.

„Boah, Louise!" Nadja verdrehte die Augen. „Du
brauchst echt dringend einen Mann."

„Ja, das stimmt. Also wenn es von Konstantin
noch eine Schablone ..." Sie fing Nadjas genervten
Blick auf. „Ist ja gut." Abwehrend hob sie die
Hände. „Jetzt erzähl mal, was gibt's Neues? Wie ist
die Arbeit? Was macht euer kleines Familienglück?"

„Alles gut. Die Arbeit macht mir richtig Spaß, mit
meiner Chefin verstehe ich mich bestens. Die Kunden sind auch nett", antwortete sie. Und mit einem
Blick auf Louise: „Und ja, unserer kleinen Familie
geht's auch gut. Also meistens." Mist, das war ihr
rausgerutscht.

„Wieso meistens? Ich dachte, du bist mega glücklich?", hakte Louise nach.

Karla trank einen Schluck vom Kaffee, den Nadja
eben eingeschenkt hatte. Als sie die Tasse absetzte,
klirrte es leise.

„Bin ich ja. Aber Zusammenleben in so einer
neuen Konstellation und mit den Kindern ist nicht
immer einfach. Wir müssen noch viel lernen, uns
mehr abstimmen."

Nadja nickte. „Das glaube ich dir. Aber mit Konstantin hast du den richtigen Partner, der ist so

nett und verständnisvoll, das schafft ihr schon."

So war es immer. Jeder lobte Konstantin in den höchsten Tönen.

Louise nickte heftig. „Das sag ich doch die ganze Zeit. Einen besseren Mann kannst du dir gar nicht wünschen. Pass auf, wenn sich alles eingespielt hat, bekommt ihr zusammen noch ein, zwei Kinder und dann ist das Glück perfekt."

„Bloß nicht, meine Familienplanung ist abgeschlossen. Bella und Emma machen mich restlos glücklich." Sie schielte zu Louise. „Ich will Konstantin nicht schlecht machen, aber trotzdem ist nicht immer alles so rosa, wie ihr das gerade malt." Seufzend lehnte sie sich zurück. „Deine Apfeltörtchen sind übrigens phänomenal lecker! Und der Kaffee erst!" Sie hatte keine Lust, die ganze Zeit über Konstantin zu reden. Dazu waren diese Nachmittage zu selten geworden.

Nadja strahlte. „Danke. Und die waren ganz schnell gemacht." In den nächsten Minuten ging es hauptsächlich um Rezepte, die Nadja vor Kurzem ausprobiert hatte oder demnächst ausprobieren wollte. Sie war nicht nur bei der Gartenarbeit leidenschaftlich, sondern auch in der Küche und im Haushalt. Heimlich schaute Karla auf ihre Armbanduhr. Sie wollte nicht so spät losfahren, auch wenn ihr vor der Rückfahrt schon jetzt graute.

Nadja bemerkte ihren Blick. „Musst du schon los? Konstantin hat doch sicher nichts dagegen, wenn du etwas später kommst, oder? Hey, wir sind deine Freundinnen, schon seit Ewigkeiten."

Louise nickte. „Genau. Freundinnen stehen nun mal an erster Stelle. Oder habt ihr heute noch was vor?" Sie zwinkerte.

In dem Moment brummte Karlas Smartphone und rutschte über den Tisch. Erschrocken zuckte sie zusammen. Alle drei lachten.

Eine WhatsApp von Konstantin: *Wie lange brauchst du noch?*

Sie schluckte. „Hättet ihr bloß nichts gesagt." Sie zeigte den beiden die Nachricht.

„Upps, wie liebevoll", meinte Louise.

Karla zuckte mit den Schultern. „Vielleicht hatte er Stress. Ich mach mich gleich mal auf den Weg, damit er nicht noch schlechtere Laune bekommt." Hastig trank sie ihren Kaffee aus und erhob sich.

„Du gehst doch jetzt nicht schon, oder?" Nadja hielt ihre Hand fest. „Ist das immer so? Der schnippst mit den Fingern und du springst?" Ohne eine Antwort abzuwarten, richtete sie sich an Louise. „Ist wohl doch nicht so ein toller Kerl, was?" Das sollte sicher lustig klingen, doch der Satz war voller Sorge. Karla sah die Fragen in ihrem Blick und seufzte. „Hey, so schlimm ist das nicht. Ich wollte doch eh gerade los. Manchmal ist er nach der Arbeit ein bisschen schlecht drauf, aber wer von uns ist das nicht zuweilen? Ich gehe noch mal auf die Toilette und dann fahre ich. Und jetzt guckt nicht so!"

„Okay, wie du meinst." Nadja lächelte schief.

Im Bad betrachtete Karla ihr Spiegelbild. Manch-mal fragte sie sich, ob das noch sie selbst war.

Irgendwo hatte sie mal gelesen, dass man mit jeder neuen Beziehung ein Stück von sich selbst aufgibt und dafür etwas von seinem Partner anpflanzt. Wie viel von Konstantin steckte in ihr? Sie hatte nicht das Gefühl, dass sie mehr wie er wurde. Vielmehr wurde sie immer mehr zu dem Menschen, den er sich als Partner vorstellte. Doch was war dann noch von ihr übrig? Himmel, was für Gedanken. Sie ließ kaltes Wasser in ihre Hände laufen und benetzte damit ihre Wangen. Als sie sich abtrocknete, hörte sie durch das geöffnete Fenster Louises Stimme.

„Meinst du, da stimmt was nicht?"

„Ach, keine Ahnung. Vielleicht hatte er wirklich nur Stress. Der ist so verliebt in Karla, das wird nichts Ernstes sein."

Karla hatte keine Lust, noch mehr zu hören oder weiter mit den beiden über Konstantin zu sprechen. Deshalb knallte sie die Badezimmertür etwas lauter zu und zählte bis drei, ehe sie auf die Terrasse trat. Die Nachmittagssonne legte sich wärmend auf sie. Sie hatte gar nicht gemerkt, dass sie gefröstelt hatte.

„So, ich bin wieder weg. Aber lasst uns das wiederholen, gerne auch bei mir, ja?"

„Sowieso. Oder meinst du, wir kommen nur zum Kistenschleppen bei dir vorbei?" Louise schob sich um den Tisch herum und zog Karla an sich. „Fahr vorsichtig."

„Mache ich. Bin froh, wenn ich die Fahrerei hinter mir habe."

„Tschüss, Karla, bis zum nächsten Mal."

„Ja, bis bald." Sie lachte, obwohl der Abschied von ihren besten Freundinnen diesmal ein komisches Ziehen in ihrer Brust hinterließ.

4

Am gleichen Tag

Nach zweieinhalb Stunden Autobahnstau wehrte sich Karlas linker Fuß mit einem heftigen Krampf, als sie endlich auf die Parkbucht vorm Haus zurollte. Sie zog den Zündschlüssel ab, öffnete die Tür und stieg vorsichtig aus. Wie eine Katze streckte sie sich und atmete tief durch. Der kühle Abendwind strich ihr über den Rücken und verursachte eine Gänsehaut unter der Bluse, die zerknittert an ihr klebte. Inzwischen war es dunkel geworden. Wie schnell die Tage jetzt kürzer wurden. Das Streicheln des Windes hatte etwas Wehmütiges.

Karla stieg die Steintreppe hinauf. Die Blätter des wilden Weins, der an der Hauswand emporkletterte, leuchteten im Schein des Bewegungsmelders schon rötlich. Seufzend steckte sie den Schlüssel ins Schloss und freute sich auf eine heiße Dusche und vielleicht auch ein Glas Rotwein.

Müde tastete sie nach dem Lichtschalter neben der Tür und erstarrte. Konstantin, nur mit einem Handtuch umwickelt und einer geöffneten Weinflasche in der Hand, füllte den Türrahmen zur Küche komplett aus. Wie ein Schrank, der dort nicht

181

hingehörte. Er starrte sie so wutverzerrt an, dass sie fürchtete, sein Blick würde sie jeden Moment durchbohren. Das Licht der Flurlampe formte einen düsteren Schatten, der lässig an der Wand lehnte und auf weitere Anweisungen wartete.

Angst, Ungläubigkeit und der dringliche Wunsch, die Situation mit einem Klick einfach löschen zu können, lähmten Karla. Die Sekunden dehnten sich, es gab kein Vorher und kein Nachher, nur dieses klebrige Jetzt. Die einzige Bewegung kam aus ihrer Brust. Es war ihr Herz, das davongaloppieren wollte. Kurz blitzten längst verschollene Erinnerungen aus ihren kindlichen Albträumen auf. Die Monster, vor denen sie geflohen war. Sie hatten sie nie erwischt, denn immer kam ihnen das Klingeln des Weckers oder Mamas Stimme zuvor. Auch jetzt hoffte sie auf das erlösende Erwachen, doch es blieb aus.

Konstantin knallte die Flasche auf die Kommode und durchbrach damit die Anspannung, die den kleinen Flur vollkommen ausgefüllt hatte. Mit zwei Schritten war er bei ihr. So nah, dass sie den Wein in seinem Atem deutlich riechen konnte. Krachend schob er die Tür in ihrem Rücken zu und drückte sie mit beiden Händen rückwärts an das kühle Holz. Diesmal kam die Gänsehaut nicht vom Herbstwind.

Die Muskeln seiner Oberarme waren so angespannt, dass die Adern und Sehnen deutlich hervortraten. Karla wagte nicht, ihren Blick davon abzuwenden, denn sonst müsste sie Konstantin anschauen.

„Wo? Warst? Du?" Er spie jedes Wort einzeln heraus, seine Stimme zerschnitt die Luft.

„Im Stau. Die haben das doch im Radio ...", weiter kam sie nicht. Konstantin presste seine linke Hand auf ihren Mund und ihre Nase. Karla riss entsetzt die Augen auf, wollte ihren Kopf wegdrehen, sich losreißen.

Einige panische Momente später kehrte die Kraft in ihren Körper zurück. Sie reichte, um beide Arme freizubekommen, seine Hand für einen Moment von ihrer Nase zu ziehen und Luft einzusaugen, ehe er wieder – diesmal noch fester – zudrückte. Warum konnte sie nicht einfach mit der Haustür verschmelzen?

„Bei wem warst du? Wag es nicht, mich anzulügen!" Konstantin roch an ihr, an ihrem Hals und dem Ausschnitt ihrer Bluse. Wie ein wildes Tier. Noch nie hatte sie ihn so erlebt. Noch nie hatte sie überhaupt jemanden so erlebt. Als er endlich seine Hand von ihrem Mund nahm, rang sie schmerzhaft nach Luft. Beinahe hatte ihr Körper vergessen, wie er atmen musste. Ihre Lunge brannte. Ihr Gesicht glühte.

„Hör auf zu heulen! Wie heißt der Typ?" Er starrte sie an, seine Augen glänzten dunkel.

„Ich war bei Nadja und Louise, das habe ich dir doch gesagt", flüsterte sie, bemüht, ihren glühenden Hals zu schonen. „Ich habe dir eine WhatsApp geschickt, als ich losgefahren bin." Die wenigen Worte brannten sich nach draußen und verteilten den Schmerz überall.

„Das war vor drei Stunden. Ich weiß, dass du lügst." Sein Tonfall war gefährlich leise, sie verstand ihn kaum, weil das Blut in ihren Ohren wie das Wasser der nahen Talsperre rauschte.

„Ich wusste, dass ich dir auch nicht vertrauen kann. Ihr Weiber seid alle gleich!" Er drängte sich noch dichter an sie heran. Das alles fühlte sich so falsch an. Sie wollte nur noch weg, zurück zu dem Leben, das es längst nicht mehr gab.

Ganz dicht waren seine Lippen an ihrem Ohr. „Wir wollten ein schönes Wochenende zusammen verbringen. Ohne Kinder. Und dann kommst du erst mitten in der Nacht nach Hause, weil du woanders gevögelt hast! Reiche ich dir nicht?"

Mit einem letzten Rest Kraft, den sie wer weiß woher nahm, schob sie ihre Hände zwischen seine und ihre Brust und verschaffte sich so einen minimalen Abstand zu Konstantin. „Bitte lass mich. Schau doch in den Nachrichten nach, da war ein schwerer Unfall, die Autobahn war gesperrt."

Konstantin schnaubte, trat einen Schritt zurück und griff erneut zur Weinflasche. „Du hast uns das ganze Wochenende versaut. Danke!" Er schlurfte barfuß Richtung Wohnzimmer. Im Türrahmen drehte er sich zu ihr um und hob die fast leere Flasche in ihre Richtung: „Ich finde alles raus, verlass dich drauf."

Am ganzen Körper bebend hängte Karla Jacke und Tasche an der Flurgarderobe auf, streifte die Schuhe ab und schleppte sich hinauf ins Bad. Sie schloss von innen ab, rutschte mit dem Rücken an der Tür hinunter in die Hocke. In ihr war nur noch Leere.

Am nächsten Morgen saß Konstantin bereits in der Küche, als Karla aufgestanden war. Sie hatte die Nacht in Bellas Zimmer verbracht. Eigentlich hatte sie abschließen wollen, doch der Türschlüssel war nirgends zu finden und so hatte sie unruhig die wenigen Stunden hinter sich gebracht. An Schlaf war nicht zu denken, denn jedes noch so kleine Geräusch hatte Gestalt in Form von Konstantins Schatten angenommen, der sich ins Zimmer schlich und ihr die Hand auf die Kehle presste. Erst als aus dem Nachtblau vorm Fenster ein tiefes Grau geworden war, hatte der Schlaf sie übermannt.

Jetzt blickte sie auf den Mann, der am Küchentisch saß, die Beine auf einem weiteren Stuhl, ein Buch in der Hand und eine Kanne Tee vor sich. Den Mann, den sie seit gestern nicht mehr zu kennen glaubte. Sie schaute auf den Buchdeckel. Natürlich, sein Lieblingsbuch, seine Bibel, wie sie es heimlich nannte. *Positiv denken praktisch angewandt.* Das und die Tatsache, dass er sie anlächelte, als wäre nichts geschehen, hielten sie auf der Schwelle fest, als würden aus dem Boden Seile wachsen und sich um ihre Füße legen. Gänsehaut kroch über ihre Waden nach oben, über Arme und Rücken bis zu ihrer Kopfhaut. Sie war in einem Albtraum gefangen. Unfähig sich zu bewegen oder die Zeit irgendwie weiterzudrehen, egal in welche

Richtung, nahm sie von ihrem Platz aus Notiz von den Details, die so gar nicht passen wollten. Konstantin hatte zum Frühstück Pancakes gebacken, eine einzelne Rosenblüte abgeschnitten und auf den Teller an ihrem Platz gelegt und sogar eine dieser schrecklichen Duftkerzen angezündet, von denen ihr Atem schwer und klebrig wurde.

Langsam schüttelte sie den Kopf, kämpfte alle ihre Gefühle zurück, stopfte sie ganz tief in sich hinein und trat mit dem größtmöglichen Abstand zu Konstantin an die Spüle, um den Wasserkocher aufzufüllen und sich einen Kamillentee zu machen. „Ich möchte nichts essen", hörte sie sich so beiläufig wie möglich sagen. Das Sprechen fiel ihr so schwer, als habe jemand ihre Stimmbänder mit einer Drahtbürste aufgeraut. Wenige Minuten später verließ sie mit einer Kanne Tee und einem Becher die Küche und verzog sich bis zum Nachmittag auf die Couch.

Zum Glück ließ Konstantin sie die meiste Zeit in Ruhe. Nur ab und zu betrat er das Wohnzimmer, blieb ein paar Sekunden stehen, betrachtete sie mit diesem Lächeln, das ihr Angst machte, und ging dann wieder.

Am Abend hatte sie sich trotzdem aufgerafft, mit ihm in die Stadthalle zu fahren. Er hatte ihr immerhin die Karten für die Show geschenkt und sie hatte sich so darauf gefreut, da wollte sie weder sich selbst noch ihn enttäuschen. Und was sollte in der Öffentlichkeit schon passieren?

Doch dann wartete eine Überraschung auf sie,

auf die sie an einem Tag wie heute lieber verzichtet hätte.

„Stellst du dich an der Kasse an und holst die Karten? Hab sie auf meinen Namen reserviert. Ich bringe schon mal unsere Jacken zur Garderobe."

Karla nickte und war froh, dass er seine Hand nur kurz auf ihre Schulter gelegt hatte. Vor ihr in der Warteschlange standen zwei Pärchen, die aufgeregt tuschelten und offensichtlich zusammengehörten. Als sie ihre Karten entgegengenommen hatten und zur Seite getreten waren, nickte sie der Rothaarigen zu, die zwischen einem kleinen Bildschirm und ihr hin- und herschaute.

„Wolff. Wir hatten zwei Karten reserviert. Und bezahlt", schob sie hinterher.

„Moment." Die Mitarbeiterin tippte etwas in den Computer ein, schaute Karla noch einmal an und murmelte: „Ah, Sekunde noch."

„Natürlich." Karla drehte sich suchend um. Konstantin stand ein paar Meter von ihr weg und beobachtete die Menschen, die auf ihre Plätze strömten. Dann blickte er auf seine Armbanduhr und fragend zu ihr.

„Frau Wolff?"

Karla drehte sich irritiert zu der Rothaarigen um. Ja, Konstantin hatte die Karten auf seinen Namen bestellt, aber es fühlte sich seltsam an, so angesprochen zu werden. Dunkelgrün glänzend lagen die Karten in der kleinen Schale auf dem Tresen.

„Hier. Und die sind auch für Sie." Die Mitarbeiterin war aufgestanden und drückte Karla einen dicken Strauß roter Rosen in den Arm.

„Was ...?" Entsetzt drehte Karla sich um. Was sollte Konstantin denken?

„Die sind von Ihrem Mann. Eine Überraschung zu Ihrem Hochzeitstag!"

„Wir ..." haben heute keinen Hochzeitstag und wir sind auch nicht verheiratet, beendete sie den Satz im Stillen. Ihre Wangen wurden heiß und sie hatte das Gefühl, alle starren sie an. „Danke", sagte sie leise.

„Muss Liebe schön sein", seufzte die Rothaarige. Dann winkte sie Konstantin zu, der näher gekommen war. „Da haben Sie aber wirklich Glück", setzte sie noch hinterher.

„Ja, das hab ich wohl." Karla nickte und zwang sich zu lächeln. Sie fühlte sich überrumpelt, aber nicht von der glückvollen Art.

„So, ich muss hier weitermachen. Einen schönen Abend noch für Sie beide." Die Frau am Tresen wedelte demonstrativ mit der Hand und schaute erwartungsvoll zu den nächsten Kunden.

Während Karla sich umdrehte und auf Konstantin zuging, wobei sie ihr Gesicht hinter den Rosen verbarg, drängte sich der gestrige Abend in ihre Erinnerung. Sie schauderte. Gleichzeitig fragte sie sich, ob sein Verhalten wirklich so schlimm gewesen war. Er war enttäuscht gewesen, weil sie so spät nach Hause gekommen war. Deshalb hatte er den Wein allein getrunken und sich nicht mehr unter Kontrolle gehabt. Na und, das konnte ja vorkommen.

Unter den Blicken der Menschen um sie herum trat sie Konstantin entgegen und ließ sich von ihm in den Arm nehmen und küssen. Zwischen zwei Küssen flüsterte sie ein „Dankeschön". Ihre Kehle brannte. Konstantin ließ sie aus seiner Umarmung frei, nahm ihre Hand und führte sie zu ihren Plätzen. Er wirkte sehr glücklich.

Das war auch einer von vielen Abenden gewesen, an die sich Karla mit gemischten Gefühlen erinnerte. Wer weiß, was noch alles dazukommen würde.

5

Jetzt blickte Karla hektisch auf die Uhr und hoffte, dass die alte Frau Haber bald eine passende Glückwunschkarte ausgewählt hat, damit sie hinter ihr abschließen konnte. Schon den ganzen Tag hatte der Kiosk Ähnlichkeit mit einem Wespennest gehabt. Dilek und ihr Mann waren für ein paar Tage in ihrer Heimat unterwegs, sodass Karla mit der Aushilfe allein im Laden war und kaum dazu kam, die Büroarbeit zu erledigen. Monika kam wie immer erst ein paar Minuten nach vier, obwohl sie ihr noch am gleichen Morgen am Telefon versprochen hatte, pünktlich zu sein.

Nach Luft schnappend erreichte Karla gerade noch rechtzeitig den Gebäudekomplex, in dem sie sich drei freie Wohnungen anschauen wollte. Ein Mann winkte ihr vom oberen Treppenabsatz des

Einganges zu, ein riesiges Schlüsselbund schepperte dabei in seiner Hand. Das musste der Hausmeister sein.

„Hallo, Sie sind sicher Frau Wolff?" Der sympathische Grieche, den Karla um die sechzig schätzte, grinste breit. Dabei kam eine Zahnlücke zum Vorschein.

„So ist es. Hallo!" Sie schüttelte die Hand, die er ihr entgegenstreckte, als sie die Treppe erreicht hatte.

„Ich bin Tomas. Dann wollen wir mal." Er schob die schwere Haustür auf und ließ ihr den Vortritt. Im Hausflur roch es frisch geputzt, ein paar der Treppenstufen glänzten noch feucht.

„Vorsicht, frisch gewischt", warnte Tomas.

Karla fragte sich, wer für die Reinigung des riesigen Treppenhauses verantwortlich war.

Als hätte Tomas ihre Gedanken erraten, erklärte er fröhlich: „Keine Sorge, die Mieter müssen hier nicht putzen, dafür haben wir eine Firma. Den Putzplan haben wir schon vor Jahren aufgegeben, hat einfach nicht funktioniert."

Sie lief hinter ihm her. Er bewegte sich flink über die langen Flure, die Karla wie ein Labyrinth vorkamen. Dabei erläuterte er den Aufbau des Komplexes. „Eigentlich sind das vier Häuser – A, B, C und D. Die Geschäfte unten in der Straße gehören auch dazu. Die vier Wohnhäuser sind miteinander durch diesen Innenhof verbunden." Er stoppte vor einer doppelten Glastür und zeigte auf eine kleine grüne Oase inmitten der braun verklinkerten Wände. Auf dem Spielplatz hockten zwei Kinder in blauen Matschhosen und bauten eine Sandburg. Karlas Kinder waren inzwischen schon zu groß für den Spielplatz, aber der Innenhof beherbergte auch Bänke, einen Grillplatz und ein paar Hochbeete. Das Beste aber war, dass dieser Innenhof von außen nicht erreichbar oder einsehbar war. Ein gemütlicher Rückzugsort. Aber wie es aussah, wurde er hauptsächlich von den Kindern genutzt.

„So, wir müssen hier entlang." Tomas bog ab und fummelte am Schlüsselbund herum.

Karla konnte geradeso mit ihm Schritt halten. Sich den Weg durch die verwinkelten Flure zu merken, hatte sie zwischenzeitlich aufgegeben. Es war eine Ewigkeit her, seit sie zum letzten Mal nach einer Wohnung gesucht hatte. Zuletzt mit Alexander, da war sie mit Bella schwanger. Die Erinnerung zog ihren Brustkorb zusammen.

Inzwischen hatte der Grieche den richtigen Schlüssel gefunden. Er drosselte endlich sein Tempo und hielt vor der letzten Tür im Gang. Hier war es düster, die Lampe über ihnen flackerte.

„Keine Sorge, das repariere ich. Gestern funktionierte die noch", beruhigte Tomas sie, als er ihren Blick bemerkte. Zum zweiten Mal hatte sie das Gefühl, er könne Gedanken lesen.

Der Hausmeister schloss die Wohnungstür auf und bat sie förmlich herein. Das mulmige Gefühl, seit Alexander unerwartet in ihren Gedanken aufgetaucht war, blieb. Gerade hatte sie sich noch gefreut, die Wohnungen besichtigen zu können, doch jetzt kam sie sich verloren vor.

„Alles okay?", fragte Tomas, als er ihr Zögern bemerkte.

„Ja."

„Prima, dann mal los." Er bog vom hellen und geräumigen Flur nach links ab. Die Hosenbeine seines Blaumanns raschelten dabei; sie waren sicher gestärkt, so glatt, wie sie aussahen. „Hier ist das Badezimmer." Er tastete nach dem Lichtschalter. Im Bad gab es kein Fenster, aber über der Badewanne ratterte ein Entlüfter. Das Bad war erstaunlich groß und praktisch aufgeteilt.

„Muss die Waschmaschine auch in die Wohnung oder gibt es eine Waschküche?"

„Es gibt nur einen Trockenraum für diesen Komplex, den zeige ich Ihnen gleich. Die Waschmaschine muss mit hier rein. Der Anschluss ist da vorne. Da passt auch noch ein kleiner Schrank daneben."

„Okay, das klingt gut." Karla schaute sich um. Auf jeden Fall musste erst mal gründlich geputzt werden, die Fliesen sahen furchtbar aus.

„Weiter?", fragte Tomas.

„Klar."

„Hier sind die beiden Kinderzimmer. Ein ganz großes, ein ganz kleines." Die beiden Zimmer lagen nebeneinander, das linke war doppelt so groß wie das rechte. Da würden sich Bella und Emma hoffentlich einig werden.

„Das linke ist ja eigentlich das Elternschlafzimmer, aber weil Sie ja alleine ..." Tomas hielt inne und räusperte sich verlegen. „Tschuldigung, ich bin jetzt einfach davon ausgegangen, ich wollte Ihnen nicht zu nahe treten", murmelte er und schaute betreten auf seine Hände.

„Kein Problem, Sie haben ja recht. Aber wenn das hier eigentlich das Schlafzimmer ist, was ist denn dann die Alternative?" Sie blickte sich fragend um.

Erleichtert verließ Tomas das Zimmer und sagte über die Schulter hinweg: „Hier entlang. Ich dachte, Sie könnten ja vielleicht den Essbereich hier als Schlafzimmer nutzen. Dann haben Sie auch immer eine schöne Aussicht und können auf den Balkon gehen, falls Sie eine rauchen wollen oder so."

„Ich rauche nicht."

Die Aufteilung der Wohnung war außergewöhnlich, aber genau das machte sie besonders. Sie wirkte überhaupt nicht wie eine normale Drei-Zimmer-Küche-Bad-Bleibe, sondern versprühte durch die vielen Fenster und die großzügigen Räume südländischen Charme, fast wie ein Urlaubsdomizil. Fehlten nur noch die Palmen draußen.

Der kleine Raum neben dem Wohnzimmer war zum Flur hin durch eine dicke Milchglasscheibe mit ebensolcher Tür abgetrennt. Hier passte wirklich nicht viel rein, aber für Bett, Kommode und einen Sessel würde es reichen. Die Außenwand war ebenfalls komplett verglast und führte zum Balkon. Da die Wohnung im zweiten Stock war, konnte man von außen nicht hereinschauen. Ein hübscher Raum. Karla nickte zustimmend und sah den Raum schon eingerichtet vor sich.

„Ah, gut." Er hob einen Daumen in die Höhe. „Dann geht´s hier ins Wohnzimmer." Sie betraten den größten Raum der Wohnung. Er war quadratisch, mit großen Fenstern und weiterem Zugang zu dem kleinen Balkon. Von einer Fensterseite aus hatte man Aussicht auf den hübschen Innenhof. Das blonde Mädchen im Sandkasten warf gerade eine Schippe nach dem Jungen, der daraufhin mit seinem Stiefel gegen die halb fertige Sandburg trat. Karla grinste. Es geht immer weiter, dachte sie. Egal, was passiert, man wird fertig damit und macht weiter. Und dann passieren neue, wunderbare Dinge.

Sie sah sich schon die Wohnung einrichten, gemeinsam mit ihren Kindern; sah sie auf der Couch sitzen und über Mr. Bean lachen; sah sie mit Bella kochen und backen, eine ihrer liebsten gemeinsamen Aktivitäten, die in letzter Zeit viel zu kurz gekommen war; sah sie entspannt auf dem Balkon sitzen, zwischen Blumen und Kräutern, Mrs Orange schnurrend auf dem Schoß.

Karla wandte sich zu Tomas um und grinste. „Gibt´s auch eine Küche?"

„Eine Küche?" Tomas schaute bestürzt. „Nee." Das Wort zog er in die Länge und schüttelte den Kopf. Karla war kurz verwirrt, aber dann rutschte sein Oberlippenbart links und rechts nach oben. Sie lachte laut auf und ging an ihm vorbei in den Flur. Rechts neben ihrem zukünftigen Schlafzimmer befand sich noch ein Raum. Die Küche. Sie wirkte lang und kahl. Der Fliesenspiegel auf der rechten Seite sah klebrig aus. Es roch nach altem Fett. Aus dem großen Fenster an der Kopfseite fiel Karlas Blick auf das alte Kaufhaus schräg gegenüber, das schon lange geschlossen war. Ein hässlicher, alter Kasten, dessen Fenster und Türen mit Brettern vor Einbrechern geschützt wurden. Davor ein Bauzaun, schon seit Ewigkeiten. Na ja. Wenigstens konnte man das Kaufhaus nicht auch vom Balkon aus sehen. Der Blick wurde von einem Mauervorsprung verdeckt.

„Sehen die anderen Küchen auch so aus?", fragte sie ernüchtert.

„Eigentlich schon. Die hier ist aber die größte, weil die Wohnung auch größer ist. Wir können uns die anderen beiden Wohnungen ja gleich noch anschauen."

So richtige Lust hatte sie nicht dazu. Auch aus diesem Raum konnte man etwas machen, da war sie sicher.

„Schauen Sie mal hier, genau gegenüber der Küchentür gibt es noch eine kleine Kammer. Für Vorräte, Putzzeug, was auch immer." Tomas machte sie auf den riesigen Einbauschrank im Flur aufmerksam. Der war wirklich praktisch.

„Und einen Kellerraum gibt es auch noch?"

„Ja. Und einen Fahrradraum direkt neben der Haustür."

Das hörte sich gut an. Sie betrat noch einmal den kleinen hellen Raum, der ihr Schlafzimmer werden könnte. So schön. Hell und freundlich und ruhig. Das war ein absoluter Pluspunkt in dieser

Wohnung.

„Also, die Wohnung gefällt mir richtig gut. Aber ich möchte mir die anderen trotzdem noch ansehen. Die hier ist ja, glaube ich, die größte und teuerste, richtig?"

„Ja, das ist richtig. Aber sie ist mit Abstand die schönste, ich schwöre. Meine ist so ähnlich. Wir wohnen im Haus D, also gegenüber. Und da gehen wir jetzt auch hin. Dort sind die beiden anderen freien Wohnungen."

Eine halbe Stunde später wusste Karla genau, welche Wohnung die ihre werden würde. Sie hatte sich in das kleine helle Zimmer der ersten Wohnung verliebt, da passte einfach alles. Tomas, der Hausmeister, hatte recht behalten. Die beiden anderen Wohnungen waren nicht annähernd so schön wie die erste. Im Kopf überschlug Karla, ob sie mit der Miete klarkommen würde, aber da einige andere Kosten wegfielen und ein guter Esser weniger zu versorgen war, würde das alles schon funktionieren. Endlich ein Lichtblick.

Mrs Orange

1

Inzwischen war es fast November. Die Zeit, die Karla blieb, um allein ein paar Sachen zu sortieren und in Kartons zu räumen, war rar, denn Konstantin nutzte jede Gelegenheit, um ihr dabei im Weg zu stehen. Mit einem Blick, der Karla an die Hunde im Tierheim erinnerte, mit denen sie früher ab und zu spazieren gegangen war. *Lass mich nicht zurück!* Es zermürbte sie. Manchmal bot er mit belegter Stimme seine Hilfe an. Karla lehnte ab, wollte allein sein. Häufig stand er einfach neben ihr und beobachtete sie. Es waren Momente, die Karla nur unter größter Anstrengung hinter sich bringen konnte. Momente, in denen nur die Hoffnung auf baldige Freiheit sie weitermachen ließ. Auch wenn sie sich dagegen wehrte, knabberte in Konstantins Anwesenheit das schlechte Gewissen ständig mit spitzen Mausezähnen an ihr.

In den schlaflosen Nächten, die zu ihren regelmäßigen Begleitern wurden, fragte sie sich, ob sie das Richtige tat. Konstantin war neuerdings so zuvorkommend zu Bella, Emma und ihr, dass es fast nicht auszuhalten war. Emma erkannte sein Werben am wenigsten und freute sich über die gute Stimmung, die Konstantin verbreitete, aber Bella hielt sich von ihm fern und blieb die meiste Zeit in ihrem Zimmer.

An diesem silbergrauen Nachmittag musste Konstantin wie jeden Donnerstag länger arbeiten. Emma war bei einer Freundin und Karla mit Bella allein. Zeit, um Herzensdinge in Kisten zu verstauen. Bella tauchte kurz auf, holte sich einen Umzugskarton und zwei Müllsäcke, deutete zwinkernd einen Handkuss an und verschwand wieder in ihrem Zimmer.

Die Zeit verging rasend schnell. Karla beeilte sich, einen Karton mit Geschirr, den sie schon längst entsorgt haben wollte, zu beschriften und in der Waschküche im Keller zwischenzulagern. Schon kurz vor sechs. Sie hatte mehr schaffen wollen, ehe Konstantin nach Hause kam. Ehe er sie wieder mit Blicken quälen und im Weg stehen würde.

Sie nahm zwei Treppenstufen auf einmal. Doch gerade, als sie oben ankam, knallte die Tür vor ihren Kopf. Sie verlor das Gleichgewicht, taumelte, knickte um und rutschte die Steinstufen hinab. In ihrem Kopf breitete sich Schwärze aus, nur erhellt von kleinen Blitzen, die im gleichen Rhythmus wie das Pochen in ihren Knien durch sie hindurchjagten. Sie tastete nach dem Handlauf an der Wand und fluchte leise. Erst jetzt fiel ihr auf, dass das

Licht nicht mehr brannte.

„Hallo! Kann mal bitte jemand die Tür wieder öffnen? Was soll das denn?", rief sie wütend nach oben. Wie sie es hasste, in völliger Dunkelheit zu sein!

In dem diffusen Lichtstreifen unter der Kellertür erkannte sie einen Schatten, der sich wegbewegte. Sicher Mrs Orange, die gern davor herumlungerte. Dann wurde die Tür wieder aufgerissen, das Licht über der Treppe blendete auf. Karla blickte nach oben. Direkt in Konstantins schadenfrohes Grinsen.

Er hörte nicht auf damit, als er zu ihr hinabstieg. „Herzchen! Was machst du denn hier? Hast du dir wehgetan?" Er hielt ihr seine Hand entgegen.

Sie schob sie weg und krallte sich am Handlauf fest. Der Schmerz in ihren Knien brandete in Wellen durch ihren Körper und nahm ihr die Luft zum Atmen. In Zeitlupe schleppte sie sich hinauf, vorbei an Konstantin, und ließ sich in der Küche auf einen Stuhl fallen.

Oben hörte sie Bellas Zimmertür klappen. Keine drei Sekunden später stand sie vor ihr, mit prüfendem Blick.

„Mama? Ist alles in Ordnung?"

„Ich bin auf der Kellertreppe ausgerutscht. Es geht schon", stieß sie hervor.

Konstantin kam hinzu. „Das kommt, weil ihr immer auf Socken in den Keller rennt. Selbst schuld."

„Das kommt, weil irgendjemand das Licht ausgemacht und die Tür zugeknallt hat", fauchte Karla.

Er zuckte nur mit den Schultern. „Hier zog es und außerdem wollte die Katze gerade in den Keller laufen. Ich habe gerufen, aber weil keiner geantwortet hat, habe ich die Tür geschlossen. Für wen heize ich denn hier?"

„Du hast ganz sicher nicht gerufen. Ich stand ja schon oben an der Tür, das hätte ich gehört. Und gesehen hätte ich dich auch."

„Ach so? Also willst du mir unterstellen, dass ich das mit Absicht gemacht habe, ja? Vielleicht behauptest du ja auch noch, dass ich dich geschubst habe."

Karla schüttelte den Kopf und schwieg, während Bella ihr über den Arm streichelte. Konstantin verdrehte ihr die Worte im Mund. Wieder mal.

„Soll ich dir was zum Kühlen aus dem Gefrierschrank holen, Mama?"

Karla nickte dankbar.

Konstantin schnaufte und ging ins Wohnzimmer. Sie hörte, wie er eine Weinflasche entkorkte. Sein Grinsen hatte er bei ihr gelassen, als Erinnerungsschnipsel.

Wenige Tage später hatte Dilek den Kofferraum ihres Mercedes mit leeren Kartons vollgepackt und Karla nach Hause gefahren. Die war sehr froh darüber, denn ihre Knie schmerzten noch immer. Sie kühlte die inzwischen schwarz unterlaufenen Blutergüsse mit Arnikasalbe und hoffte, dass sie nicht doch noch deswegen zum Arzt gehen musste. Auf gar keinen Fall wollte sie erklären müssen, wie es zu den Verletzungen gekommen war.

„Morgen hast du frei, dann kannst du in Ruhe ein paar Sachen einpacken, die du nicht mehr brauchst."

„Danke, Dilek. Du bist ein Schatz."

„Du auch. Ich bin so froh, wenn du endlich von diesem Typ weg bist. Wundert mich eh, dass er so zahm ist gerade. Pass bloß auf dich auf."

Bevor Karla die Beifahrertür öffnete, legte Dilek ihre Hand auf ihr linkes Bein. Karla zuckte zusammen und hielt die Luft an.

„Karla, wenn du magst, hole ich morgen Nachmittag auch gleich die fertigen Kartons ab und bringe sie ins Büro. Dort sind sie sicher." Ihre Chefin schaute sie eindringlich an.

Karla winkte ab. „Quatsch, ich staple das alles im Keller, dann geht´s beim Umzug schnell. Konstantin macht schon nichts."

„Okay, wie du meinst. Aber das Angebot steht."

Sie stiegen aus und trugen die leeren Kartons bis zur Kellertür. Dilek drehte sich zum Abschied um und nahm Karla in den Arm. „Deine Klette wartet schon auf dich", raunte sie ihr ins Ohr. Dann nickte sie Richtung Küchenfenster. Karla wünschte, Konstantin wäre noch nicht zu Hause. Wenigstens holte er sie inzwischen nicht mehr vom Kiosk ab.

„Viel Spaß beim Packen morgen. Mach's gut." Dilek hauchte ihr links und rechts ein Küsschen auf die Wange, stieg elegant die Stufen zum Parkplatz hinab, setzte sich ins Auto und fuhr davon.

Karla betrat das Haus durch den unteren

Eingang und räumte die leeren Kartons in die Waschküche. An der Waschmaschine hatte sie seit ihrem Sturz eine Taschenlampe deponiert, nur um sicherzugehen. Jedes Mal, wenn sie hier entlang lief, erinnerten ihre Knie sie pochend an den Sturz.

Als sie die Kellertür erreicht hatte und aufstieß, weil sie in den kalten Monaten oftmals klemmte, stand Konstantin direkt dahinter und musterte sie. „Wieso kommst du denn durch den Keller, ist doch so dunkel dort?" Seine Zunge gehorchte ihm nicht ganz, sein Atem roch nach Wein.

„Hast du doch gesehen. Dilek hat mich nach Hause gefahren, weil sie leere Kartons für mich hatte. Die habe ich direkt in den Keller gebracht." Sie schob sich an ihm vorbei.

„Hmhm. Hab ich gesehen. Die Schlampe hat dich angestachelt! Konnte mich noch nie leiden."

„Niemand hat mich angestachelt. Was für ein Quatsch!" Karla hielt sich mit einer Hand an der Wand fest und zog mit der anderen die Stiefeletten aus. Dann richtete sie sich auf und schaute Konstantin an.

„Trink nicht so viel."

Er glotzte sie sprachlos an.

Karla war selbst erstaunt, dass sie sich traute, so mit ihm zu reden. Sie drehte ihm den Rücken zu und stieg die Stufen ins Obergeschoss hinauf, um ihre Kinder zu begrüßen. Die Mädchen mit ihm allein zu lassen, bereitete ihr in letzter Zeit großes Unbehagen. Gerade weil er so nett zu ihnen war.

„Was bleibt mir denn sonst noch, hä? Alkohol,

mein einzig wahrer Freund!", rief Konstantin ihr hinterher.

Später hatten sie zu dritt das Abendessen vorbereitet, Emma, Bella und sie. Emma hatte den Tisch für vier gedeckt. Noch immer aßen sie alle gemeinsam zu Abend, noch immer schlief Karla in einem Bett mit Konstantin. Auch wenn sie dabei immer ganz an der Kante und fest in ihre Decke eingewickelt lag. Sie hatte keine Kraft und keinen Mut, sich Abend für Abend Konstantins Vorwürfen zu stellen. Außerdem hoffte sie insgeheim, dass er so nicht wütend werden und sie in Ruhe lassen würde. Sie würde nur noch den Auszug hinter sich bringen müssen, dann war alles überstanden. Ihre Nächte waren voller düsterer Gedanken, die sich wie Vorahnungen anfühlten. Tagsüber war sie ständig auf der Hut. Sie fühlte sich entsetzlich ausgelaugt.

„Ich hole Konstantin zum Essen", sagte sie müde.

Als sie um die Ecke in den Flur bog, stand Konstantin an der geöffneten Balkontür zur Veranda.

„Essen ist fertig", teilte sie ihm mit.

„Komme", murmelte er und schaute sie seltsam an. Ein Kribbeln erreichte Karlas Nacken. Sie wollte sich gerade abwenden, als er mit Schwung die Balkontür zuschlug. Ein Schrei drang in ihre Ohren, der durch ihren ganzen Körper echote. Alles ging so schnell.

„Mrs Orange?", rief sie erschrocken.

Die kleine Glückskatze mauzte durchdringend und rannte zu ihr, als sei ein Monster hinter ihr her. Sie kroch förmlich in Karlas Hände hinein. Das Zittern ließ erst nach, als Karla ihr beruhigend zuflüsterte und sie streichelte. Als Konstantin an ihnen vorbeiging, wich die Katze zurück.

„Alles gut, mein kleines Mäuschen?", flüsterte Karla und lauschte dem unruhigen Pochen des Herzschlags. Es war ein Wunder, dass Konstantin sie nicht erwischt hatte, als er die Tür zugeschlagen hatte.

„Ich denke, das Essen ist fertig", brummte er ungehalten und starrte auf sie herab. Sie hatte gar nicht gemerkt, dass er stehengeblieben war.

„Richtig, und wir haben auf dich gewartet. Jetzt kannst du ja wohl auch mal eben zwei Minuten warten. Siehst du nicht, wie sich Mrs Orange erschreckt hat?"

„Das ist bloß ne blöde Katze", knurrte er, als er in Richtung Küche verschwand. Sie war sich nicht sicher, aber hatte er gerade etwas gemurmelt, das so klang wie *beim nächsten Mal*?

Nein, das war nicht möglich. Konstantin war doch damals derjenige gewesen, der die Idee mit der Katze umgesetzt hatte …

2

Im September, vier Jahre früher

An diesem Sonntag war Konstantin distanziert, aber freundlich. Selbst in der Nacht hatte er keine Anstalten gemacht, Karla näherzukommen. Sein Charme weckte Zweifel in ihr. Vor nur achtundvierzig Stunden hatte die Angst sie beinahe gelähmt, doch jetzt kam ihr all das unwirklich und weit weg vor. Hatte er sich wirklich so vor ihr aufgebaut, dass sie keine Luft mehr bekommen hatte? Sie konnte den schrecklichen Abend nicht mehr in allen Details aufrufen, er war in eine zerfetzte Wolke getaucht, die nur Fragmente ans Tageslicht und in Karlas Erinnerung ließ. Je freundlicher Konstantin zu ihr war, umso mehr zweifelte sie an ihrer eigenen Erinnerung. Vielleicht hatte er sich deshalb nicht entschuldigt, weil alles gar nicht so schlimm gewesen war?

Karla hatte Kopfschmerzen von der ganzen Grübelei und konnte sich kaum auf den Roman auf ihrem Schoß konzentrieren.

Das Klingeln an der Haustür ließ sie zusammenzucken. Ihre Gedanken hatten sie die Zeit vergessen lassen. Vor der Tür hörte sie Emma und Bella lachen und deren Opa etwas darauf erwidern. Karla band vorm Flurspiegel schnell ihre Haare zu einem Zopf und überprüfte ihren Gesichtsausdruck. Konstantin war mit dem Mountainbike unterwegs.

„Hallo Mama, guck mal!", rief Emma und hielt

eine Plüschkatze hoch, bevor sie überhaupt die Begrüßung erwidern konnte. „Pass auf!" Sie drückte auf der Vorderpfote herum, bis die Katze ein leises *Miau-Miau-Miau* von sich gab. „Das ist Luna, die wohnt jetzt hier", erklärte sie, bevor sie in die Arme ihrer Mama hüpfte.

„Hallo Emma, hallo Luna." Karla gab Emma ein Küsschen auf die Wange und atmete dabei ihren wunderbaren Duft ein. Als sie sie wieder abgesetzt hatte, nahm sie ihre große Tochter in den Arm. „Hallo, meine Süße, hast du auch einen neuen Mitbewohner mitgebracht?"

Bella erwiderte die Umarmung wie immer ein bisschen steif und beschwerte sich: „Pfft. Ein echtes Tier wär mir lieber, für so was ...", sie wies in Lunas Richtung, „bin ich zu alt."

Karla nickte grinsend. „Aha, zu alt also."

Emma rannte ins Wohnzimmer, in die Küche und zurück in den Flur. „Ist Konstantin gar nicht da?"

„Nein, der fährt Fahrrad. Er ist bestimmt bald wieder da." Und zu ihren Eltern: „Kommt rein. Wollt ihr einen Kaffee?"

„Gerne." Ihre Mutter folgte ihr neugierig in die Küche und bemerkte den Strauß Rosen auf dem großen Holztisch. „Wow, hat dir Konstantin den geschenkt?"

„Natürlich, wer denn sonst?"

„Einfach so oder hat er was ausgefressen?" Vater gluckste.

„Quatsch. Einfach so." Karla hätte gern die

aufsteigende Hitze in ihren Wangen zurückgehalten.

„Na dann ist ja gut." Ihr Vater legte diesen strengen, durchdringenden Röntgenblick auf, bei dem Karla früher automatisch die Wahrheit erzählt hatte. Gott sei Dank beließ er es jetzt bei einem kurzen Blick und schaute aus dem Fenster.

Karla faltete einen Papierfilter, steckte ihn in die Maschine und gab ein paar Löffel Kaffeepulver hinein. Dabei hoffte sie, dass niemand das Zittern in ihren Fingern bemerken würde. Emma krabbelte auf allen Vieren mit ihrer Katze über die Fliesen, begleitet von einem zarten, aber doch nervigen *Miau-Miau-Miau*.

„Wie lange hält die Batterie?", fragte Karla.

Ihr Vater grinste. „Ich glaube, ziemlich lange. Ist schließlich gute Qualität."

„Emma, zeig doch deiner Katze mal dein Zimmer und deine anderen Tiere, hm?", schlug Karla vor. Emma nickte, sodass ihre Löckchen auf und ab wippten, und hüpfte dann mit ihrer Katze die Treppenstufen hinauf.

Bella seufzte erleichtert auf. „Das ging die ganze Fahrt über so, Mama!", beschwerte sie sich.

„Du Arme. Magst du Kakao?"

„Ja, aber mit Schokolade drin."

„Natürlich!" Karla griff nach dem alten Emailletopf, den ihr ihre Oma kurz nach Bellas Geburt vermacht hatte, und rührte Milch und zerkleinerte Schokoladenstücke hinein. Über dem Bild einer dicken, gepunkteten Katze stand: *Süße Milch muss man vor Katzen bewahren.* Schon immer war dieser Topf für Milch mit Honig oder heiße Schokolade benutzt worden. Ein Seelenfuttertopf.

Bella hatte sich an den Küchenschrank daneben gelehnt. „Mama, kriegen wir irgendwann eine richtige Katze?"

„Mal sehen. Lass uns das später besprechen, okay?"

In dem Moment betrat Konstantin die Küche. Er trug noch seine Fahrradkleidung.

„Hallo zusammen!" Er begrüßte Karlas Vater mit einem kräftigen Handschlag und nahm anschließend ihre Mutter in den Arm. Karla sah, dass sie errötete.

Emma hatte Konstantins Stimme gehört und kam in die Küche gehopst, natürlich mit ihrer Plüschkatze. „Guck mal, das ist Luna. Sie kann Miau machen."

Karlas Vater verdrehte schmunzelnd die Augen und Bella stöhnte genervt auf.

Konstantin nahm Emma auf den Arm und gab ihr einen schmatzenden Kuss auf die Wange. „Das ist ja toll. Zeig mal!" Er drehte die Plüschkatze von einer Seite auf die andere, drückte auf Emmas Anweisung hin das Pfötchen und lachte, als das dreifache Miau ertönte. Dann setzte er Emma samt Plüschtier ab, beugte sich zu Bella hinab und nahm sie in den Arm.

„Na, hast du auch ein neues Kuscheltier bekommen?", fragte er und zwinkerte.

Bella schnaufte verächtlich. „Nee. Ich will lieber

eine richtige Katze."

„Oh ja, bitte, eine richtige Katze", rief Emma. „Dann hat Luna jemanden zum Spielen."

Konstantin streichelte Emma über ihre Haare, schaute zu Karla und sagte: „Na, mal sehen. Luna soll ja nicht so einsam sein."

Überrascht horchte Karla auf. Bisher war es stets Konstantin gewesen, der auf keinen Fall ein Haustier gewollt hatte, schon gar keine Katze. Sie warf ihm einen fragenden Blick zu, den er mit einem Zwinkern erwiderte.

Ihre Mutter schaute zwischen Karla und Konstantin hin und her. Etwas wie Anerkennung oder Zufriedenheit lag in ihrem Blick. Karla wusste, wie sehr sie Konstantin vergötterte. Das hatte sie erst letztens von Nadja erfahren, die Maria beim Einkaufen getroffen hatte. Und als Tochter war man ja auch immer froh, wenn die Eltern den neuen Freund akzeptierten.

Doch auch wenn sie Konstantin liebte, fühlte sie sich trotzdem noch manchmal einsam und vermisste Alexander. Der Verlust der ersten großen Liebe hatte eine Wunde hinterlassen, die nie ganz verheilen würde. Schon kleinste Erschütterungen – Erinnerungsfetzen, Gerüche, Bilder – sorgten dafür. Und dazu dieser dumme Gedanke, noch einmal jemanden zu verlieren, den man liebte. Diese Angst umschloss vor allem ihre Kinder und ihre Familie und nun auch Konstantin. Es war alles andere als leicht, Trauer und Sorge wie in ein Schubfach wegzuschließen.

Ihre Mutter sah sie prüfend an. Karla konnte ihre Gedanken beinahe hören. Er ist so wundervoll, also genieße jetzt endlich dein Leben, mein Kind! Sie hatte ja recht.

Maria klatschte in die Hände. „Na, das könnt ihr ja später besprechen, oder? Lasst uns Kaffee trinken, wir wollen nicht so spät los." Sie nahm dort Platz, wo sonst immer Konstantin saß.

„Ach, Karla, da fällt mir ein: Wie bist du denn am Freitag nach Hause gekommen? Warst du auch in dem riesigen Stau? Hast du den Unfall gesehen? Das muss ja schrecklich gewesen sein, im Radio haben die ständig davon gesprochen und die Menschen aufgefordert, bloß nicht über die Autobahn zu fahren."

Ein Schauer rieselte über Karlas Rücken. Sie war fast ein bisschen dankbar, dass Mutter das Thema ansprach. Sie warf einen Blick zu Konstantin und registrierte, dass er sie fixierte. „Ja, ich war kaum auf der Autobahn, als der Unfall passiert sein muss. Ich habe drei Stunden gebraucht, bis ich endlich zu Hause war. Und ich musste nach dem Kaffee bei Nadja so dringend aufs Klo, dass ich schon Bauchschmerzen hatte."

„Ach, du Arme. Na hoffentlich hast du zuhause eine Massage bekommen oder ein heißes Bad." Maria zwinkerte in Konstantins Richtung.

Sein linkes Auge zuckte kurz, dann lächelte er.

„Ja, eine Massage habe ich bekommen", antwortete Karla. Was wirklich passiert war, würde sie für sich behalten. Sie wollte ihre Mutter nicht damit belasten, auch nicht, wenn sie mit ihr allein sprach.

Mutter klopfte Konstantin anerkennend auf den Oberschenkel. „Das hast du gut gemacht, mein Lieber. Ich bin so froh, dass du jetzt für unsere Tochter und Enkelkinder da bist."

„Ach Maria, das ist doch selbstverständlich. Die Arme war wirklich fix und fertig am Freitagabend, sie hat noch nicht mal von ihrem Kaffeeklatsch erzählt, so kaputt war sie." Konstantin grinste breit in Karlas Richtung. Sie schwieg und kam sich wie eine Lügnerin vor. Doch sie belog vor allem sich selbst.

Als sich ihre Eltern später auf den Heimweg machten, knuffte Maria ihrer Tochter in den Arm und flüsterte: „Ach meine Karla, ich freue mich so für dich!"

Karla schluckte den Kloß in ihrem Hals hinunter.

Nur ihr Vater schaute sie forschend an und schloss sie fest in seine kräftigen Arme. „Mach's gut, meine Kleine und pass auf dich auf!"

„Na dafür ist doch jetzt Konstantin da", rief Maria, während sie, umringt von ihren Enkeltöchtern, zum Auto ging.

„Genau. Ich pass schon auf. Nicht wahr, Liebling?"

Konstantin nahm sie mit festem Griff in seine Arme, nachdem ihr Vater sie losgelassen hatte. Prompt flatterte ihr Atem unregelmäßig, stolperte mit ihrem Herzschlag um die Wette.

„Fahrt vorsichtig. Ich hab euch lieb", rief Karla ihren Eltern hinterher.

Sie winkten ihnen ein letztes Mal zu, während Emma und Bella noch ein Stück neben dem Auto herliefen.

3

Ein paar Wochen danach

„So, Mädels, auf gehts!" Konstantin klatschte in die Hände und grinste breit. „Ich habe eine Überraschung für euch, aber dazu müssen wir uns beeilen." Geheimnistuerisch schaute er Karla an.

„Was hast du vor?"

„Das kann ich schlecht sagen, wenn es eine Überraschung sein soll, oder? Los, zieht euch Schuhe und Jacken an und springt ins Auto!" Und zu Karla: „Autoschlüssel?" Er hielt seine Hand auf.

„Okay, okay. Wir kommen. Der Schlüssel hängt doch da." Sie zeigte auf das Schlüsselbrett. In ihrem Magen bildete sich ein Knoten. Lag es an seinem Tonfall oder daran, dass ihr nicht nach Überraschungen zumute war? Dennoch zog sie ihre Stiefel an, warf sich Jacke und Handtasche über und schnappte ihren Haustürschlüssel. Bella und Emma waren schon draußen und hüpften aufgeregt die Stufen hinab, Emma mit ihrer Plüschkatze unterm Arm und Bella mit den unvermeidlichen Kopfhörern im Ohr.

„Was ist denn die Überraschung?", fragte Emma, während Konstantin sie in ihrem Kindersitz auf der

Rückbank anschnallte.

„Das verrate ich nicht. Aber du wirst es gleich sehen", antwortete er geheimnisvoll. Bella schaute ihn neugierig an, sagte aber nichts. Konstantin war auffallend gut gelaunt, er hörte nicht auf zu grinsen. Im Radio lief ein Song aus den Neunzigern, zu dem er lauthals mitsang, während er das Auto die schmale Straße hinab lenkte.

„Jetzt freu dich doch auch mal!" Seine Hand wanderte vom Steuerhebel auf Karlas linken Oberschenkel. Seine gute Laune war ansteckend und seine Hand auf ihrem Bein fühlte sich gut an. In letzter Zeit überkam sie häufiger das Gefühl, dass sie endlich in ihrem neuen Leben ankam. Beruhigend eigentlich. Doch immer schabte ein klitzekleiner Zweifel an ihr herum. Es kratzte und zwickte und ließ sie fragend zurück. Vielleicht sollte sie endlich damit aufhören, die wenigen Ähnlichkeiten mit den vielen Unterschieden abzuwägen, die es zwischen Alex und Konstantin gab. Es war einfach nicht fair. Konstantin hatte schon so viel durchgemacht. Seine schlimme Vergangenheit ließ ihn manchmal Dinge sagen und tun, die er gar nicht wollte. Karla wusste, dass das nicht er war, und nahm sich vor, in Zukunft rücksichtsvoller zu sein. Er brauchte mehr Zeit, Vertrauen aufzubauen.

Konstantins falscher Gesang riss sie aus ihren Gedanken. Sogar Bella hatte ihre Kopfhörer rausgezogen und sang mit, genau wie Emma. Die beiden waren glücklich und das war das Schönste, was Karla sich vorstellen konnte. Konstantin fuhr über die Landstraße, vorbei an Bäumen mit leuchtend gefärbtem Laub und abgemähten Feldern. Der Herbst war Karlas liebste Jahreszeit. Die Straße führte in die benachbarte Kleinstadt Berghausen. Kurz nach dem Ortseingangsschild bog Konstantin zweimal rechts ab und hielt vor einem großen grauen Mehrfamilienhaus. Hier schaffte die Oktobersonne es nicht, ihren Zauber über das Grau zu legen.

„Was machen wir denn hier?", fragte Karla.

„Wirst du gleich sehen, Herzchen."

Schrecklich, dieser Kosename. Karla stöhnte genervt auf. Konstantin lachte und drehte sich kurz nach hinten um.

„Ihr beiden bleibt kurz hier und ich hole mit eurer Mama die Überraschung. Schön aufs Auto aufpassen, okay?"

Emma drückte auf die Pfoten ihrer Plüschkatze. „Guck Luna, du musst auch aufpassen!" Luna miaute als Antwort, woraufhin Bella mit den Augen rollte und die Stöpsel wieder in die Ohren steckte, um weiter den *Drei ???* zu lauschen.

Konstantin flitzte ums Auto herum und hielt Karla die Tür auf.

„Wie lieb von dir."

Emma kicherte. Nachdem er die Tür geschlossen hatte, nahm er Karlas Hand und führte sie zum Eingang des hässlichen Kastens. Auf ihren fragenden Blick reagierte er nicht. Stattdessen drückte er auf einen der vielen Klingelknöpfe.

Mit einem Summen ging die gläserne Tür auf,

deren Scheibe schon mehrfach gerissen und mit Paketklebeband notdürftig repariert worden war. Es roch nach einer Mischung aus Müll und Zigaretten.

„Sollen wir die Kinder wirklich allein im Auto lassen?" Ihr war nicht wohl dabei, die Gegend wirkte nicht im Entferntesten so friedvoll wie ihr Wohngebiet in Graubergen.

„Keine Sorge, wir sind ja schnell fertig", erwiderte Konstantin.

Karla war froh, dass er weiter ihre Hand hielt und offensichtlich genau wusste, wohin er musste. In der zweiten Etage stand eine Wohnungstür offen. Eine schlanke Frau um die vierzig, etwas zu stark geschminkt, die rostbraunen Haare zu einem nachlässigen Dutt hochgesteckt, lehnte im Türrahmen. Was machten sie bloß hier?

„Hallo, kommt rein. Ich bin Anna."

Zögernd folgte Karla den beiden durch den schmalen und dunklen Flur. Die Frau war schon vorausgegangen in Richtung Küche. Als sie den überraschend gemütlich eingerichteten Raum betraten, drehte sich Anna um und hielt ihnen ein getigertes Kätzchen entgegen.

„Das ist der kleine Frechdachs", sagte sie zu Konstantin.

Eine Katze! Er hatte das also ernst gemeint.

Konstantin fuhr dem Kätzchen mit dem Zeigefinger über die Stirn. „Das könnte unserer sein." Als er den kleinen Tiger in seine Hand nehmen wollte, sprang dieser flink hinunter, düste zum Fenster und kletterte wie ein Äffchen an der Gardine hinauf.

„Oh. Wirklich?"

Das Fellknäuel hatte ganz offensichtlich zu viel Energie, sprang von der Gardinenstange aufs Fensterbrett und von da auf die Arbeitsplatte, auf der Anna das Katzenfutter aufbewahrte. Karla, die dem kleinen Wildling gar nicht weiter bei seiner Kletterei zuschauen konnte, sah sich um. Auf einem gepolsterten Stuhl, der halb unter den Küchentisch geschoben war, lag zusammengerollt ein dreifarbiges, flauschiges Fellknäuel.

Anna hatte ihren Blick bemerkt. „Die Kleine hier wollte bisher keiner haben."

„Darf ich?" Karla wartete gar nicht ab, zog vorsichtig den Stuhl zurück und nahm die Kleine auf den Arm. Ein lautes Schnurren, kleine Pfoten, die in ihre Jacke traten, und schon schlief das weiche Katzenbaby weiter. Sie schluckte. Mein Gott, war die süß. Es war schon eine Ewigkeit her, seit sie ein Katzenbaby gestreichelt hatte. Da muss sie selbst noch ein Kind gewesen sein. Aber dieses Gefühl, so ein zerbrechliches, flaumweiches, leise mauzendes Wesen zu berühren, hatte sie nie vergessen. „Wieso will die denn niemand?"

„Alle wollen getigerte Kater, aber keine bunte Katze. Also den Kater bekomme ich auch anderweitig los. Nehmt ruhig die Kleine hier, ich weiß eh nicht, was ich mit der machen soll." Für sie war das Ganze nur ein Geschäft, sonst würde sie nicht so lieblos von diesem kleinen Schatz reden.

„Eine Glückskatze. Das passt doch, oder?", flüsterte sie und schaute Konstantin an.

„Okay, dann nehmen wir die Kleine hier." Er streichelte zärtlich über das Fell. Die Katze blickte hoch und hörte schlagartig auf zu schnurren.

Anna lachte. „Das wird schon noch."

„Na hoffentlich, sonst tauschen wir sie um, wenn sie mich nicht mag." Er klang eingeschnappt.

Während Bella und Emma neben Karla auf der Couch saßen und entzückt das kleine Samtpfötchen beobachteten, das jetzt vorsichtig das Wohnzimmer erkundete, trug Konstantin einen Karton herein. Er hatte wohl schon vorher alles genau geplant, alles besorgt, was man als Katzeneltern benötigte, und im Keller versteckt. Wie lieb von ihm.

„Hier, Bella, damit spielt die Kleine bestimmt gerne." Er reichte ihr einen schwarzen Stab mit einer Feder und einer kleinen Glocke daran. Bella hockte sich in die Nähe der Katze und rief: „Schau mal, hier!"

Das Katzenbaby kam sofort auf sie zu gestolpert und jagte die Feder.

„Und wie soll die Katze jetzt heißen?", frage Emma. „Also Luna nicht, so heißt meine schon!" Sie stemmte ihre Hände in die Hüften.

„Irgendwelche Ideen?" Karla schaute Bella an.

Bella setzte das Fellknäuel vorsichtig auf ihren Schoß und streichelte es. Dann hob sie den kleinen Körper auf beiden Händen in die Höhe und betrachtete sie von allen Seiten. „Das ist Mrs Orange."

„Mrs Orange?", fragte Emma nach. „Das ist doch kein Name."

„Klar ist das ein Name. Das ist der Name unserer Katze. Guck sie dir doch mal genauer an. Welche Farben siehst du?" Bella klang wie eine Lehrerin, als sie so mit ihrer kleinen Schwester redete.

„Schwarz? Weiß? Und … Oransch?", fragte sie und hielt dabei ihren Zeigefinger grübelnd auf ihr Kinn. Süß, wie sie das Wort aussprach. Karla ging das Herz auf.

„Und? Wie findet ihr den Namen?", fragte Bella an Karla und Konstantin gewandt.

„Also, ich finde, der passt", meinte Karla.

Konstantin zuckte mit den Schultern. Seine linke Augenbraue, die mit der Lücke, war ein bisschen nach unten gerutscht. Karla kannte dieses Zeichen gut genug, um zu wissen, dass er sauer war. Sie tippte mit dem Zeigefinger genau auf diese Lücke, die er als Narbe nach einem Motorradunfall zurück-behalten hatte, und sagte zu allen gewandt:

„Gut. Dann heißt unser neues Familienmitglied ab sofort Mrs Orange."

Sie kniete sich hinunter zu Bella, auf deren Schoß sich die Kleine inzwischen zusammengerollt hatte, und flüsterte: „Herzlich willkommen, Mrs Orange! Wir werden alle dafür sorgen, dass es dir hier immer gut gehen wird."

Konstantin hatte damals den Raum verlassen und die Tür hinter sich zugeschlagen …

4

Jetzt lag ein freier Tag vor Karla. Stunden, die sie mit Packen verbringen würde. Der Termin des Auszugs rückte immer näher. Das wusste auch Konstantin. Eine Mischung aus leiser Vorfreude und Erleichterung machte sich in Karla breit, wurde aber immer wieder von etwas aufgehalten, das sich nicht fassen ließ. So wie man schon den Vulkan ganz tief unten brodeln hört und nicht weiß, wann er ausbrechen wird.

Zum Glück war Konstantin auf einer Fortbildung und würde garantiert nicht früher hier auftauchen. Sein trauriger Blick bei jedem ihrer Handgriffe war kaum noch auszuhalten. Jedes Buch, das sie in die Hand nahm, jedes Kleidungsstück, das sie aussortierte, wurde inspiziert. Sogar die Mülltonne hatte er schon durchsucht.

Wenn sie zuhause war, folgte er ihr wie ein Schatten. Es war unmöglich, ihn abzuschütteln. Wenn sie sich beschwerte, sagte er im immer gleichen gebrochenen Ton: „Nun lass mich doch wenigstens jetzt noch in deiner Nähe sein. Ich tu dir doch nichts. Ich genieße nur jede Sekunde, die ich noch bei dir sein darf. Du bist mich ja bald los."

Karla räumte eilig die Küche auf und summte dabei zur Musik im Radio. Sie fühlte sich energiegeladen wie lange nicht. Heute würde sie endlich mal richtig was schaffen. Im Kopf ging sie ihren Plan durch: Erst die Sommersachen, dann Handtücher und Bettwäsche, dann die Bücher. Sie trug einen Stapel Kartons aus dem Keller nach oben und achtete darauf, keine Stufe zu übersehen. Die Kellertür hatte sie mit einem Keil gesichert, sodass sie nicht zufallen konnte.

„Hey, Mrs Orange, du liegst mitten im Weg", sagte sie und machte einen großen Schritt über das Fellbündel. Beneidenswert. Wo es der Katze gerade gefiel, warf sie sich hin, streckte sich, putzte sich und machte ein Nickerchen. Das klappte auf den unmöglichsten Plätzen, aber am liebsten irgendwo mitten im Weg. Doch böse war ihr niemand deswegen.

Karla warf die Kartons aufs Bett und öffnete einen der drei Kleiderschränke. Sie betrachtete den Inhalt von oben bis unten. Da die Schränke Deckenhöhe hatten, würde sie an die oberen beiden Fächer nur mithilfe der Klappleiter herankommen. Also noch einmal über Mrs Orange steigen, die Leiter aus dem Keller holen und wieder zurück. Katze müsste man sein.

Vorsichtig kletterte sie auf den Trittstufen nach oben. Sie hasste dieses wacklige Ding, das bei jedem ihrer Schritte verdächtig knarzte. Dann griff sie blindlings in das oberste Fach und zog ein rosa glänzendes Polyestertischtuch hervor. Das war definitiv nicht von ihr. Fürchterlich. Aber bügelfrei, hörte sie die Hausfrauenstimme in ihrem Ohr anmerken. In welchem Jahrhundert war so was bloß modern gewesen? Unschlüssig betrachtete sie das hässliche Ding und ließ es fallen. Dem Tischtuch folgten noch ein paar alte Gardinen, ein weiteres weißes Tischtuch, Deckchen mit gruseligen Mustern. Das Gleiche geschah mit dem Inhalt des zweiten Faches, in welches blasse karierte und geblümte Geschirrtücher und Stoffservietten gestopft worden waren. Karla griff mit dem ganzen Arm in das Fach hinein und schob mit einer Bewegung alles nach draußen. Nur einmal alles durchsortieren und dann wieder in die Fächer zurücklegen.

Plötzlich polterte es dumpf. Sie blickte nach unten und trat neugierig in den bunten Stoffhaufen.

Zwischen dem ganzen Kram, von dem sie sicher gar nichts gebrauchen konnte, zog sie ein Büchlein hervor. Blauer Leineneinband, vergilbte Seitenränder. Ein Tagebuch? Das sollte sie wohl besser wieder wegpacken, das gehörte ihr nicht. Mit dem Buch in der Hand stand sie ein Weilchen unschlüssig herum, ehe sie es sich näher anschaute. Ganz unten rechts auf der Rückseite stand in schnörkeliger Schrift *Lupus*. Konstantins alter Spitzname. Puh, nein, sein Tagebuch wollte sie auf gar keinen Fall lesen. Dennoch rutschte ihr Daumen hinter den Einband auf die erste Seite. Dabei hämmerte ihr Herz wie eine Trommel gegen ihre Brust. Eine Federzeichnung: ein heulender Wolf vor einem Mond. Konstantin und sein einsamer Wolf. Sie schlug das Buch zu, legte es zur Seite und kletterte wieder auf den Hocker.

Dabei verheddere sich ihr Fuß in dem ganzen Wäschedurcheinander. Sie verlor beinahe das

Gleichgewicht, konnte sich aber noch abfangen und landete mit einer halbwegs geschickten Drehung auf ihren Knien. Dabei rutschte das blaue Buch von der Bettkante und landete aufgeschlagen vor ihrer Nase. Eine dicht beschriebene Doppelseite, ein Datum darüber. Konstantins elegant geschwungene Handschrift. Mit blauer Tinte geschriebene Worte auf cremefarbenem Papier. Die Schrift wirkte wie ein Font aus dem Schreibprogramm ihres Laptops. Das konnten nur wertvolle Erinnerungen sein, die mit solcher Sorgfalt festgehalten worden waren. Ihr Blick blieb an dem Datum oben rechts kleben.

Juni 2014. Da waren sie in Paris gewesen! Ihr Kopfkino startete zum hundertsten Male den Horrorfilm des Heiratsantrags an der dunklen Seine. Wieder der Eiffelturm, dessen Lichter sich im Wasser des Flusses spiegelten. Wieder das eiserne Geländer in ihrem Rücken. Ihre Versöhnung am nächsten Morgen.

Was Konstantin damals wohl geschrieben hat? Hat ihm sein Verhalten leidgetan?

Karla wagte nicht weiterzulesen, obwohl es ihr wie eine Aufforderung vorkam, dass ihr das Tagebuch so aufdringlich entgegenkam. Sie strich mit ihren Fingern behutsam über die Doppelseite, ohne die schön geschwungenen Buchstaben zu Worten zu verflechten. Wenn Konstantin sie jetzt sehen würde! Obwohl ihr der Gedanke Angst einjagte, dass er zur Tür hereinstürmen und sie mit seinem Tagebuch entdecken könnte, siegte schließlich ihre

Neugier. Etwas in ihr zwang sie, die Worte zu betrachten. Die Buchstaben flackerten vor ihr auf wie von einer alten Neonröhre geblendet.

... hat sie nochmal Glück gehabt ..., ... wenn sie mich verlässt ..., ... bringe sie um ...

Erschrocken schlug sie das Tagebuch zu. Doch die Worte, die so gar nicht zu der schönen Schrift passen wollten, leuchteten vor ihrem inneren Auge weiter. Sie kletterte über das Bett hinweg zu dem Asthmaspray auf ihrem Nachttisch, zog zweimal heftig daran und zählte im Atemrhythmus bis zehn. Als das Atmen wieder funktionierte, nahm sie das Tagebuch wie ein totes Tier zwischen ihre Finger und schob es im Schrankfach wieder ganz nach hinten. Sämtliche Wäschestücke faltete sie flüchtig zusammen und stopfte sie wieder hinein. Hatte das vorher auch so dagelegen? Verzweifelt schob sie die Textilien hin und her. Es war sinnlos.

Erschöpft ließ sie sich aufs Bett fallen. Was er wohl noch alles geschrieben hat? Ein Satz pulsierte in Dauerschleife zwischen ihren Schläfen. *Wenn sie mich verlässt, bringe ich sie um.*

Schon einmal hatte Konstantin wütend geflüstert, dass er sie umbringen würde, wenn sie ihn je verlassen würde. Die Erinnerung daran glühte heiß in ihr auf.

Er hatte auf ihr gelegen, ihr seine Hand auf den Mund gepresst. Die andere Hand dicht neben ihrem Kopf abgestützt und dabei ihren Zopf so eingeklemmt, dass sie sich nicht wegdrehen konnte. Wieder einmal sein weingeschwängerter Atem.

Wieder einmal sein Ärger darüber, dass sie auf dem Sofa eingeschlafen war. Wieder einmal hatte er sein eheliches Recht verlangt und an ihrer Jeans gezerrt.

Karla hatte schreien wollen, doch sie bekam kaum Luft. Und oben waren ihre Kinder, die nicht hören durften, was gerade geschah. Konstantins Körper lag wie Blei auf ihr. Ihre Lunge verengte sich. Der Inhalator war nicht erreichbar. Selbst wenn sie gewollt hätte, sie konnte gar nicht schreien. Wie ein Fisch auf dem Trockenen schnappte sie nach Luft. Dann sein heiseres Flüstern direkt an ihrem Ohr: „Du schreist nicht, sonst war das dein letzter Schrei. Du machst jetzt, was ich von dir verlange, und dann bekommst du dein Asthmaspray. Verstanden?"

Karla war wie gelähmt.

„Hast du mich verstanden?", wiederholte er und löste seine Hand von ihrem Mund.

„Ja", flüsterte sie. Tausend Nadeln zerstachen ihren Hals.

„Ich glaube, das kann ich gelten lassen", raunte Konstantin. Und als er sich später von ihr herunterrollte: „Wenn du mich je verlässt, bringe ich dich um. Das schwöre ich dir."

Karla sprang vom Bett auf und wünschte, sie könnte die Erinnerung daran löschen oder wenigstens mal einen Moment vergessen. Kälte breitete sich in ihrem Körper aus. Sie brauchte einen Tee.

Als sie den Flur passierte, lag Mrs Orange noch

immer langgestreckt auf der Seite und schlief. Sie schaute noch nicht einmal auf. Das fühlte sich nicht richtig an.

„Mrs Orange? Süße?" Sie ließ sich neben der Katze auf die Knie sinken, grub ihre Hand vorsichtig in das weiche Fell zwischen Kopf und Brust, strich sanft über den Brustkorb. Der zarte Körper war seltsam kühl. Seltsam fest. Mrs Orange rührte sich noch immer nicht.

Es dauerte einen Moment, bis Karla verstand, dass sie sich nie mehr bewegen würde.

„Nein! Nein. Nein. Nein!" Ihre Tränen tropften auf das weiche Fell und hinterließen dunkle Punkte.

Ganz vorsichtig schob sie ihre Hände unter den starren Körper, lehnte sich mit dem Rücken an die Wand und wiegte das Bündel in ihren Armen.

„Das kannst du uns doch nicht antun", flüsterte sie. Wie sollte sie das ihren Kindern erklären? Vor allem Bella, zu der sich Mrs Orange von Anfang an besonders hingezogen gefühlt hatte. Die Katze war Seelentrösterin, Freundin, Spielgefährtin für Bella.

Alles zerbrach. Einfach alles. Schon wieder.

Karla schrie ihre Verzweiflung in den Flur. „Was habe ich getan, dass uns das alles passiert? Ich kann nicht mehr! Scheiße!"

Wütend trat sie gegen die gegenüberliegende Wand. Dabei verrutschte das orangefarbene Köpfchen auf ihrem Arm.

„Oh, Mrs Orange, es tut mir leid. Wieso ist das alles hier nur so schief gegangen? Hast du es hier nicht mehr ausgehalten? Hab ich mich um dich nicht genug gekümmert?" Um dich, um Bella und Emma? Um mich?

Ein Schluchzen rollte durch Karlas Körper, der nur noch als Hülle für ihre Wut, Trauer und Resignation diente.

„Meine kleine hübsche Katze, wieso verlässt du uns gerade jetzt?" Unablässig streichelte sie das weiche Fell.

Dann dieser Gedanke. Konstantin an der Balkontür – gestern Abend. Mrs Orange, die aufgeschrien hatte und an ihm vorbeigerannt war. Hatte er sie etwa doch erwischt? Würde er wirklich so weit gehen? Sein hässliches Grinsen, als er sich zu ihr herumgedreht hatte. Und Mrs Orange, die letzte Nacht nicht an ihrem Lieblingsplatz in der Küchenspüle geschlafen hatte. Die überhaupt auf keinen ihrer erhöhten Lieblingsplätze gesprungen war. Die so still war.

Nein! NEIN!

Dunkle Nächte

1

„Karla, kommst du mal bitte in die Küche?", rief Konstantin durch den Flur in Richtung Wohnzimmer.

„Gleich", antwortete sie unwillig. In ihren Händen hielt sie einen dicken weißen Kerzenhalter aus Holz und überlegte, ob sie den für die neue Wohnung einpacken sollte. Sie hatte ihn ja selbst angeschafft. Und doch kam sie sich bei jedem Stück vor, als wolle sie einen Rosenkrieg anzetteln. Was sicher auch an Konstantins Kontrollblick lag. Mit leeren Händen wollte sie aber auch nicht gehen. Es war ja nicht so, dass sie Konstantin ein leeres Haus hinterlassen würde. Immerhin war sie diejenige, die von vorn beginnen musste. Musst du doch nicht, wisperte seine Stimme in ihrem Kopf. Konstantin wollte zwar auch nicht allein im Haus bleiben, doch er würde es verkaufen und hatte dann genug Geld, um sich alles neu zu kaufen. Ihr kam es vor, als ob er es gar nicht abwarten konnte, endlich das Haus los zu sein.

Ob er sein Versprechen halten würde, ihr eine

kleine Summe zu überlassen, wenn der Verkauf über die Bühne war? Sie hatte so ihre Zweifel. Wie sie jetzt erfahren hatte, gehörte das Haus offiziell immer noch Konstantins Vater, der aber mit dem Verkauf einverstanden war. Wenn sie Pech hatte, ging sie leer aus. Ob Konstantin wohl noch daran dachte, dass sie ihm Geld für seine Praxis geliehen hatte? Sie musste ihn bald darauf ansprechen.

Wenigstens gab es inzwischen ein ernsthaft interessiertes Pärchen, das sich in das Haus verliebt hatte.

„Jetzt komm doch mal eben, ich muss dir was zeigen." Konstantin klang ungeduldig, beinahe quengelnd.

„Ist ja gut", murmelte sie und folgte seiner Stimme. Vorbei an der Stelle, wo vor kurzem noch Mrs Orange ihre letzten Atemzüge gemacht hatte.

„Wo bist du denn?" In der Küche jedenfalls nicht. Sie zuckte mit den Schultern und drehte sich um, als sich ein schwarzer Schal von hinten über ihr Gesicht legte und fast von allein wie ein Knebel in ihren geöffneten Mund rutschte. Ein Ruck und der Schal wurde am Hinterkopf verknotet, mehrere Haarbüschel verhedderten sich darin. Der Schmerz trieb ihr Tränen in die Augen. Wütend drehte sie sich zu Konstantin herum, wollte ihn anschreien. Ihre Worte wurden vom Knebel verschluckt. Der Asthmaanfall erreichte sie so überraschend und intensiv, dass ihr für einen Moment schwarz vor Augen wurde. Sie durfte jetzt nicht ohnmächtig werden.

Amüsiert betrachtete er sie. Ließ den Stoffknoten in ihrem Nacken nicht los. Erinnerte sie an ein wildes Tier, mit bebenden Nasenflügeln und saurem Schweiß. Ihr wurde übel. Am Knoten des Schals riss er sie herum und stieß sie ins Schlafzimmer. Sie war nur froh, dass die Kinder nicht zuhause waren. *Wenn du mich verlässt, bringe ich dich um.* Würde sie sie wiedersehen?

Er drehte ihre Hände auf den Rücken. Ihre Schultergelenke brannten, ihre Knie zitterten. Doch sie kämpfte gegen die Schwäche ihres Körpers an. Irgendwoher nahm er einen zweiten Schal, mit dem er ihre Hände auf dem Rücken fixierte. Der verzurrte Stoff rieb sich in ihre Handgelenke. Aufrecht bleiben, Karla!

„So, heute machen wir mal was Schönes, da hab ich mich die ganze Woche drauf gefreut", raunte Konstantin, seine Stimme kratzig wie ein Schleifstein. Dann stieß er sie bäuchlings aufs Bett. Karla schlug mit der Stirn auf dem Bettrahmen zwischen den beiden Matratzen auf. Der dumpfe Schmerz vernebelte ihre Sinne. Kleine Pünktchen hüpften vor ihr auf und ab. Sie konzentrierte sich darauf, sie wegzuzwinkern. Neben ihr klapperte etwas. Sie drehte den Kopf in Richtung des Geräuschs, auch wenn der Schmerz hinter der Stirn dadurch noch unerträglicher wurde. Sie kam nicht dazu, das Geräusch ausfindig zu machen. Konstantin lachte und ließ ein weiteres Tuch über ihre Wange gleiten, bevor er es über ihre Augen legte. Karla brüllte und bäumte mit letzter Kraft ihren ganzen Körper gegen ihn auf.

„Was? Meinst du, das jämmerliche Gepiepse hört irgendwer?"

Ein weiterer Versuch, sich umzudrehen. Ein weiteres Scheitern. Die Ohnmacht rollte wie eine Welle auf sie zu, sie war hin- und hergerissen zwischen dem Wunsch, abzutauchen und dem eisernen Willen, wachzubleiben.

Konstantin zerrte an ihrer Jogginghose, riss sie mit einem Ruck hinunter und warf sie weg. Der Slip folgte. Karla trat schwungvoll in die Richtung, in der sie Konstantin vermutete, aber ihre Füße trafen ins Leere. Dann kniete er sich auf ihre Waden. Sie hörte, wie er den Reißverschluss seiner Jeans öffnete. Es klang wie ein Messer, das durch Stoff glitt. Er verlagerte sein Gewicht und presste erst das eine, dann das andere Knie zwischen ihre Schenkel, drückte ihre Schultern mit seinen Händen in die Matratze.

Dann war er in ihr. Sie schrie ein weiteres Mal auf, gedämpft unter dem Knebel, die Nase im Kissen. Die rettende Ohnmacht kam nicht, so sehr sie sich in diesem Moment auch danach sehnte.

Als er sich endlich zur Seite rollte, war sie wie gelähmt. Es gab keine Worte für das, was sie in diesem Moment fühlte. Sie kam sich fremd in dem geschundenen Körper vor, der ihrer war. Behutsam löste er die Knoten der Tücher, griff ihre Schulter und rollte sie zu sich herum.

„Herzchen?"
Sie wollte ihn nicht anschauen. Konnte es nicht.

Ihre Lunge brannte wie Feuer, alles andere auch. Kaum konnte sie fassen, dass sie noch lebte.

Jetzt, wo sie hätte schreien können, alles rauslassen können, war sie still. In ihr, um sie herum, überall war Stille. Selbst ihr rasselnder Atem fühlte sich an wie ein Nichts. Sie blieb eine Zeitlang wie betäubt liegen. Setzte sich dann langsam auf und schaute an Konstantin vorbei. Sie fühlte nichts außer der Scham. Ihr Körper war entweiht, gehörte ihr nicht mehr.

Und dann seine Stimme, die sie zusammenzucken ließ. Warmherzig, beinahe verliebt, flüsterte er: „Na, hat dir das gefallen?"

Ihr Magen rebellierte, sie musste hier raus. Mit zittrigen Beinen kletterte sie aus dem Bett und wankte aus dem Schlafzimmer die Treppen hinauf ins Bad. Das heiße Wasser prasselte auf sie herab, wischte die äußeren Spuren ab, doch das Entsetzen konnte es nicht aus ihren verletzten Zellen spülen. Erst, als ihre Haut knallrot war, drehte sie den Wasserhahn ab und wickelte sich in ein großes Handtuch. So saß sie noch eine ganze Weile auf dem Deckel der Toilette. Sie wollte nie wieder aufstehen, nie wieder in diese Augen blicken müssen, nie wieder seinen Geruch ertragen müssen.

Als das große Zittern kam und mit ihm die Einsicht, dass sie sich nicht für immer in diesem kleinen Raum verschanzen konnte, öffnete sie vorsichtig die Tür. Noch immer in das große Handtuch eingewickelt wie in einen Kokon. Sie brauchte frische Sachen, und die waren im Schlafzimmer.

Auf der Treppe saß Konstantin, in sich zusammengesunken. Seine Schultern bebten. Er schaute hoch zu ihr und sagte mit brüchiger Stimme: „Es tut mir so leid. Ich dachte, du wolltest das auch."

Karla schlich ohne ein Wort an ihm vorbei, drückte sich dicht an der Wand entlang und hielt dabei die Luft an. Eine weitere Berührung würde sie nicht ertragen können, nicht mal aus Versehen.

Konstantin hob eine Hand, streifte fast ihr Badetuch, doch mitten in der Bewegung hielt er inne. „Du hast recht, entschuldige. Ich bin so ein Schwein." Er zog die Hand wieder zurück, legte sie um seine Knie und verbarg sein Gesicht zwischen den Oberschenkeln.

Karla setzte den Weg fort, hörte sein Schluchzen und dann die Worte: „Am besten bringe ich mich um, dann hast du nichts mehr vor mir zu befürchten."

Schulterzuckend verschwand sie im Schlafzimmer. Sie schloss die Tür ab und zog die Gardinen zu, bevor sie das Handtuch ablegte und neue Klamotten aus dem Kleiderschrank zog. Ihr eigener Körper kam ihr fremd vor, sie beeilte sich, ihn zu bedecken.

Dann sammelte sie die Sachen ein, die sie davor getragen hatte, warf sie in einen Müllbeutel, zog ihr Bett ab, riss das Fenster auf und legte Decke und Kopfkissen zum Lüften übers Fensterbrett. Die Schals waren weg.

Als sie eine Viertelstunde später die Tür wieder aufschloss, hing Konstantins Parka nicht mehr an der Garderobe. Auf der Treppe lag ein Zettel.

„Ich bin weg. Such nicht nach mir."

2

Mit Sabine war Karla befreundet, seit sie in Graubergen wohnte. Sie hatte selbst ein Geschäft in der
Stadt und holte sich jeden Morgen einen Latte Macchiato im Kiosk. Im Sommer hatten sie, wenn
nichts los war, häufig auf der roten Holzbank vorm
Laden gesessen, ihren Latte getrunken und ge-
quatscht. Sabine war Künstlerin, hatte den Kopf
voller Ideen, ein Haus voller Bücher und einen
Schäferhund mit Knickohr namens Sir, der am
liebsten im Weg herumlag. Mit Sabine war einfach
alles unkompliziert und lustig. Sie war direkt, was
manchmal wehtat, aber auch hilfsbereit wie kaum
jemand sonst. Fast immer sah man sie in ihrem
Blaumann. Dazu Turnschuhe, die Kleckse aus allen Farben der Welt trugen, und Statement-T-
Shirts für jede Gelegenheit. Sie war ganz anders als
Nadja und Louise. Für Sabine passte eher der Begriff Kumpel. Karla mochte sie von Herzen gern.
Wenn sie sich trafen, gab es immer was zu lachen.

Karla hatte lange überlegt, ob sie ihr von der Geschichte mit Konstantin erzählen sollte. Immer wieder schreckte sie davor zurück, wagte sie doch
selbst kaum, das Wort Vergewaltigung auch nur zu
denken. Zwei Wochen war das inzwischen her, aber
seitdem hatte sich etwas in ihr verschoben. Wie bei

den Zauberwürfeln aus den Achtzigern, bei denen nur die letzten zwei Kästchen einfach nicht an die richtige Stelle rücken wollten. Dann nützte der ganze Würfel nichts.

Sie quälte sich mit Selbstvorwürfen. Hätte sie sich mehr wehren müssen, deutlicher Nein sagen? Vielleicht hätte sie ihn anzeigen sollen, statt stundenlang seine Spuren von ihrem Körper zu duschen? Ihn anzeigen, solange sie noch unter einem Dach wohnten? *Wenn du mich verlässt, bringe ich dich um.*

Sie biss in das butterwarme Croissant und versuchte die immer gleichen Worte, die im immer gleichen Tempo hinter ihrer Stirn vorbeizogen, auszublenden. Doch es funktionierte nicht. Sie waren ein blauer Elefant.

Konstantin war ein anderer, seit er mitten in der Nacht wieder aufgetaucht war. Als er sah, dass sie im Wohnzimmer schlief, hatte er sich leise zurückgezogen. Keine Ausraster, nichts mehr. Er war so aufmerksam, höflich, hilfsbereit wie noch nie. Oder höchstens wie ganz am Anfang ihrer Beziehung. Nur mit mehr Distanz.

Karla war trotzdem sehr vorsichtig, ging ihm aus dem Weg, so gut es ging. Langsam entspannte sie sich wieder ein bisschen und konnte seit ein paar Tagen freier atmen. Es waren ja nur noch drei Wochen bis zum Umzug.

„Sag mal, wo sind denn deine Gedanken schon wieder?" Sabine klapperte laut mit ihrem Löffel in dem halbleeren Kaffeeglas herum und holte sie zurück in die Realität.

„Tut mir leid. War schon wieder beim Umzug."

„Ich freu mich richtig für dich mit, wenn du da endlich raus bist. Echt. Und ich bin gespannt, wie die freie Karla so ist." Sie lachte.

Die freie Karla. Klang wie ein Romantitel.

Die Weihnachtsfeier, die Dilek diesen Samstag im Burgrestaurant ausgerichtet hatte, ging dem Ende zu. Karla hatte Konstantin gebeten, sie gegen elf Uhr am Abend abzuholen. Punkt elf piepte ihr Handy.

Bin jetzt da. Soll ich reinkommen?

Nein, ich komme raus. Auf gar keinen Fall sollte er auf ihre Chefin treffen. Dilek mit ihrem siebten Sinn stocherte seit zwei Wochen an ihr herum.

„Irgendwas stimmt doch nicht mit dir. Wenn dieser Mann dahintersteckt, ich schwöre, ich mach ihn fertig", hatte sie erst gestern geschimpft.

Eilig erhob sich Karla, umarmte Dilek, Emre und die anderen Kolleginnen und verabschiedete sich.

„War ein schöner Abend, Dilek. Danke für die Einladung."

„Komm gut nach Hause. Ich hätte dich auch gebracht, das weißt du."

„Ich weiß. Alles gut. Feiert noch ein bisschen. Bis Montag dann!"

„Wenn was ist, melde dich", rief Dilek ihr mit sorgenvoller Stimme hinterher.

Emre, der zwar nicht wusste, was los war, aber Konstantin ebenfalls nicht über den Weg traute, brachte sie bis zur Tür und ließ seinen Blick über den Parkplatz schweifen. Als er den Van entdeckte, der mit laufendem Motor die Ausfahrt des Parkplatzes blockierte, hob er den Arm zum Gruß in Richtung Konstantin. Die Hand zur Faust geballt. Kein Gruß, eine Drohung. Das konnte aber nur Karla sehen. Sie nickte Emre zu und lief eilig über den Parkplatz. Es roch nach Schnee.

Als sie die Beifahrertür öffnete und sich auf den Sitz fallen ließ, fragte er: „Na, wie war´s?"

„Gut."

„Hatten die anderen ihre Partner mit?"

„Wieso?", entgegnete sie.

„Hab ich zufällig gerade gesehen. Warum hast du mich nicht mitgenommen?" Die Frage kam nicht unerwartet.

Karla ignorierte sie. „Du hast getrunken."

„Ich hab dich was gefragt!"

„Soll ich nicht besser fahren? Wenn uns die Polizei anhält!"

„Hast du etwa nichts getrunken? Keinen Raki?"

„Nein." Sie trank schon seit ein paar Monaten keinen Alkohol mehr, wollte einfach nüchtern und klar bleiben in dieser angespannten Situation.

„Okay. Ich halte da vorn an. Dann können wir tauschen."

Zum Glück ließ er sich darauf ein. Es war schon schlimm genug, dass sie sich von ihm abholen lassen musste, weil er ausgerechnet heute selbst das Auto gebraucht hatte.

Ruhig lenkte er den Wagen auf den etwas

abgelegenen Besucherparkplatz, der nur im Sommer benutzt wurde. Es gab einen Schleichweg zur Burg, von dem aus man einen traumhaften Blick über den Kiessee hatte. In den Wintermonaten war der Weg gesperrt, weil es zu gefährlich war, über die rutschigen Geröllstücke zu klettern. Ein Geländer gab es hier schon ewig nicht mehr, an manchen Stellen war der Abhang extrem steil.

Karla schnallte sich ab und stieg aus dem Auto. Sie fröstelte. Hier war es noch ein wenig kälter als auf dem Parkplatz des Restaurants. Es würde sicher bald schneien. Sie mochte diesen Duft, diese kindliche Vorfreude auf Schnee. Doch als sie vor dem Wagen herumging und plötzlich vor Konstantin stand, der nicht zur Seite wich, durchzog sie ein anderes Frösteln. Eines, das Gefahr bedeutete. Ihre Nackenhaare stellten sich auf. Sie wollte nach Hause.

Konstantin baute sich vor ihr auf und als sie einen Schritt zur Seite machen wollte, packte er ihren Arm. Sie wollte ihn abschütteln, doch er drückte fester zu und zog sie zu sich heran.

„Lass mich los, ich will nach Hause!"

„Nach Hause. Dass ich nicht lache. Das ist doch gar nicht mehr dein Zuhause, du hast es ja abgelehnt!" Er lachte erbost auf.

„Du weißt, was ich meine. Mach keinen Quatsch!" Sie wünschte, ihre Stimme würde weniger dünn klingen.

Konstantin knurrte. „Halt die Klappe!" Mit der anderen Hand griff er ihren freien Arm, drehte sie harsch herum und drückte sie mit dem Rücken ans Auto. Das ging so schnell, dass sie kaum begriff, was passierte. Im nächsten Moment presste er ihr seine Zunge zwischen die Lippen. Er schmeckte so stark nach Alkohol, dass ihr übel wurde. Ohne nachzudenken, biss sie ihm auf die Zunge.

Konstantin brüllte vor Schmerz auf und schlug ihr mit der Faust ins Gesicht. Ein heißer Blitz zog über ihre Wange. Entsetzt riss sie die Hände hoch, um sich zu schützen.

„Du Schlampe, dir werd ich´s zeigen!", fauchte er und zerrte sie am Arm hinter sich her. Karla stemmte sich dagegen, doch er hatte viel mehr Kraft und riss weiter an ihrem Arm. Als sie den schmalen Pfad hinauf erreichten, stieß er sie nach vorn und packte ihre Schulter.

„Wir gehen jetzt mal wieder auf die Burg, alte Zeiten aufwärmen. Vielleicht überlegst du es dir ja dann noch mal", zischte Konstantin ihr wütend ins Ohr.

Ihre Wange brannte. Mit der freien Hand tastete sie sie vorsichtig ab. Kein Blut, zum Glück. Hoffentlich war am Montag nichts mehr davon zu sehen. So weit war er noch nie gegangen. Er hatte sich schon oft vor ihr aufgebaut und sie so fest an die Wand gepresst, dass sie fast keine Luft mehr bekam. Auch eine Ohrfeige hatte sie schon bekommen, aber noch nie so einen Schlag ins Gesicht.

„Was hast du vor?" Sie bemühte sich, ihre Angst nicht zu zeigen.

„Das wirst du gleich sehen", gab Konstantin

knapp zurück und schubste sie weiter den Weg hinauf.

Es war schwer, in der Dunkelheit die alten bröckeligen Stufen aus Stein zu finden. Vorsichtig tastete sie sich voran, doch Konstantin stieß und schob sie ungeduldig vor sich her.

„Jetzt mach schon, du kennst doch den Weg!", knurrte er.

„Hier geht´s nicht weiter, ist abgesperrt", murmelte sie erleichtert, als ein über den Weg gespanntes Flatterband im Wind raschelte. „Lass uns zurückgehen, ehe noch was passiert."

Konstantins Lachen war so kalt wie die Luft zwischen den Bäumen. Direkt vor Karlas Gesicht zerschnitt ein zischendes Surren die Luft und endete in einem metallischen Klacken. Überrascht zuckte sie zurück, dann erkannte sie im Mondlicht etwas Schmales, Glänzendes. Sein Butterflymesser! Sein Heiligtum.

Wie oft hatte er schon begeistert erzählt, was er damit alles machen könnte, wenn ihm jemand dumm käme. Dabei hielt er es liebevoll, beinahe ehrfürchtig in seinen Händen und demonstrierte geschickt, wie man das Teil schwungvoll öffnete und schloss. Das surrende Geräusch, das dabei entstand, trieb Karla jedes Mal einen Schauer über den Rücken. Und Konstantins Worte ebenso. „Keine Sorge, wenn du lieb zu mir bist, bin ich es auch zu dir." Dann zwinkerte er ihr zu, aber sein Blick war unergründlich. Er prahlte gern damit, dass der Besitz eigentlich verboten war. Karla hasste es, wenn er so war. Sie fragte sich, wie nah sie am Abgrund seiner Seele stand. So nah wie jetzt an der abschüssigen Seite des Weges?

Neben dem Butterfly besaß er noch einen Morgenstern, der hinter der Kellertür unter einer alten Fleecejacke hing. In der Flurkommode hinter Konstantins Mützen und Schals lag eine Schreckschusspistole. Karla wagte nicht, das kalte, schwarze Ding zu berühren. Oder überhaupt irgendeine Waffe. Zwei Degen und ein Samurai-Schwert hingen seit einiger Zeit an der Schlafzimmerwand. „Ist nur Deko", hatte Konstantin sie beschwichtigt. Aber dennoch, seit sie unter den Schwertern schliefen, hatte Karla keine Ruhe mehr gefunden. Doch Konstantin bestand darauf, sie dort hängen zu lassen. „Wenn du Angst vor so ein bisschen Spielzeug hast, ist das dein Problem. Die Dinger bleiben da hängen und Punkt. Damit kannst du nicht mal ne Maus erschrecken, du Dummerchen!"

„Siehst du, jetzt können wir gehen." Ein leises Ratschen hatte das Band durchtrennt.

Karla stolperte weiter. Wie viele Abstufungen von Angst gab es eigentlich noch? In den letzten Wochen hatte sie immer weitere Steigerungen erfahren. Diese hier war kaum auszuhalten: Kälte im ganzen Körper, Schmerzen in der Brust, rhythmisches Pulsieren hinter ihrer Stirn. Schwitzen. Frieren. Der Wunsch zu flüchten und gleichzeitig das Gefühl der Lähmung. Sie wusste, wie man das nannte: Todesangst. Karla strauchelte.

„Weiter!", befahl Konstantin und verstärkte den Griff um ihren Arm noch.

Im Dunkeln konnte sie sich kaum orientieren. Sie kletterten weiter, bis sie auf einen Widerstand stießen. Ein dicker Holzbalken versperrte den weiteren Pfad.

„Was ist denn jetzt schon wieder?", knurrte Konstantin wütend, als er auf sie prallte. Für einen Moment ließ er sie los, um sich das Hindernis anzuschauen.

„Hier geht`s nicht weiter. Bitte, lass uns zurückgehen", bat sie erneut.

„Quatsch. Warte!" Konstantin ruckelte an dem Balken und ging ein Stück nach links, um sich die Befestigung anzuschauen. Das war Karlas Moment. Sie drehte sich um und entfernte sich ein paar Schritte. Erst vorsichtig, dann immer schneller. Konstantin war beschäftigt. Karla rannte los. Als sie Konstantin hinter sich toben und schnaufen hörte, rannte sie schneller. Ein Wunder, dass sie bei dem Tempo nicht vom Weg abkam. Das schale Mondlicht half ein wenig.

Doch dann übersah sie die nächste Biegung, stolperte über eine Wurzel und rutschte einen kleinen Abhang hinab. Sie sah sich schon die Felswand hinabstürzen. Der Geruch von feuchtem Laub stieg ihr in die Nase, Zweige peitschten ihr ins Gesicht, verzweifelt griff sie nach Ästen und Wurzeln. Rutschte weiter. Endlich bekam sie eine Wurzel zu fassen. Die Steigung wurde flacher. Sie gewann wieder Halt. Das Gebüsch um sie herum war so dicht, dass sie kaum etwas erkennen konnte. Zweige kratzten an ihrer Wange und ziepten in ihren Haaren.

Ein paar Meter über ihr raschelte es. „Komm her, du Schlampe!"

Das Poltern und Knacken kam näher. Karla rutschte so leise wie möglich weiter hinab, auch wenn Zweige ihre Hände und ihr Gesicht zerkratzten. Egal, wohin das führte, Hauptsache weg von Konstantin.

Da, wo sie ihn vermutete, war es still, als sie eine lichtere Stelle erreichte. Zögernd richtete sie sich auf und tastete sich zwischen den kahlen Bäumen und Büschen hindurch. Hoffentlich stieß sie bald wieder auf den Weg. Sie lauschte nach oben, in die Richtung, aus der sie eben gekommen war. Ruhe. Kein Geräusch außer dem Knistern des spröden Laubs unter ihren Schuhen. Sie rutschte aus. Fing sich wieder. Noch immer totale Dunkelheit, der Mond war hinter einer dicken Wolkenwand abgetaucht. Schneewolken. Ging es nicht da unten zurück zum Parkplatz? Karla wünschte, sie hätte ihr Handy bei sich, aber die Handtasche lag noch im Auto.

Doch zuerst musste sie wissen, wo Konstantin war.

Sie fühlte sich gefangen in dem kleinen Wäldchen unterhalb der Burg. Egal, wohin sie lief, sie kam nicht weit. Panik umhüllte sie wie eine zweite Haut. Sie musste hier weg – aber wohin? Mit dem Ärmel ihrer Jacke wischte sie sich übers Gesicht und atmete tief durch.

So leise wie möglich kletterte sie weiter hinab. So langsam, dass sie das Gefühl hatte, gar nicht voranzukommen. Jedes noch so winzige Geräusch dröhnte in ihren Ohren. Die Schuhe auf dem rutschigen Waldboden, ihr schneller Atem, das Knacken der Zweige zwischen ihren Fingern.

Endlich ertastete sie mit ihrem Fuß wieder ebenen Grund. Sie ließ den Ast los, an den sie sich eben noch geklammert hatte und atmete auf. Sie zwinkerte die Feuchtigkeit aus ihren Augen und blickte in die Nacht, die an Schwärze noch zugelegt hatte. Vor sich erkannte sie einen Umriss. Ein Baum? Eine Mauer? Sie streckte hoffnungsvoll die bebende Hand nach vorn und machte einen Schritt auf den Schemen zu. Sie merkte kaum, wie sie den Atem anhielt.

Ein gleißender Lichtstrahl traf ihr Gesicht. Überrascht schrie sie auf und wich zur Seite aus. Doch Konstantin ergriff ihren Arm und trieb sie rückwärts an einen Baum. Mit einem rauen Seil band er ihre Hände fest. Die Fasern rieben sich schmerzhaft in ihre Handgelenke. Wieso hatte er so was bei sich? Sie schrie. „Lass mich los, lass mich einfach gehen!"

„Dich gehen lassen?" Konstantin lachte frostig auf. „Wenn ich mit dir fertig bin, vielleicht", zischte er, stopfte ihr ein Stück Stoff in den Mund und band es im Nacken fest.

Sie war ihm ausgeliefert. Panisch verfolgte sie seine Bewegungen im Dunkeln. Die Taschenlampe war schon längst wieder aus. Der Knebel erschwerte das Atmen.

Wie besessen zerrte er am Reißverschluss ihrer Jacke, schob sie zur Seite und den Pulli hoch. Eisige Luft streifte ihren Bauch. Kalte Hände kneteten ihre Brüste, bis sie vor Schmerz aufstöhnte.

„Das gefällt dir, was?"

Angewidert drehte sie den Kopf zur Seite. Wie rau seine Stimme klang. Diese Stimme, die sich Nacht für Nacht in ihren Kopf schlich, wenn sie versuchte einzuschlafen und die Erinnerung an das Ereignis vor zwei Wochen auszulöschen.

Vergeblich wand sie sich vor seinen Händen weg, vor seinem schnaufenden Atem. Kroch beinahe rücklings in die Buche hinein, an die sie gefesselt war. Konstantin zerrte an der Gürtelschnalle ihrer Jeans.

Ihr Schreien misslang, wurde zu einem entsetzten Stöhnen. Sie trat nach Konstantin. Eine unglaubliche Wut erfasste sie.

Blitzschnell rammte Konstantin ihr seine Faust in den Magen. Schmerz und Übelkeit raubten ihr den Atem.

„Sei endlich ruhig!", zischte er. Spucketropfen landeten auf ihrem Gesicht. Sie drehte ihren Kopf weg und sackte ein Stück am Baumstamm hinab, als Konstantin sie losließ. Doch jetzt öffnete er seine Hose und presste sich wütend an sie.

Sie dachte nur noch daran, dass in weniger als einem Monat der Horror vorbei sein würde, wenn sie mit Bella und Emma in der neuen Wohnung leben würde. Heiße Tränen liefen über ihre Wangen, während sie an ihre Töchter dachte. Wie hatte das nur alles so entgleisen können? Was hatte sie bloß falsch gemacht? Als Konstantin mit ihr fertig war, schmerzten ihre Arme und Schultern. Ihr Gesicht brannte. Ihre Füße waren eiskalt.

Konstantin knipste die Taschenlampe wieder an und in dem dünnen Lichtkegel erkannte sie, dass sie ganz in der Nähe vom Parkplatz gewesen waren.

3

Karla war zu einem Nervenbündel geworden. Sie wich aus, wenn Konstantin ihr in der Küche zu nahe kam. Sie zuckte zusammen, wenn irgendwo eine Tür zufiel oder ein Glas klirrte, und an Schlaf war schon ewig nicht mehr zu denken.

Zum Glück bekam sie morgen die Schlüssel zu ihrer neuen Wohnung. Dann konnte sie endlich damit beginnen, die bereits gepackten Taschen und Kartons dorthin zu bringen. Das würde nicht einfach werden. Konstantin kontrollierte inzwischen besessen jeden ihrer Schritte. Kartons, die schon verschlossen waren, schnitt er auf und klebte sie nach eingehender Kontrolle wieder zu.

Ihre Reisetasche mit den wichtigsten Sachen für die ersten Tage hatte sie im Kinderzimmer weit unters Bett geschoben, nachdem sie beobachtet hatte, wie Konstantin sogar ihre Unterwäsche darin untersucht hatte. Er schaute in der Mülltonne nach

Dingen, die sie wegwarf, versteckte Bücher, die sie nicht haben sollte. Eine Fotokiste mit gemeinsamen Aufnahmen war nicht mehr auffindbar. Von mir aus, dachte sie, die kann er behalten. Wichtige Unterlagen und den Mietvertrag für die neue Wohnung hatte sie bereits vor Wochen im Tresor des Büros im Kiosk hinterlegt. Sie hatte ein Postfach eröffnet, ließ ihre Post dahin umleiten und verwahrte den Schlüssel ebenfalls im Tresor. Manchmal wünschte sie, sie könnte mit ihren Kindern einfach ganz verschwinden. Völlig egal, wohin. Hauptsache, so weit wie möglich weg von Konstantin.

Karla hatte kein gutes Gefühl dabei, hier in Graubergen zu bleiben. Aber andererseits musste ja auch das normale Leben irgendwann weitergehen. Sie war sich nicht sicher, ob sie Ruhe vor ihrem Mann haben würde, wenn sie ausgezogen war.

Grübelnd stand sie am Herd und rührte mit dem Holzlöffel Kreise in die Tomatensoße. In Gedanken überschlug sie, wie viel sie schon ins Haus und in Konstantins Praxis investiert hatte. Erst letztes Jahr hatten sie einen Kredit aufgenommen, um die Heizungsanlage zu erneuern. Sie hatte eingewilligt, für den Kredit zu bürgen und die Raten zu begleichen, bis das *ZAG* deutlich mehr Geld abwerfen würde. Den Kredit musste sie ganz schnell loswerden. Sie hatte so ihre Zweifel, dass sie von ihrem Geld was wiedersehen würde. Wenn sie es sich leisten könnte, würde sie drauf verzichten.

Konstantin tippte ihr auf die Schulter und sie zuckte so zusammen, dass etwas von der Soße auf ihrem hellblauen Pulli landete.

„Ich glaube, sie ist fertig", meinte er.

„Was?", fragte Karla geistesabwesend.

„Die Soße. Du rührst schon ewig darin herum, aber sie riecht fantastisch." Er kam noch näher und tauchte einen Löffel in den Topf.

Karla rutschte, soweit es ging, zur Seite. Ihr Herz schlug Alarm.

„Hmm, perfekt!", lobte Konstantin. „Die werde ich vermissen. All deine leckeren Sachen werde ich echt vermissen."

Karla zuckte mit den Schultern, nur ganz leicht.

„Meinst du, wir können trotzdem mal zusammen kochen? Nur so als Freunde?", fragte er. Auch wenn sie ihn nicht anschaute, konnte sie seine zur Schau gestellte Trauermiene erahnen.

„Weiß nicht", antwortete sie mit kratziger Stimme. Sie verachtete sich dafür, dass sie keine Kraft und keinen Mut hatte, ihn einfach abblitzen zu lassen.

„Ach komm, wir gehen doch als Freunde auseinander, dann kann man doch mal zusammen essen, oder nicht? Du gehst doch auch mit Sabine essen. Das ist genau das Gleiche!"

Wie sie diese Art Gespräch inzwischen hasste. „Mal sehen, okay?" Sie wollte diese Unterhaltung nicht weiterführen. Sie wollte ihm sagen, dass er sie für immer in Ruhe lassen soll, aber stattdessen hatte sie „Mal sehen" gesagt.

„Okay, Karla, wir werden uns eh über den Weg laufen, die Stadt ist klein. Also mach kein Drama

draus, wenn wir uns als Freunde wiedersehen."
Endlich wandte er sich ab und knallte Teller und
Gläser auf den Tisch.

Der Appetit war ihr vergangen. Wieder mal. Sie
war so froh, dass in ein paar Tagen dieser Horror
vorbei war. Kaum jemand verstand, weshalb sie
noch so lange im Haus wohnen blieb und wieso sie
Konstantin nicht einfach mal richtig die Meinung
geigte, wenn er so schrecklich war, wie sie behaup-
tete. Sie hatte keine Antwort darauf, denn sie
schämte sich für alles, was passiert war. Wie sollte
sie ihnen erklären, was sie selbst nicht verstand?
Und warum fühlte es sich ständig so an, als müsste
sie sich vor allen rechtfertigen? Vor ihrer Familie,
ihren Freunden, Bekannten und sogar vor Konstantin? Sie wünschte sich, dass sie mutiger und
egoistischer wäre. Doch hatten ihr die letzten Tage
und Wochen deutlich gezeigt, in welcher Gefahr sie
inzwischen schwebte. Lieber hielt sie sich zurück,
um ihn nicht noch mehr zu reizen.

„Boah, riecht das lecker!", rief Emma, die gerade
vom Badminton-Training wiederkam. Karla war
froh, dass sie da war und sie aus ihren Gedanken
riss. Sie wuschelte Emma durchs Haar und deutete
auf ihre Hände. „Aber erst Hände waschen, ja? Und
sagst du dann bitte Bella Bescheid?"

„Okay." Emma nahm zwei Stufen auf einmal und
ließ die Tür zum Bad geöffnet. Das Wasser rauschte
nur kurz, aber laut. Karla grinste. Emma hätte
auch einen süßen Jungen abgegeben.

„Bald hast du deine Kinder ganz für dich alleine",

knurrte Konstantin.

„Zum Glück", murmelte sie. Das war ihr einfach so herausgerutscht.

Mit einem Satz stand Konstantin vor ihr. „Was hast du da gesagt?" Er hielt ihr eine Gabel unters Kinn, die Zinken bohrten sich in ihre Haut. Karla war wie erstarrt. Sie hoffte nur, dass nicht ausgerechnet jetzt die Kinder dazukämen. Aber die lachten hinter Bellas verschlossener Tür. Zum Glück.

Sie schob sich auf die Zehenspitzen und griff hastig nach der Gabel. Konstantin ließ überrascht los.

„Du spinnst echt!", zischte sie, während das Blut durch ihre Adern toste. Sie schob Konstantin zur Seite und stellte die beiden Töpfe mit Spaghetti und Soße auf den Tisch. Die Gabel schmiss sie klirrend zurück auf seinen Platz. Bella und Emma kamen die Treppe heruntergeflitzt.

„Alles in Ordnung?" Bella hatte manchmal einen siebten Sinn. Karla nickte und hoffte, dass ihr Hals keine Spuren aufwies. Sie füllte rasch die Teller auf, um niemanden anschauen zu müssen. Doch sie konnte sehen, dass Bella aufgebracht zu Konstantin hinüberstarrte.

Eine halbe Stunde später fiel sie erschöpft aufs Sofa. Sie schlief in letzter Zeit so schlecht, dass sie meistens schon früh am Abend eine extreme Müdigkeit überfiel. Dilek hatte ihr zu einer Mutter-Kind-Kur geraten, aber darauf hatte sie überhaupt keine Lust. Sie fürchtete, vor lauter Anwendungen,

Kindergeschrei und Essenskampf im Speisesaal erst recht keine Erholung zu finden.

Emma ließ sich neben sie fallen und kuschelte sich an sie.

„Ach Mama, das war so lecker! Guck mal, wie voll mein Bauch ist", seufzte sie, nahm Karlas Hand und legte sie auf ihren Bauch.

Karla hauchte einen Kuss auf die Locke, die in Emmas Stirn gerutscht war.

„Möchte noch jemand einen Schokopudding?", rief Konstantin aus der Küche.

Karla schaute fragend zu Emma. Aber die schüttelte den Kopf und pikste mit dem Zeigefinger in ihren Bauch. Sie hörte, wie Konstantin zwei Becher öffnete. Kurz darauf erschien er, ohne eine Antwort bekommen zu haben, in der Tür und reichte ihr einen Becher. Sie war zwar satt, aber viel zu schlapp für eine weitere Diskussion. Den anderen Becher hielt Konstantin Emma vor die Nase, aber als diese den Kopf zur Seite drehte, setzte er sich in den Sessel und versenkte den Löffel im Becher.

Karla tat es ihm gleich und fragte sich, wie sie das alles schaffen sollte. Langsam schob sie den ersten Löffel voll in den Mund und lutschte auf der süßen Masse herum. Konstantin hatte seinen Becher schon fast leer und schielte zu ihr hinüber.

„Ist was?", fragte er.

„Nee, ich bin mir nur nicht sicher, ob ich den noch schaffe. Aber jetzt hast du ihn extra aufgemacht und Schokolade geht ja immer."

„Hättest ja eben auch was sagen können, als ich

gefragt habe."

Sie löffelte lustlos weiter und fragte sich, warum Konstantin sie so anstarrte. Er hatte das Dessert ja nicht mühevoll selbstgekocht.

„Was hast du denn, kannst doch sonst nicht genug Schokolade kriegen?"

„Ich bin einfach nur satt, ist das ein Problem?", entgegnete sie.

„Das bisschen wirst du ja wohl schaffen."

Wieso diskutierten sie jetzt eigentlich über Pudding?

„Meinst du, ich will dich vergiften oder was?", fauchte Konstantin.

Was für ein Blödsinn. „Meine Güte, es ist nur ein blöder Pudding, Konstantin. Jetzt reg dich doch deswegen nicht so auf!", fuhr sie ihn an. Röte schoss in sein Gesicht und er sprang auf, zögerte einen kurzen Moment, schaute auf Emma, die noch immer neben ihr auf der Couch kauerte, und verließ das Wohnzimmer. Kurze Zeit später hörte sie, wie die Kellertür zuknallte.

Sie zwinkerte Emma zu und leckte den Teelöffel ab.

„Na, magst du doch was davon?", fragte sie und hielt ihrer Tochter den Becher hin.

„Nee, ich bin auch satt, Mama, hab ich doch gesagt", stöhnte sie und zeigte noch einmal auf ihren Bauch.

„Ist schon gut, ich ja auch. Ich stell ihn für morgen in den Kühlschrank und mach Folie drauf. Bin gleich wieder da."

In der Küche riss sie ein Stück Alufolie ab und deckte den Becher damit zu. Die Folie reflektierte die Lichterkette, die sich über den Kühlschrank schlängelte, und warf kleine helle Pünktchen auf die Schokomasse. Das erinnerte sie an sein „Meinst du, ich will dich vergiften?" Sie schüttelte den Kopf und schob den Becher ins untere Kühlschrankfach.

Dann füllte sie ein Trinkglas mit Leitungswasser, trank es in einem Zug leer und schlich zurück ins Wohnzimmer.

„Ach, meine süße kleine Maus, ich hab dich und deine Schwester so lieb", raunte sie Emma zu und ließ sich neben sie fallen.

Die grinste sie an. „Ich dich auch, Mama. Und ich bin immer für dich da, wenn du mich brauchst."

Vor Rührung musste sie einen Kloß hinunterschlucken. Eigentlich sollte doch sie für ihre Kinder da sein und nicht umgekehrt. Emma war immer so fröhlich und unbekümmert. Wer weiß, wie viel sie von dem ganzen blöden Stress schon mitbekommen hatte und mit sich allein ausmachte? Gott sei Dank würde dieser Horror hier bald vorbei sein.

Eine ungewohnte Entspannung zog durch ihren Körper, hüllte sie ein wie die rotkarierte Wolldecke, die Emma über sie beide gezogen hatte. Ihre Augenlider wurden schwer, sie fühlte sich unendlich ausgelaugt und kraftlos.

Mit allergrößter Mühe murmelte sie:

„Emma, machst du dich bettfertig und liest dann noch ein bisschen? Ich bin so müde, ich werde auch gleich ins Bett gehen."

„Na klar." Emma sprang auf, legte die Decke wieder über sie, gab ihr ein Küsschen auf die Stirn und hüpfte die Treppe hinauf.

Das zärtlich geflüsterte „Gute Nacht, Mama" ein paar Minuten später hörte Karla kaum. Durch ihre halb geöffneten Lider sah sie die Schemen ihrer beiden Kinder. Bella schob Emma sanft hinaus, drehte sich zu ihr um und warf ihr einen Handkuss zu. Diese Geste war eine Handvoll Frieden für sie in diesem Moment.

Böse Überraschung

1

Der Wecker piepte sich unaufhaltsam in ihr Unterbewusstsein, als Karla am nächsten Morgen mit höllischen Kopfschmerzen erwachte. Endlich hatte sie sich aus ihrem Bettdeckenkokon geschält und schlug auf die Schlummertaste. Sie wollte nur schlafen.

Beim zweiten Piepen stöhnte sie auf und griff nach dem Wecker, um ihn endgültig zum Schweigen zu bringen.

Langsam drehte sie sich um. Konstantin war zum Glück schon aufgestanden, seine Bettdecke war zurückgeschlagen. Also war er gestern Abend wieder nach Hause gekommen. Einmal mehr fragte sie sich, wieso sie immer noch diesen Begriff für das Haus verwendete, aus dem sie nur noch weg wollte.

In Zeitlupe schob sie ihre Beine aus dem Bett und setzte sich auf die Kante. Sie konnte sich kaum an den gestrigen Abend erinnern und schon gar nicht daran, wie sie ins Bett gekommen war. Die letzte Erinnerung galt Bellas Handkuss.

Ein unangenehmes Kribbeln durchfuhr sie. Sie

sah an ihrem Körper hinab und war erleichtert, dass sie Leggins, Shirt und Unterwäsche noch anhatte. Sie horchte in ihren Körper hinein, aber da war nichts. Einfach gar nichts. Nur die Nebelglocke über ihrem Kopf. Jeder Gedanke war einer zu viel.

Sie war spät dran. Langsam erhob sie sich und blickte dabei nach unten. Der Boden wankte. Als ihr Blick die Füße fixieren wollte, kippte das ganze Bild zur Seite. Alles drehte sich. Langsam, ganz langsam, schlurfte sie um das Bett herum, bis sie die Türklinke und den Türrahmen ergreifen konnte. Sie zählte ihre Atemzüge, während sie die Tür öffnete und langsam hinauf ins Badezimmer schwankte.

Eine knappe halbe Stunde später ging es ihr etwas besser, das heiße Wasser in der Dusche hatte sie wachgetrommelt. Sie saß mit Emma und Bella am Tisch, einen Pott Kaffee vor sich.

Bella betrachtete sie mit sorgenvoller Miene. „Alles in Ordnung, Mama?"

„Ja. Wieso?" Schmerz zuckte wie ein langer Blitz durch ihr Gehirn, die dumpfe Glocke tat ihr Übriges. Der Versuch zu lächeln misslang.

„Du siehst richtig krank aus. Willst du nicht lieber wieder ins Bett gehen?"

„Das ist lieb von dir, Schatz, aber das sind nur Kopfschmerzen. Ich nehme gleich eine Ibuprofen, dann geht´s mir wieder besser."

„Hast du wieder nicht geschlafen?"

Ach Bella, bitte frag mich nicht so viel, dachte Karla und massierte ihre Schläfen. „Doch. Ich hab

sogar geschlafen wie ein Stein." Das stimmte wirklich. Seit Monaten das erste Mal. Nur die ersehnte
Erholung war ausgeblieben. „Ich verstehe selbst
nicht, wieso ich mich heute noch müder fühle als
sonst." Sie hob die Schultern hoch.

Während die Mädchen ihr Müsli löffelten, würgte
Karla ihren stark gesüßten Kaffee mit einer Ibuprofen hinunter. Sie schüttelte sich, aber heute
brauchte sie beides, Koffein und Zucker. Sie würde
später allein im Laden sein, da musste sie irgendwie durchhalten. Es war bald Weihnachten und die
Leute spielten verrückt.

Der milde Wind passte nicht zum Dezember. Die
Luft war so lau, dass der Anblick der Sterne und
Schwibbögen in den Fenstern irgendwie fehl am
Platze schien. Es roch sogar mehr nach Frühling
als nach Winter, ganz anders als vor zwei Wochen.
Da war der Schnee doch ausgeblieben.

Weihnachten. Karla dachte mit Grauen an Heiligabend und überlegte, die Einladung ihrer Eltern
anzunehmen, bevor sie endgültig packte und in die
neue Wohnung zog. Diesen Tag mit den Kindern
und Konstantin zusammen zu verbringen war keine
Option. Und die Wohnung war erst Anfang Januar
bezugsfertig. Am besten wäre es, wenn Bella und
Emma bei ihren Großeltern blieben, bis alles erledigt war. Aber allein im Haus zu sein und die Sachen zu holen, während Konstantin dort herum-
schlich, bereitete ihr Magenschmerzen. *Wenn du
mich verlässt, …*

Der Schlüssel vom Laden klackte, als sie ihn herumdrehte. Wenn man die Tür nicht gleichzeitig mit der anderen Hand ruckartig anzog, ließ sie sich nicht öffnen. Alles wie immer, aber heute Morgen hatte Karla weder Kraft noch Gefühl. Mit jedem Rütteln schoss der Schmerz wie ein Pfeil durch ihren Kopf. Beim dritten Versuch öffnete sich endlich die verdammte Eingangstür. Sie fühlte sich wie nach einem Wettkampf, Schweißtropfen sammelten sich zwischen ihren Schulterblättern und liefen ihr kalt am Rücken hinab. Sie war so müde.

Leise schloss sie die Tür hinter sich, drückte sämtliche Schalter für Licht, Weihnachtsbeleuchtung, Kaffeemaschine, Kasse und das scheußlich blinkende *OPEN*-Schild im Schaufenster und brachte ihre Tasche und die Jacke nach hinten ins Büro. Hoffentlich würde der Tag heute ruhig verlaufen. Trotz der Kopfschmerztablette kam sie sich heute entsetzlich erschöpft vor. Ihr Kopf dröhnte, schmerzende Blitze durchzuckten sie in unregelmäßigen Abständen. Am schlimmsten war diese Benommenheit. Womöglich zu viel Ibuprofen? Darüber nachzudenken fiel ihr schwer. Bei der Operation am Kiefer vor zwei Jahren hatte sie sich genauso schrecklich gefühlt, aber damals waren ihr stärkere Medikamente gegen den Schmerz und zur Entspannung verschrieben worden.

Keine Ahnung, warum ihr das gerade jetzt einfiel, aber sie fühlte sich heute genauso benommen wie damals. Eine dumpfe, unsichtbare Glocke waberte über ihr auf und ab. Ihr war schwindlig. Sie erinnerte sich, wie hilflos sie sich damals vorgekommen war. Wie froh sie gewesen war, als die Wirkung endlich nachgelassen hatte. Die Schmerzen im Kiefer waren nichts dagegen gewesen.

Und sie erinnerte sich, dass sie zu Konstantin gesagt hatte, dieses Zeug würde sie nie wieder schlucken. Wie hießen die Dinger bloß gleich?

Karla hatte solche Mühe, sich zu konzentrieren. Ihre Gedanken waren wie kleine Wolken, die sich ständig bewegten und nicht zu fassen waren. Irgendwas mit Dia. Genau, Diazepam! Konstantin hatte ihr ein Eispäckchen für die pochende Wange gebracht, sie zugedeckt und die Nebenwirkungen studiert. Dabei hatte er mit dem Kopf geschüttelt und ... Was hatte er bloß gesagt? Gefährlich? In ihrer Erinnerung sah sie ihn grinsen.

Sie ließ sich auf den hohen Hocker mit der Lehne fallen, der hinter dem Tresen stand und meistens mit Zigarettenkartons vollgestapelt war, die noch einsortiert werden mussten. Das Regal mit den Schulsachen direkt vor ihr bewegte sich auf sie zu und wieder weg. Die Buchstaben der Hinweisschilder darüber hüpften durcheinander.

Die kleine Glocke über der Tür läutete hell. Viel zu hell. Erschrocken zuckte Karla zusammen und blinzelte.

„Krossenk und Latte?", rief Sabine fröhlich und ließ sich auf den Hocker am Verkaufstresen fallen. „Wie siehst du denn aus?"

Karla antwortete nicht.

„Karla – hallo! Was ist passiert? Was hat er

gemacht?"

„Nichts, Sabine, ehrlich. Ich bin heute nur unglaublich müde", murmelte sie. Das stimmte ja auch.

„Hast du wieder nicht geschlafen? Ich bin so froh, wenn du endlich da oben raus bist!"

Sabine stand auf, stellte zwei dicke Gläser unter den Auslauf der Kaffeemaschine und betätigte die Taste für den doppelten Latte Macchiato. Die Zuckerdose stand schon auf einem kleinen Tablett auf der Theke bereit. Pflicht waren mindestens drei Löffel Zucker, die langsam durch das dicke Milchschaumbett nach unten sickerten und braunweiße Wolken durchs Glas wirbelten.

Karla war froh über Sabines Besuch. Sie angelte zwei Croissants aus einem der Körbe mit den Backwaren, die Emre ganz früh am Morgen in den Laden gestellt hatte, und legte sie auf Teller. Zum Glück war bisher noch kein Kunde aufgetaucht. Keine Ahnung, wie sie heute die Tasten auf der Registrierkasse auseinanderhalten sollte.

Über irgendetwas hatte sie nachgedacht, bevor Sabine hereingeplatzt war. Sie legte die Stirn in ihre Hände.

„Soll ich dir ne Tablette geben?" Sabine wühlte in ihrer riesigen bunten Umschlagtasche.

„Tablette! Genau!", rief Karla und zuckte sofort schmerzerfüllt zusammen.

„Warte doch, irgendwo hier müssen die doch sein", murmelte Sabine vor sich hin, voll auf den Inhalt ihrer Tasche konzentriert.

„Nee, lass, ich hatte schon eine. Mir ist nur gerade was eingefallen." Sie hielt Sabines Hand fest. Das Gewühle und Geraschel machte sie wahnsinnig.

„Hä? Aber du hast doch gerade gesagt …"

Karla unterbrach ihre Freundin und verzog ihren Mund zu einem schiefen Grinsen.

„Alles gut, ich hab was anderes gemeint." Sie musste die Gedanken festhalten, irgendwas war mit den Tabletten.

Ihr Magen rumorte und sie war froh über das Croissant, das sogar noch ein bisschen warm war. Nach dem Frühstück fühlte sie sich nicht mehr ganz so schlapp.

„Sabine, ich hatte da vorhin so einen komischen Gedanken", sagte sie und wischte sich einen Krümel vom Mundwinkel. Sabine nickte ihr aufmunternd zu, ohne sie zu unterbrechen. Dafür mochte Karla sie in diesem Moment ganz besonders.

„Weißt du, ich habe heute Nacht richtig tief geschlafen. Also unnormal tief. Und ich kann seit heute Morgen kaum geradeaus laufen, weil mir so schwindlig ist." Sie zögerte, ihre Gedanken laut auszusprechen. „Das ist doch nicht normal, oder?"

Sabine schüttelte nachdenklich den Kopf und zuckte mit den Schultern.

„Also irgendwie hatte ich vorhin den Gedanken … Aber das traue ich ihm doch nicht zu … Also, ob Konstantin mir vielleicht was untergemischt hat?"

Sabine starrte sie an. „Wenn das wahr ist, dann reicht`s endgültig! Meinst du, der wollte dich vergiften? Dieses Schwein!"

In dem Moment läutete die Türglocke und ein Kunde kam herein, um Zigaretten zu kaufen. Karla schielte zu ihrer Freundin und hoffte, dass sie ihre Wut jetzt nicht herausplatzen lassen würde. Endlich war der Typ mit seinen Zigaretten wieder weg.

„Ich kann mir das ja eigentlich nicht vorstellen. Aber je mehr ich darüber nachdenke, umso mehr erinnert mich das daran, wie es mir nach meiner Zahn-OP ging, als ich diese komischen Tabletten zur Entspannung nehmen sollte. Diazepam hießen die. Da war mir auch so extrem schwindlig. Und Konstantin hat das mitbekommen."

„Das ist doch Valium. Hast du denn noch welche davon? Kann er die gefunden haben?"

„Nein, die wollte er damals direkt entsorgen, weil er meinte, die wären viel zu gefährlich."

„Und? Hat er sie entsorgt?"

Karla starrte ihre Freundin verzweifelt an.

2

Gegen Nachmittag ging es ihr etwas besser. Dafür war sie jetzt aufgedreht und unruhig. So viel Kaffee hatte sie schon lange nicht mehr getrunken. Aber wenn gleich das Pärchen kam, das das Haus kaufen wollte, mussten all ihre Sinne geschärft sein. Karla wollte nicht ein einziges Wort, nicht eine Geste von Konstantin oder den Interessenten verpassen. Zu tief hing sie mit drin.

Hoffentlich klappte alles. Sie hatte so viel Liebe in dieses Häuschen gesteckt, so viel investiert, obwohl es nicht ihres war. Aber Konstantin schien nur das Geld zu sehen. Und natürlich seine Praxis. Die musste ja trotzdem weiterlaufen.

Karla fragte sich im Stillen, wieso sie sich schon wieder mehr Sorgen um Konstantins Zukunft machte als um ihre. Er war doch auch schuld an der ganzen Situation. An der Trennung. Nicht nur sie. Und das Finanzielle musste er wirklich langsam selbst in den Griff bekommen.

Nach allem, was er ihr angetan hatte, hätten ihr seine Sorgen doch eigentlich egal sein müssen. Verdammt, das nervte! Hatte Konstantin nie ein schlechtes Gewissen? Hatte er überhaupt eins?

Karla öffnete die Tür und stellte automatisch den Fuß hinein, damit Mrs Orange nicht hinausrennen konnte. Das Begrüßungsmaunzen blieb aus, wie jeden Tag seit fast sechs Wochen. Wut und Trauer erfüllten ihre Brust. Sie schluckte sie hinunter. Genug geweint. Sie wollte stark sein, damit sie die paar Tage bis Januar noch heil überstehen würde.

„Hallo, wie geht`s dir?", fragte Konstantin freundlich.

Er nahm ihr die Jacke ab und hängte sie auf. Den Augenblick nutzte Karla, um im engen Flur schnell an ihm vorbei in die Küche zu schlüpfen. Bloß keine Berührung.

„Was denn? Hast du Angst vor mir?" Konstantin lachte leise auf und folgte ihr zur Spüle, wo sie sich ein Glas Wasser einlaufen ließ.

„Nein, wieso?" Fest blickte sie ihn an. Prompt verschwand das überhebliche Grinsen und er schaltete auf sein Trauerprogramm um.

„Weil ich nicht verstehe, warum. Ich habe dir nichts getan. Und ich unterstütze dich und deine Töchter, wo ich nur kann, das weißt du doch!"

„Nichts getan? Und was war das nach der Weihnachtsfeier? Und davor?"

„Das war ein Ausrutscher! Das habe ich jetzt schon so oft gesagt. Ich hatte einfach zu viel getrunken, weil ich so traurig war, dass du mich verlassen willst. Nach allem, was ich für dich getan habe."

Karla lachte bitter auf.

„Alkohol ist jetzt deine Ausrede, ja? Das ändert nichts daran, dass du mich vergewaltigt hast."

„Vergewaltigt! Was für ein großes Wort für so ein bisschen pimpern, übertreib doch nicht! Du stehst doch da drauf, du kleines Flittchen! Wer weiß, mit wem du noch so alles ins Bett steigst, seit du den Sex mit mir verweigerst." Er stand so nah vor ihr, dass sein Atem ihr Gesicht streifte.

Sie hielt die Luft an. „Das ist doch Blödsinn! Meinst du, ich hätte nach all dem Stress jetzt auch noch Bock auf einen anderen Typen?"

„Du hast Stress? Dass ich nicht lache! Mein ganzes Leben geht gerade den Bach runter deinetwegen. Und trotzdem bin ich noch so nett zu dir!"

„Dein Leben geht überhaupt nicht den Bach runter. Deine Praxis läuft doch und das Haus wolltest du schon loswerden, als wir noch gar nicht richtig zusammen waren, weil du scharf auf den Erlös

263

warst. In den letzten Jahren habe nur ich Geld reingesteckt und jetzt ist es noch mehr wert. Du bekommst doch wohl genug dafür, wenn die nachher unterschreiben. Für dich geht einfach alles ganz normal weiter, während ich mit meinen Kindern wieder von vorne anfange." Sie wandte sich von ihm ab. Diese Diskussionen hatte sie leid.

Er lief ihr hinterher. „Du kannst ja hierbleiben, dann musst du nicht von vorne anfangen. Ich verspreche dir, dass ich in Zukunft nett zu dir und den Kindern sein werde." Konstantin hob mit seinem Zeigefinger ihr Kinn an und schaute ihr in die Augen. „Karla, ich liebe dich wie verrückt und ich schwöre dir, dass ich mich verändern kann. Ich gehe gleich morgen zum Arzt und lasse mir eine Überweisung zum Psychologen geben. Ich mache eine Therapie. Einfach alles, was du willst! Und wir müssen auch nicht jeden Tag Sex haben, ich lasse mir einfach Tabletten geben, damit ich das nicht brauche. Karla, bitte."

Karla schaute weg. Sie ertrug weder seine Worte noch diesen Blick. Sie fühlte sich, als würde sie gleich zerreißen. Welcher Gedanke, welcher Schritt war richtig? In ihrer Schwäche ließ sie zu, dass Konstantin ihre Schultern ergriff.

„Mama? Ist alles in Ordnung?" Bella stand in der Küchentür. Sie hatte die Ärmel ihres Shirts hochgeschoben. Karla sah die roten Streifen auf Bellas Unterarmen, die inzwischen langsam verblassten, aber in diesem Moment wie Neon zu leuchten schienen.

Dankbar räusperte sie sich und sagte laut und mit fester Stimme: „Danke, Süße, alles gut!"

Sie schob Konstantin weg und atmete tief durch. Das hier war die Wirklichkeit: Bella, die sich aus Frust und Trauer ritzte; sie selbst, die von ihrem Partner vergewaltigt worden war. Mrs Orange, die sterben musste.

Nein, es gab kein Zurück und keinen anderen Weg – sie musste hier raus, bevor etwas noch Schlimmeres passierte.

Zum Glück klingelte es in diesem Moment an der Tür. Karla drehte sich zu Konstantin um und schaute ihm fest in die Augen. Er verstand. Würde er jetzt endlich damit aufhören, an ihr herumzuzerren?

„Lass uns darauf anstoßen", schlug er zwei Stunden später vor, als das nette Pärchen mit seinen Eltern und dem Makler wieder verschwunden war. Sogar einen Notartermin hatten sie bereits vorgeschlagen.

Karla war erleichtert, dass alles so gut geklappt hatte.

„Für mich nur Wasser, ich hatte heute solche Kopfschmerzen, da brauche ich jetzt keinen Alkohol."

„Wie du willst, ich bringe dir welches."

Konstantin klapperte in der Küche, während sie im Wohnzimmer ihre Töchter in die Arme nahm.

„Ich bin so froh, Mama! Vorhin dachte ich echt, dass du doch wieder schwach wirst", raunte Bella vorwurfsvoll.

„Ich weiß, Süße. Keine Ahnung, aber irgendwie ist heute nicht mein Tag. Danke, dass du vorhin da warst."

Bella drückte sie fester.

„Ich stand schon eine Weile vor der Tür und habe Konstantin reden gehört. Jedes Wort, was er sagt, ist eine Lüge. Du erkennst es nur nicht, weil er irgendwas mit dir angestellt hat, dass du immer nachgibst." Bella flüsterte nur. „Wir schaffen das alles, Mama. Stimmts, Emma?"

Emma nickte zustimmend. „Na klar."

„Sollen wir noch ein bisschen hochgehen und ich les dir was vor?" Bella nahm ihre kleine Schwester und lotste sie an Konstantin vorbei, der gerade mit einem Wasserglas und einem Weinglas das Wohnzimmer betrat.

„So, komm. Auf den Hausverkauf. Und wie versprochen bekommst du natürlich auch was vom Geld ab, du hast ja genug hier reingesteckt."

Er hielt ihr das Glas Wasser hin und wartete darauf, dass sie mit ihm anstieß.

Sie nickte ihm zu und schnupperte automatisch am Glas, ehe sie vorsichtig daran nippte.

Konstantin sah das und lachte auf. „Was machst du denn? Meinst du, ich will dich vergiften?"

„Quatsch, mir ist heute nur so komisch. Tut mir leid", winkte sie beschwichtigend ab. Dennoch nahm sie nur einen winzigen Schluck vom Wasser und traute sich kaum, ihn hinunterzuschlucken. Konstantins Reaktion war seltsam. Vielleicht sollte sie sich den Nachtisch von gestern doch nochmal anschauen. Das Wasser schmeckte normal, aber ihre Unruhe blieb.

Die Fragen, die in ihrem Kopf kreisten, machten sie wahnsinnig. Sie fühlte sich zerfressen, konnte keinen klaren Gedanken fassen. Und sie hatte Angst. Eine solche Situation hatte sie noch nie erlebt. Wie verhielt man sich richtig, wenn der Partner einem ans Leben wollte? Und wollte er das überhaupt oder bildete sie sich das alles nur ein? Sie erinnerte sich an die Fluchtszene aus dem Film *Der Feind in meinem Bett* mit Julia Roberts. Genau wie sie fühlte sie sich momentan auch. Gehetzt.

Konstantin verließ das Wohnzimmer und Karla nutzte die Gelegenheit, um schnell das Wasser an die Yuccapalme neben dem Sofa zu gießen. Sie hatte das Glas gerade wieder abgestellt, als Konstantin mit einer vollen Wasserflasche ins Wohnzimmer trat. Er wirkte erleichtert, als er das leere Glas auf dem Tisch bemerkte.

„Hier, ich habe dir noch eine volle Flasche mitgebracht, falls du mir nicht traust." Er zwinkerte ihr zu.

„Blödsinn", murmelte sie. „Aber danke." Sie würde sich den Pudding doch nochmal genauer anschauen. Gleich morgen früh, wenn Konstantin weg war.

3

Konstantin war unter der Dusche. Karla hatte eine gute Viertelstunde Zeit. Nervös nestelte sie am Reißverschluss der alten Ledertasche, die er immer mit zur Arbeit nahm. Im großen Fach fand sie ein paar Arbeitsbücher, einen leeren Collegeblock und einen Kalender. Sie zog alles vorsichtig heraus, blätterte es hastig durch und steckte es wieder zurück.

Die Dusche rauschte noch. Mit fahrigen Händen ruckelte sie am Verschluss der Außentasche. Der Druckknopf klemmte. Sie riss kräftiger daran, bis er sich endlich öffnete. Im Inneren knisterte es. Karla hielt inne und lauschte nervös auf die Geräusche aus dem Badezimmer.

Vorsichtig griff sie in die schmale Tasche und fischte drei Tablettenpackungen heraus. Die eine legte sie gleich wieder zurück, das waren die Magentabletten, die Konstantin letztens von seinem Hausarzt verschrieben bekommen hatte.

Sie war nur wenig überrascht, als sie die nächste Packung umdrehte und die Diazepam von ihrer Kieferoperation in den Händen hielt. Also doch. Das andere Mittel kannte sie nicht. Rivotril, danach würde sie später im Internet suchen. Sie schaute noch einmal in die Tasche und entdeckte in einem Plastikbeutel ein kleines Blechdöschen, das weißes Pulver enthielt, und einen Teelöffel. Hatte er damit die Tabletten zerdrückt?

Oben klackte es. Das Wasserrauschen war

verstummt. Schnell suchte Karla nach einem Schraubglas und füllte eine winzige Menge des Pulvers aus Konstantins Dose um. Sie notierte sich auf der Rückseite eines Kataloges hastig die Namen der Medikamente und steckte alles zurück in die Tasche. Das abgefüllte Pulver schob sie hinter den Zwiebeltopf auf dem Küchenschrank, denn sie hörte, wie die Tür des Badezimmers geöffnet wurde. Auf Socken eilte sie zur Spüle, nahm einen Lappen und war dabei, den Tisch abzuwischen, als Konstantin die Küche betrat.

Er schaute sie einen Moment lang an. Fragend? Wissend? Karla schob die Platzsets wieder zurecht, nahm die Zuckerdose und den Obstkorb hoch und wagte nicht, den Kopf zu heben. Hoffentlich bemerkte er nicht, wie ihre Hände zitterten. Sie schwitzte und fror gleichzeitig.

Konstantin zog seine Jacke an, schob das Handy in die Hosentasche und stellte sich dicht vor Karla. „Mach`s gut, bis heute Abend."

Sie nahm sein Aftershave wahr und hielt die Luft an, so angespannt war sie. Beinahe fürchtete sie, er könne ihre Gedanken lesen. Nur mit Mühe krächzte sie ein „Tschüss" und atmete erst wieder aus, als er sich von ihr entfernte.

Endlich fiel die Haustür hinter ihm ins Schloss. Sie stöhnte erleichtert auf und setzte sich an den Küchentisch. Dann fischte sie nach ihrem Telefon und wollte gerade Sabine anrufen, als Konstantin wieder in der Tür stand.

„Ach, Karla …"

Sie schrie auf und ließ ihr Smartphone fallen, während Konstantin laut loslachte.

„Spinnst du, mich so zu erschrecken?", fuhr sie ihn an.

„Meine Güte, ich tu dir doch nichts." Als ob er den Moment genießen würde, grinste er sie an.

„Was ist denn noch?"

„Nichts, ich wollte nur wissen, wie lange du heute arbeiten musst. Wieder bis sechs?"

„Weiß ich noch nicht. Wahrscheinlich ja. Ist viel los so kurz vor Weihnachten, weißt du doch", antwortete sie angestrengt.

„Okay. Tschüss, du kleiner Angsthase." Er lachte und zog die Haustür ein weiteres Mal hinter sich zu.

„Sabine, hier stimmt was nicht! Ich hab Tabletten gefunden. Zerdrückt. Du hattest recht. Was mache ich denn jetzt?" Sie schrie die Worte in den Hörer, nachdem Sabine endlich ans Telefon gegangen war.

„Karla, beruhige dich! Ich komme sofort hoch, okay?"

Karla nickte. „Gut. Bis gleich", presste sie heraus.

Nur zehn Minuten später hörte sie Sabines Kombi auf dem Schotterparkplatz halten. Karla riss die Tür auf und ließ sich von ihrer Freundin in den Arm nehmen.

„Wie siehst du denn aus? Lass uns reingehen, bei deinem Nachbarn haben schon die Gardinen gewackelt."

„Ach, mir egal, die haben bald noch genug zu gucken", entgegnete Karla.

„Jetzt erzähl noch mal in Ruhe. Was war mit den Tabletten?" Sabine folgte ihr in die Küche. Karla überlegte kurz, einen Tee für sie beide zu kochen, doch stattdessen stand sie hilflos mitten im Raum. Alles war zu viel.

„Du hast doch vorgestern schon gemeint, dass mit mir etwas nicht stimmt. Als mir so schrecklich schwindelig war, weißt du noch?"

Sabine nickte.

„Ja, und ich glaube, du hattest recht. Konstantin hat mir wirklich was ins Essen gemogelt. In seiner Tasche waren zerdrückte Tabletten in einem Döschen. Und mein Pudding ist krümelig. Hier." Sie hielt Sabine den Becher entgegen.

Sabine rümpfte die Nase. „Unfassbar! Wollte der dich ...?" Sie sprach die letzten Worte nicht aus. Aber das war auch nicht nötig. Karla fragte sich das schon, seit sie in seiner Tasche gewühlt hatte. *Wenn du mich verlässt ...*

„Weißt du denn, was das für welche waren?"

„Ja, ich hab mir die Namen aufgeschrieben." Sie drehte den Möbelkatalog um. „Rivotril und Diazepam. Außerdem auch seine Magentabletten. Aber die hat er sicher nur für sich in der Tasche gehabt, gegen seine Schmerzen."

Sabine zog eine Augenbraue hoch. „Sicher?"

„Ja, schon. Was sollen die denn ausrichten?"

„Na, in Verbindung mit den anderen Dingern? Keine Ahnung, aber der Idiot hat sich bestimmt was dabei gedacht. Woher hat er denn das Zeug? Das gibt es doch nur mit Rezept."

„Die Diazepam waren noch von der Kiefer-OP. Was ich dir erzählt hatte."

„Stimmt. Und die Rivotril? Nimmt man das nicht bei Epilepsie?"

Karla zuckte mit den Schultern. „Keine Ahnung. Aber die klingen auch nicht harmloser als Diazepam, oder?"

Sabine nickte nachdenklich. „Oh Mann, der Typ ist echt krank. Wie geht´s dir heute?"

„Besser. Mir ist nicht mehr so schwindlig. Aber ich habe Angst."

„Du musst hier raus, und zwar so schnell wie möglich. Und danach zur Polizei. Hast du die Dose mit dem Pulver?"

„Nein, aber ich habe etwas davon umgefüllt. Hier." Sie fischte das kleine Glas mit dem weißen Pulver vom Küchenschrank.

„Gut. Den Pudding solltest du am besten auch mitnehmen."

„Zum Glück haben die Mädels ihn in der Zwischenzeit nicht gefunden." Wenn sie davon genascht hätten! Karla sah sich den Becher vor Emmas Nase halten. Oh Gott!

Sabine stand auf und klopfte auf den Tisch.

„Komm, lass uns ein paar Sachen packen. Du hast doch schon den Schlüssel für die Wohnung, oder?"

„Ja, aber ich hab doch noch gar nichts dort!"

„Egal, kochen kann ich für euch, Dusche und

Toilette funktionieren bestimmt. Wenn nicht, fragen wir den Hausmeister. Nimm Matratzen und Klamotten für die Kinder mit, den Rest machen wir später. Wir besorgen dir schon alles, was du brauchst, Süße!"

Sie schloss Karla fest in ihre Arme und wartete, bis das Zittern aufhörte.

4

Als gegen Mittag endlich die Polizei auftauchte, hatten die beiden Frauen bereits Bettzeug, Klamotten und die fertig gepackten Kisten aus dem Keller in die neue Wohnung gebracht. Tomas, der Hausmeister, hatte sich um Heizung und Wasser gekümmert. Sabine würde später Bella und Emma von der Schule abholen und mit zu sich nehmen. Den Gedanken, sie vorzeitig aus der Schule zu holen, hatten beide wieder verworfen. Zu viel Aufregung.

Jetzt kamen zwei junge Polizisten die Treppe herauf.

„Frau Wolff?"

„Ja."

Der Brünette, ein etwas älterer Beamter, zückte seinen Ausweis. „Sie haben uns vorhin angerufen, weil Sie glauben, dass Ihr Mann Sie vergiften wollte?"

Karla seufzte. Sie fühlte sich wie eine Verräterin. Das klang alles so ungeheuerlich. Was, wenn sie sich irrte? Sie nickte unsicher. „Ja, ich hatte irgendwelche Krümel in meinem Dessert und habe heute Morgen zerkleinerte Tabletten in seiner Tasche gefunden."

Sie schlang ihre Strickjacke fester um sich und bat die beiden Männer herein. Ihr war so kalt, schon den ganzen Morgen.

„Haben Sie das noch hier?"

„Ich habe etwas davon aus seiner Tasche genommen, bevor er zur Arbeit gefahren ist. Und den Rest vom Pudding habe ich auch noch hier."

„Den Rest? Haben Sie schon was davon gegessen?"

„Ja, vorgestern. Und gestern ging es mir den ganzen Tag furchtbar."

„Sind Sie zum Arzt gegangen?"

„Nein. Ich hatte keine Zeit dazu." Sie schaute schuldbewusst zu Boden. Sabine hatte recht gehabt, sie hätte ihr Blut untersuchen lassen sollen.

„Was für Medikamente sind das?" Der Brünette besah sich das weiße Pulver und den Inhalt des Bechers.

„Ich hab mir das hier notiert." Sie schob die Katalogseite mit den Notizen hinüber.

„Okay. Wir lassen das untersuchen."

„Besitzt Ihr Mann auch Waffen?" Der Jüngere von den beiden schaute sich suchend um.

Karla stockte. Er sah sie fragend an, wartete auf Antwort.

Also nickte sie. „Ja. Hier, im Keller hängt ein Morgenstern oder so was." Sie öffnete die Tür und deutete auf das altertümliche, aber gefährliche

Kampfgerät, das unter der alten Jacke hervor-
blitzte.

„Interessant." Die beiden Beamten hatten sich
Handschuhe übergestreift und untersuchten neu-
gierig den Morgenstern. „Hat er davon noch mehr?
Irgendwelche Messer oder so?"

„Ja, die müssten unten im Keller sein." Sie tastete nach dem Lichtschalter und ging voran. Der Ältere blieb oben und schaute sich weiter um. Im
Holzkeller fand sie die große mit Leder eingebun-
dene Kiste, in der Konstantin seine Messersamm-
lung aufbewahrte.

Der Polizist pfiff durch die Zähne. „Wow, ein Butterflymesser. Der weiß schon, dass er so was hier
nicht einfach besitzen darf, oder?"

„Weiß er. Aber es interessiert ihn nicht. Ist sein
Hobby, sagt er."

„Hobby?" Er schnaufte durch die Nase.

„Ich glaube, er hat auch noch eine Schreckschusspistole."

„Hat er einen Waffenschein?"

„Nein, nicht dass ich wüsste."

„Okay. Wo ist die Pistole?"

Sie gingen wieder hinauf, nachdem der Polizist
mit einer Digitalkamera Fotos vom Inhalt der Kiste
gemacht hatte.

Wo hatte sie bloß die Pistole das letzte Mal gesehen? Im Schlafzimmer? Sie überlegte kurz, dann
fiel es ihr wieder ein. Erst vor wenigen Wochen
hatte sie Konstantin darum gebeten, das Ding irgendwo hinzulegen, wo niemand dran kam, aber er

hatte gegrinst und nur „Ja, ja, später" gesagt. Also war die Waffe wahrscheinlich noch immer im Flur.

Karla öffnete die obere Schublade und griff ganz nach hinten, hinter Schals, Mützen und Krimskrams. Tatsächlich, da war sie.

„Nicht anfassen!", herrschte der brünette Beamte sie an.

Sie zuckte zusammen. „Entschuldigung."

Mit Lederhandschuhen und in Zeitlupe zog der Polizist die Pistole aus der Schublade, betrachtete sie von allen Seiten und meinte dann: „Die nehmen wir jetzt mit und lassen sie untersuchen."

Karla zog die Schultern hoch.

Die beiden Beamten packten sorgfältig die Beweismittel ein und baten sie, sich etwas überzuziehen, um mit aufs Präsidium zu fahren.

Als sie draußen vor der Haustür standen, bewegte sich im Haus nebenan die Gardine am gekippten Fenster. Ihre Nachbarn platzten bestimmt vor Neugier. Und würden definitiv zu Konstantin halten. Der arme Junge, wo er doch immer so nett war.

Der blonde Beamte drehte sich noch einmal um.

„Frau Wolff, ist eigentlich sonst noch etwas vorgefallen in der letzten Zeit?"

Sie schaute ihn fragend an. Ein kaltes Frösteln überzog ihren Rücken.

„Was ... was meinen Sie?", fragte sie.

„Hat Ihr Mann Sie in irgendeiner Art bedroht oder missbraucht?", fragte er behutsam und zum Glück so leise, dass die Nachbarn das nicht hören konnten.

Sie starrte ihn an und fühlte sich ertappt.

Der Polizist nickte. „Also ja."

Sein Kollege ging ums Auto herum und murmelte etwas wie: „Den hole ich direkt von der Arbeit ab und buchte ihn ein. Ich hab die Schnauze voll von diesen Schweinen!"

Karla nahm auf dem Rücksitz Platz, wartete, bis alle Türen geschlossen waren, und fragte: „Kann das mit der Festnahme nicht warten? Er ist gerade dabei, das Haus zu verkaufen. Wenn die Käufer abspringen, wird alles noch komplizierter."

Kopfschüttelnd betrachtete der ältere der beiden sie im Rückspiegel.

Sie hob entschuldigend die Arme. „Wir leben gerade in Trennung. Ich bin dabei, auszuziehen."

„Jetzt kommen Sie erst mal mit, wir klären das alles im Präsidium. Machen Sie sich mal nicht so viele Sorgen um den Typen."

„Ist das wichtig?", fragte die Polizistin bereits das dritte oder vierte Mal.

„Ja, das ist wichtig!", fauchte Karla sie an und trug eine Tasche mit Bettwäsche an ihr vorbei zu Sabines Auto. Da Gefahr im Verzug war, hatte das Kommissariat zwei Beamte an ihre Seite gestellt, die ihren übereilten Auszug überwachen sollten.

Es war schon spät und die beiden Polizisten hatten keine große Lust auf diesen Job, das zeigten sie sehr deutlich. Karla hätte auch lieber alles allein gemacht. Unter normalen Umständen. Aber seit heute Morgen war nichts mehr normal. Die Beamten bewachten den Parkplatz und den Hauseingang mit verschränkten Armen und wachsamem Blick und prüften alles, was Karla und Bella ins Auto trugen.

Bella schleppte eine Kiste mit Schulsachen hinaus und blitzte die hagere Polizistin, die am Auto stand, böse an. „Ja, ist es", brummte sie, noch ehe jemand fragte, ob das wichtig war.

Der andere, ein junger, etwas untersetzter Typ mit kastanienbraunen Locken, warf einen Blick in die Küche. Dann eilte er zur Arbeitsplatte und drückte Karla den Messerblock in die Hand.

„Der hier kommt sofort ins Auto, und zwar verdeckt! Ich habe keine Lust, dass heute noch irgendwer von einem Wahnsinnigen abgestochen wird."

Karla nickte überrascht, verstaute die Messer samt Block zwischen den Sitzen und warf die Bettwäsche darauf. Die Polizisten hatten also auch Angst.

Da es draußen bereits seit Stunden finster war, konnte man das Blaulicht in der ganzen Straße blinken sehen. Sie wunderte sich, dass keiner ihrer Nachbarn kam, um zu fragen, ob etwas passiert war.

Eine knappe Stunde hatte es gedauert, bis die wirklich wichtigen Dinge in Sabines Kombi waren. Papiere, Laptop, Kleidung, ein bisschen Geschirr, Wäsche und die Sachen der Mädchen waren verladen. Alles andere würde sich finden.

Sie wollte dieses Haus, das zu ihrem Gefängnis

geworden war, nie wieder betreten. Ein letztes Mal drehte sie den Schlüssel in ihren Händen, bevor er mit einem metallischen Klacken im Briefkasten landete.

Als sie mit Bella ins Auto stieg und die Straße im Schritttempo entlangfuhr, gefolgt vom Polizeiwagen, der sie in ihr neues Zuhause geleitete, wurde es ganz still in ihr. Für einen Moment war da nichts. Keine Freude, keine Trauer, keine Angst, keine Hoffnung. Nur Stille. Bella legte die Hand auf ihr Knie und flüsterte: „Danke, Mama."

Eine Niederlage

1

„Hi Karla, wie geht´s dir?" Enzo, einer der griechischen Kunden, die morgens ihren Kaffee im Kiosk tranken, trat ein und brachte einen Schwall kalte Februarluft mit.

Karla zog fröstelnd die Schultern hoch. „Hallo Enzo. Ganz gut, mir ist nur dauernd kalt."

Der Grieche nahm seinen Hut ab und legte ihn auf den Tresen. „Ach Kleine, du musst einfach mal was richtig Gutes essen. Etwas, das dich durchwärmt von oben bis unten." Er zwinkerte ihr zu. „Ich werde Sofia bitten, für dich zu kochen."

„Quatsch, Enzo, das braucht ihr nicht machen, ich esse wirklich genug."

Enzo brummte. „Ja, das sehe ich."

„Wie immer?" Karla drehte sich zur Kaffeemaschine um und stellte eine Tasse unter den Auslauf. Wie die meisten seiner Landsleute trank auch Enzo einen doppelten Espresso mit viel Zucker und dazu ein Glas Wasser. Kranwasser, wie sie das Leitungswasser hier nannten.

„Wie immer. Karla?"

„Ja?"

„Da draußen", er zögerte kurz, „also da draußen an der Haltestelle steht dein Ex. Heute schon seit einer guten Stunde. Unter einem Regenschirm."

Die Tasse in Karlas Hand klirrte leise, als sie sie vor Enzo auf die Theke stellte. „Vielleicht wartet er auf den Bus", entgegnete sie. Ihr Herz trommelte gegen ihre Brust.

„Eine Stunde lang? Da sind schon so viele Busse ohne ihn abgefahren, das glaube ich nicht."

Karla spähte aus dem Schaufenster. Vom Tresen aus konnte man den Busbahnhof nicht sehen.

„Wenn du mich fragst, beobachtet der dich. Oder deine Kinder."

„Enzo, spinnst du? Jetzt mach Karla nicht solche Angst!" Dilek war aus dem Büro nach vorn gekommen und baute sich vor dem Griechen auf.

„Tschuldigung", murmelte der erschrocken und nippte mit hochgezogenen Schultern an seinem Espresso.

Dilek warf sich im Laufen ihren Mantel über und trat entschlossen nach draußen, um gleich darauf Richtung Busbahnhof zu verschwinden. Enzo und Karla beobachteten sie von der Tür aus. Dileks roter Mantel wehte durch den kalten Februarmorgen. Ihre schwarzen Stiefel klapperten laut und energisch. Und wirklich, nach einer Weile löste sich von der Rückseite einer Haltestelle eine Person mit Regenschirm und verschwand in der nächsten Gasse.

„Ha", rief Enzo triumphierend. „Der ist weg!"

Als ob das das Problem lösen würde. Karla zitterte am ganzen Körper, als Dilek wenige Augenblicke später wieder in den Laden trat.

„Komm", sagte sie und schob Karla ins Büro. „Ich mache dir einen Tee und du beruhigst dich wieder. Warum hast du bloß solche Angst vor diesem Würstchen? Der tut dir ganz sicher nichts mehr. Wir passen alle auf dich auf."

Karla war sich da nicht so sicher. Schon seit ein paar Tagen wurde sie das Gefühl nicht los, dass sie beobachtet wurde. Ständig fühlte sie so ein eisiges Kribbeln im Nacken. Doch wenn sie sich umblickte, war da nichts. Bis eben hatte sie gedacht, sie sähe Gespenster.

Dilek war nach vorn gegangen und sprach mit Enzo. Die Türglocke schellte ein weiteres Mal.

Kurz darauf brachte Dileks Mann ein Glas mit dampfendem Tee ins Büro. Die türkische Antwort auf fast alle Probleme war ein kräftiger, gut gesüßter Tee, der möglichst heiß getrunken wurde.

„Alles wieder gut?" Emre stellte das Teeglas vor ihr ab.

Karla zuckte mit den Schultern. „Eigentlich nicht. Aber danke für den Tee."

„Ach Frau Wolff", Dileks Mann sprach sie immer mit Frau Wolff an, obwohl sie per du waren, „soll ich meine Brüder um Hilfe bitten?" Die Lachfältchen um seine Augen bildeten kleine Sonnenstrahlen.

„Du hast doch gar keine Brüder." Karla grinste schief.

„Ja, aber ich kann welche besorgen", konterte Emre. „Wenn wir brauchen, haben wir alle Brüder. Viele starke Brüder!" Er zeigte auf seinen angewinkelten Oberarm.

Karla prustete los. Emre besaß zwar nicht die Entschlossenheit seiner Frau, aber er hatte Humor, und zwar von dieser schelmischen Sorte, der man sich einfach nicht entziehen konnte, egal wie traurig oder gereizt man gerade war. Nie verletzte oder beschämte er jemanden. Dafür traf er stets die richtigen Worte, die nicht selten befreiende Lachsalven auslösten. Seine Unbekümmertheit und der viel zu süße Tee stimmten sie etwas zuversichtlicher. Sie war ihm sehr dankbar dafür.

2

Meine liebe Karla,
ich war so ein Idiot. Jetzt sitze ich hier ganz allein, starre auf die Leere, die du überall hinterlassen hast. Ich bin ein Monster.
Das Haus ist voller Erinnerungen an dich. Du wirst immer hier sein, auch wenn du das nicht mehr willst. Weißt du noch, was wir alles zusammen unternommen haben? Paris, mein Herz, weißt du noch? Ja, ich bin mir sicher.
Du fehlst mir. Ich weiß nicht, wie ich ohne dich weitermachen soll. War ich denn wirklich so schlimm? Warum hast du nie was gesagt? Du warst immer so freundlich, so sanft, so liebevoll. Ich dachte, du willst

das Leben genauso genießen wie ich.

Ich träume jede Nacht von uns, Karla. Es zerreißt mir das Herz, aber dennoch bin ich froh, dass du wenigstens in den Träumen noch bei mir bist. Wenigstens dort hast du mich nicht verstoßen.

Egal, wo du bist, wo es dich hin verschlägt, ich werde bei dir sein. Du wirst mich nicht vergessen, ganz sicher. Und ich dich sowieso nicht. Es hätte so schön werden können. Wenn du nur noch ein bisschen Geduld gehabt hättest mit mir.

Falls ich dir wehgetan haben sollte, tut es mir leid. Wenn du nicht gegangen wärst, könnte ich dir beweisen, dass ich mich ändern kann.

Danke für die schöne Zeit mit dir. Ich werde dich immer lieben.

Dein Konstantin, für immer

Das karierte Papier, aus einem Block herausgetrennt, raschelte in Karlas bebenden Händen. Sie hatte den Umschlag vorhin aus dem Briefkasten gefischt. Nicht frankiert, also hatte Konstantin ihn selbst eingesteckt. Er ist hier gewesen, dachte sie beunruhigt. Gestern die Bushaltestelle, heute der Hauseingang. Was kam als Nächstes?

Aber das Schlimmste war, dass sie nach diesen Zeilen, die so aufrichtig und traurig klangen, schon wieder an ihrer Entscheidung zweifelte, Konstantin verlassen zu haben. Trotz allem, was geschehen war, fühlte sie sich nach der Trennung so leer und sie hatte Mitleid mit Konstantin. Warum, wusste sie selbst nicht. Seit dem überstürzten Auszug vor gut sechs Wochen war sie kaum fähig, ihren Alltag normal fortzuführen, wusste nicht mehr, was falsch und was richtig war. Nur mit Mühe schleppte sie sich durch den Tag und fürchtete sich vor den Nächten. Eine unerträgliche Zerrissenheit begleitete sie in jeder Sekunde.

Der schrille Ton der Klingel an der Wohnungstür ließ sie zusammenzucken und riss sie aus ihren Gedanken. Sie schob den Brief hastig in die Schublade des Schreibtischs, bevor sie in den Flur huschte und durch den Spion sah.

„Tomas, was gibt`s?"

Der Hausmeister stand vor der Tür und wirkte besorgt. Die Deckenlampe schräg über ihm flackerte noch immer. Er runzelte die Stirn.

„Tomas?", fragte sie ungeduldig.

„Karla. Also … Also vielleicht ist es ja nichts, aber …" Er stockte einen Moment. Karla blickte ihn unverwandt an und wartete. Sie fragte sich, ob sie wirklich wissen wollte, was er zu sagen hatte.

„Also gut. Dein Klingelschild draußen ist verkratzt."

„Ja und? Soll ich ein Neues ausdrucken?"

„Ich mach das schon. Aber es ist richtig zerstört. Der ganze Klingelschalter ist zerschnitten."

„Was? Da sind doch bestimmt noch mehr Schilder kaputt gegangen, oder?"

„Nein, Karla. Nur deins. Dein Name ist unlesbar, die Klingel kaputt. Ich habe eben erst von draußen geklingelt, aber du hast nichts gehört, stimmts?"

Sie schüttelte langsam den Kopf. Ein Schauer

rann über ihren Rücken.

„Karla, ich repariere das. Mach dir keine Gedanken. Da kommt jetzt auch noch ein Bewegungsmelder hin und die Kamera wird aktiviert." Tomas' Stimme klang beruhigend. Aber seine letzten Worte ließen sie aufhorchen.

„Wird aktiviert? Was heißt das? War die bisher nur Attrappe?"

„Ja. Aber bisher hatten wir auch noch nie so einen ...", er suchte nach dem richtigen Begriff, „... Fall." Entschuldigend hob er die Arme. „Die Tür ist immer verschlossen, der kommt hier nicht rein, glaub mir. Und wenn er sieht, dass die Lampe der Kamera blinkt und der Bewegungsmelder angeht, bleibt der hier ganz bestimmt fern." Tomas wirkte selbst ganz zerknirscht.

Karla sah das Mitleid in seinen Augen.

„Ich repariere gleich die Klingel und drucke ein neues Schild." Er verabschiedete sich mit erhobener Hand, das Flurlicht knisterte. „Und die repariere ich auch gleich."

„Danke, Tomas!" Sie schloss die Tür, drehte den Schlüssel zweimal rum. Unruhig schlich sie zwischen Wohnzimmer und Küche hin und her und sah hinter jedem Fenster Schatten. Obwohl sie im zweiten Stock wohnten. Es war zum Verrücktwerden.

„Mama?"

Erschrocken fuhr sie herum. „Emma, hast du mich erschreckt!"

„Tut mir leid."

„Mir tut es leid, es ist alles in Ordnung. Komm her." Sie nahm ihre jüngste Tochter in den Arm. Der rote Lockenkopf reichte ihr schon fast bis unters Kinn.

„Ich mache uns was zu essen, okay? Hast du auf was Bestimmtes Appetit?"

Emma überlegte nicht lange. „Ja. Milchreis mit Zimt und Zucker."

„Das ist eine sehr gute Idee. Hilfst du mir dabei?"

Sie zog einen Topf aus dem Regal und suchte Rührlöffel und die wenigen Zutaten zusammen. Ihr Handy vibrierte auf der Arbeitsplatte.

Noch bevor sie einen Blick aufs Display warf, ahnte sie, dass sie das bereuen würde.

Hast du meinen Brief bekommen?!, stand dort.

Sie drückte die Nachricht weg, doch da leuchtete schon die nächste auf.

Ich vermisse dich! Lass uns treffen, wir müssen noch was besprechen!

Krampfhaft umklammerte sie den Kochlöffel.

Du kannst mich nicht einfach so aus deinem Leben werfen! Nur ein Treffen, bitte!!!

„Hauptkommissar Müller. Hallo, Frau Wolff. Bitte." Der bullige Kommissar wies auf den Besucherstuhl an seinem übervollen Schreibtisch und strich sich mit der Hand durch das nach hinten gegelte Haar. Er hatte die Statur eines Türstehers und die gleiche Frisur wie Konstantin.

„Hallo. Danke", murmelte Karla und nahm Platz. Sie hatte das Gefühl, in dem Stuhl immer kleiner zu werden.

„Also, zunächst mal möchte ich Sie darüber informieren, dass ich bis auf Weiteres Ihren Fall übernommen habe. Der Kollege ist dauerhaft erkrankt."

Karla nickte. „Okay." Schade. Dem Beamten, der sie vorher betreut hatte, vertraute sie. Er war in Ordnung. Hoffentlich würde er bald wieder gesund werden.

Der Kommissar wandte sich ihrer Akte zu. Karla fragte sich, wie in so kurzer Zeit so viel Papierkram zusammenkommen konnte.

„Gut. Sie behaupten, Ihr Mann habe Sie mehrfach zu sexuellen Handlungen gezwungen, richtig?"

Ihre Nackenhaare stellten sich auf. „Ja."

„Dann nehmen wir mal den Vorfall ...", er räusperte sich, „vom siebenten Dezember. Was genau ist da passiert?"

Die Nacht nach der Weihnachtsfeier. Der Wald. Hätte sie bloß niemandem was davon erzählt. Sie wollte nicht schon wieder einem Fremden die Details erzählen müssen. Das war fast noch schlimmer als das Erlebnis selbst. Sie zog ein Taschentuch aus ihrer Hosentasche und zerknüllte es in ihren Händen. Dann schluckte sie. „Konstantin hat mich von der Weihnachtsfeier abgeholt. Statt nach Hause zu fahren, hat er auf dem Parkplatz unterhalb der Burg gehalten." Sie atmete tief ein.

„Weiter. Das ist ja nicht verboten, oder?"

Wieso wollte dieser Kommissar Müller das alles nochmal so genau wissen? Das stand doch sicher alles schon in der Akte.

Stockend sprach sie weiter, berichtete davon, wie Konstantin sie den Weg hinaufgeschubst hatte. Sie kramte nach dem genauen Ablauf des Abends, der immer wieder hinter einem dichten Vorhang verschwand. Alles in ihr sperrte sich gegen die Erinnerung. Sie wollte diesem Mann nichts von dem erzählen, was Konstantin mit ihr gemacht hatte. Eine Träne tropfte auf ihren Schoß.

„Okay, Frau Wolff, jetzt reißen Sie sich mal ein bisschen zusammen, ja?", fuhr Kommissar Müller sie an. Die Zwischentür zum Nachbarbüro wurde leise geschlossen, nachdem ihr ein junger Polizist entschuldigend zugezwinkert hatte.

Wie ein eingesperrtes Kaninchen kam sie sich vor. Eins, das zitternd in der Ecke des Stalls hockte und hoffte, dass es nicht an den Ohren herausgezogen werden würde.

„Im Dezember haben Sie doch behauptet, dass Ihr Mann Sie gefesselt hat. War das so? Wie hat er das denn gemacht?" Das war keine Zeugenbefragung mehr, sondern ein Verhör. Müller spie die Fragen aus.

„Ja, es war so. Er hatte ein Seil dabei", entgegnete Karla gereizt.

„Ein Seil. Und das hat er einfach so aus seiner Jackentasche geholt, Ihre Hände auf den Rücken gedreht und in aller Ruhe zusammengebunden, ja?"

„Glauben Sie mir etwa nicht?" Karla hatte keine Ahnung, warum dieses Gespräch so einen Verlauf nahm. Wieso redete er so mit ihr? Er verhöhnte sie regelrecht. In gewisser Weise erinnerte er sie sogar an Konstantin.

„Na ja, ehrlich gesagt kann ich mir das nicht vorstellen. Sie hätten doch bestimmt Zeit gehabt, zu verschwinden?"

„Das habe ich doch! Aber es war stockdunkel, der Weg kaum zu erkennen. Ich bin zwischendurch ausgerutscht, habe nichts gesehen und war in Panik."

„War es nicht eher so, dass Sie beide dort ein kleines Spielchen spielen wollten?"

„Spielchen?" Karla krallte sich an ihrer Handtasche fest und starrte den Polizisten an.

„Herr Wolff hat mir erzählt, dass Sie öfter Fesselspiele durchgeführt haben. Er behauptet, Sie stehen darauf." Er blickte sie sehr direkt an.

Karla wendete den Blick ab. Sie fühlte sich so schmutzig. Ja, sie hatte mitgemacht, aus Angst. Weil sie ihre Ruhe haben wollte und weil sie sich nicht wehren konnte. Weil Konstantin sie bedroht hatte. Und weil sie wollte, dass es vorbei war.

„War es so? Haben Sie mitgemacht?"

Karla schluchzte auf. „Ja. Ich hatte Angst, verdammt noch mal!"

„Schreien Sie mich nicht so an, ja! Es gibt keinerlei Beweise für die Beschuldigungen Ihrem Partner gegenüber. Sie verstricken sich hier gerade in Widersprüche, die nur Sie belasten und sonst niemanden."

Karla riss entsetzt die Augen auf. „Ich bin hierhergekommen, weil ich Hilfe brauche. Weil ich

Angst habe. Und jetzt werde ich beschuldigt?"

„Niemand wird beschuldigt. Aber wissen Sie, was ich glaube? Ihr Ex hatte die Nase voll von Ihren Launen und hat Sie rausgeschmissen. Und jetzt wollen Sie sich mit diesen lächerlichen Anschuldigungen rächen." Er lehnte sich zufrieden zurück und faltete ein gelbes Post-it zu einem schmalen Streifen. Die Sehnen an seinen Unterarmen traten deutlich hervor.

Karla schüttelte den Kopf. „Nein", flüsterte sie. „So war das nicht. Ich habe Schluss gemacht. Es ging nicht mehr so weiter, er hat mich und meine älteste Tochter massiv bedroht."

„Ihre Tochter? Die mit den psychischen Problemen?"

„Wie bitte?" Sie sprang auf.

„Setzen Sie sich!", schnauzte Müller sie an. „Ist es nicht so, dass Ihre Tochter in psychologischer Behandlung war?"

„Ja. Wegen Konstantin. Ohne ihn wäre es doch gar nicht so weit gekommen. Das ist das Einzige, das ich mir vorzuwerfen habe. Dass ich die ganze Zeit nicht gesehen habe, was los war." Sie nahm wieder Platz und blickte ihr Gegenüber wütend an. „Sie haben überhaupt keine Ahnung, wie das ist, ständig in Angst zu leben. Wissen Sie, was er zu mir gesagt hat?" Dass sie es in Konstantins Tagebuch gelesen hatte, musste der Kommissar nicht wissen.

„Jetzt bin ich gespannt", erwiderte Müller herablassend.

„Wenn du mich verlässt, bringe ich dich um."

3

Meine liebe Karla,

warum antwortest du nicht? Warum willst du mich nicht sehen? Wir müssen noch Dinge klären. Wir können doch über alles reden!

Außerdem sind wir verheiratet. Glaub nicht, dass ich einer Scheidung zustimmen werde. Weißt du noch, was du mir geschworen hast? Bis dass der Tod uns scheidet. Keine Sorge, soweit muss es ja nicht kommen. Es heißt ja nur, dass eine Scheidung ohne Tod ausgeschlossen ist.

Hab keine Angst, Karla. Ich liebe dich ja und ich werde dich immer lieben. Aber ich kann nicht akzeptieren, dass du mir ein Treffen verweigerst. Von mir aus auch in der Öffentlichkeit. Auch wenn das albern ist. Egal was passiert ist, ein Treffen steht mir zu!

Außerdem wirst du mir sowieso nicht ewig aus dem Weg gehen können – Graubergen ist klein. Wir laufen uns zwangsläufig über den Weg.

Ich kann nicht mehr schlafen, seit du ausgezogen ist. Ich ertrage diese Stille nicht. Nächsten Monat muss ich auch raus aus dem Haus, da ziehen die Neuen ein. Weißt du, was du mir angetan hast? Du zerreißt mein ganzes Leben. Reißt es in Stücke wie einen Zettel und verbrennst jeden einzelnen Schnipsel davon. Ich verzeihe dir, Karla. Wenn du mir auch verzeihst. Wenn wir uns treffen können.

Ich kann dich nicht einfach so gehenlassen.

Dein Konstantin, für immer

Konstantins geschwungene, ein wenig schnörkelige Handschrift, die Karla früher so gemocht hatte, kam ihr jetzt vor wie ein Dornengestrüpp. Die duftenden, zarten Blüten sollte man besser nicht berühren, denn die Dornen würden sich bis unter die Haut brennen und tiefe Narben hinterlassen.

Karla wollte nie wieder einen Brief oder eine WhatsApp von Konstantin bekommen. Sie hatte genug davon. Ihr Herz raste, wenn sie nur den Schlüssel in das Briefkastenschloss steckte.

Hinter ihrer Schläfe pochte es, sobald ihr Smartphone piepte. Sie fragte sich, wann sie zum letzten Mal eine ganze Nacht am Stück durchgeschlafen hatte. Beinahe täglich schickte Konstantin inzwischen Nachrichten. Von *Ich liebe dich* über *Komm zurück* bis *Du gehörst zu mir* und *Warum?* war alles dabei.

Dieser Brief hier war grausam. Konstantin entschuldigte sich, beteuerte ihr seine Liebe und drohte ihr gleichzeitig, dass sie ihn nicht mehr loswerden würde. Sie konnte seine Nummer sperren, aber würde ihn das davon abhalten, ihr aufzulauern? Das Einfachste wäre vermutlich, hier wegzuziehen.

4

Wenn Nervosität in Kilometern pro Stunde messbar wäre, dann wäre Karlas Tachonadel vibrierend am äußersten Punkt angelangt. Im Eingangsbereich des schmucklosen Kastens, auf dem in rostroten Buchstaben STAATSANWALTSCHAFT stand, musste sie ihre Tasche abgeben, die Jacke ausziehen, durch eine Lichtschranke gehen, sich von einer müde dreinblickenden Polizeibeamtin abscannen lassen, ehe ein weiterer Beamter sie in den zweiten Stock führte.

Jetzt saß sie im Flur auf einem rutschigen Besucherstuhl und wurde das Gefühl nicht los, gleich verhört zu werden, obwohl in der Vorladung gestanden hatte, dass sie als Zeugin in der Sache Wolff gegen Wolff geladen war. Nur als Zeugin.

Sie blickte auf ihre Hände, die in dem kalten Röhrenlicht beinahe durchsichtig wirkten. Die blauen Äderchen traten deutlich hervor.

Neben ihr wurde eine Tür geöffnet.

„Frau Wolff?" Die Staatsanwältin wartete kaum Karlas Nicken ab; ihre hohen Schuhe erzeugten auf dem Linoleumboden ein gleichmäßiges und dumpfes Klacken, als sie wieder ins Büro fegte.

Karla folgte ihr eilig. Obwohl sie etwa genauso groß wie die Rothaarige war, kam sie sich klein und irgendwie jämmerlich vor. Ein bisschen was von dem Selbstbewusstsein, das ihr Gegenüber ausstrahlte, hätte sie auch gern. Gerade jetzt.

„Kirstein-Sieg. Bitte, nehmen Sie Platz."

Karla wollte ihr die Hand reichen, doch das übersah die Staatsanwältin. Schnell rückte sie den Stuhl zurecht und setzte sich. Zum Glück hatte der Stuhl Armlehnen, an die sie sich klammern konnte.

Frau Kirstein-Sieg hatte sich ebenfalls gesetzt und blätterte in einer dicken Akte, auf deren Aufkleber eine fünfstellige Nummer und darunter *Wolff./.Wolff* gedruckt stand. Wie vor ein paar Wochen bei Kommissar Müller wunderte Karla sich auch jetzt über die Menge an Unterlagen. Der Papierstapel schüchterte sie ein. Genau wie die Staatsanwältin, die weiterhin schwieg. Zielsicher blätterte sie durch die Akte, ihre rote Mähne verbarg dabei ihr Gesicht. Lackierte Nägel, schwarzer Rolli, enge Jeans, randlose Brille, dezenter Silberschmuck. Ihr machte sicher keiner so schnell etwas vor. Ob sie auch Konstantin verhört hatte? Ob er sie ebenfalls um den Finger gewickelt hatte? Nein, die war mindestens eine Nummer zu groß für ihn, da war Karla sicher.

Letzte Nacht hatte sie geträumt, dass sie Konstantin heute gegenübertreten musste und er mit seiner Mitleidsmasche alle auf seine Seite zog. Sie wurde als Lügnerin beschuldigt und abgeführt. Sein höhnisches Lachen hatte den Rest der Nacht in ihrem Kopf nachgehallt.

Margarete Kirstein-Sieg stand auf einem kleinen Schild am Schreibtisch. Ein einschüchternder Name. Karla fühlte sich immer kleiner, je länger sie auf ein Wort der Staatsanwältin wartete.

„So. Entschuldigen Sie bitte, ich hatte etwas

Bestimmtes gesucht."

Karla zuckte zusammen. „Okay."

Ihr Gegenüber taxierte sie aus dunkelgrünen Augen hinter der Brille. „Frau Wolff, kommen wir gleich zur Sache. Sie sind heute hier, weil es Unklarheiten bezüglich Ihrer Anschuldigungen gegenüber Herrn Wolff gibt. Kommissar Müller hat zu Protokoll gegeben, dass sich Ihre letzten Aussagen nicht mit denen decken, die Sie am Anfang getroffen haben."

Wieder dieser forschende Blick. Das war keine Frage und Karla wusste nicht, wie sie reagieren sollte. Fröstelnd zog sie die Schultern hoch und räusperte sich. „Welche Aussage genau?"

„Nun. Zum Beispiel geht es hier um die angebliche Vergewaltigung vom siebenten Dezember vergangenen Jahres. Die haben Sie beim letzten Mal anders geschildert als davor."

„Das war im Wald, richtig?" Karla hatte Mühe, ihrer Stimme genug Kraft zu geben.

„Das müssten Sie doch eigentlich selbst am besten wissen, oder? Aber ja, es geht um die Geschichte im Wald."

Der Wald. Die Dunkelheit und die kalte Luft, die nach Schnee roch, krochen in ihre Erinnerung. Sie hörte Konstantins Schnaufen, fühlte seine Hände, erkannte die sirrende Klinge des Klappmessers. Alles andere hatte sie weggeschlossen. Sie wollte sich nicht mehr erinnern müssen.

Frau Kirstein-Sieg trommelte mit den Fingernägeln auf die Tischplatte. „Wir sollen Ihnen doch helfen, oder? Das können wir aber nicht, wenn sich Ihre Aussagen widersprechen. Dann sieht es für uns nämlich so aus, als hätten Sie sich das alles nur ausgedacht. Zumal uns inzwischen eine glaubhafte Aussage Ihres Exmannes vorliegt, dass sich das alles anders abgespielt hat."

Natürlich. Mit Mühe schluckte Karla die aufsteigenden Tränen hinunter. „Was genau wollen Sie wissen?", fragte sie.

„Also, fangen wir vorn an: Sie haben doch zu diesem Zeitpunkt bereits klargemacht, dass Sie ausziehen werden, richtig?"

Karla nickte.

„Gut. Warum sollte er Sie dann von Ihrer Betriebsfeier abholen?"

„Das sollte er gar nicht. Er wollte es aber unbedingt. Und ich wollte nicht mit ihm streiten deswegen und habe zugestimmt."

„Sie hätten doch einfach Nein sagen können. Wie wären Sie denn sonst nach Hause gekommen?"

Karla lachte auf. „Einfach Nein sagen? Das war nie einfach. Das war nicht mal möglich! Sonst hätte ich doch das Auto selbst genommen oder meine Chefin hätte mich nach Hause gefahren."

„Hm. Verstehe ich nicht. Was hätte er denn gemacht, wenn Sie einfach mal Nein gesagt hätten? Also grundsätzlich, auch vorher schon?"

Sie dachte an die paar Neins, die sie ausgesprochen hatte. Sie dachte an die körperlichen und seelischen Drohungen, die sie als Antwort darauf bekommen hatte. Die stillen und lauten Vorwürfe, die nicht aushebelbaren Argumente. Sie dachte an die vielen Neins, die sie nicht mehr ausgesprochen hatte, weil ihr die Kraft dazu gefehlt hatte.

„Er hat endlos diskutiert, bis ich einfach nachgegeben habe. Nein gab es für ihn nicht. Das durfte nur er selbst verwenden."

„Und das haben Sie sich gefallen lassen? Wir leben im 21. Jahrhundert, also irgendwie will ich das nicht so recht glauben." Die Staatsanwältin lehnte sich zurück und verschränkte die Arme vor der Brust, während sie auf eine Antwort wartete.

„Ja, das habe ich mir gefallen lassen. Als ich es nicht mehr getan habe, ist alles eskaliert und deshalb sitze ich jetzt hier." Ihre Stimme war bei den letzten Worten lauter geworden.

„Jetzt bleiben Sie mal ruhig. Das hier ist nötig, sonst kann ich Ihnen nicht helfen. Wenn Sie im Dezember aussagen, dass Ihr Partner Sie erst gefesselt, geknebelt und dann vergewaltigt hat, und zwei Monate später erzählen Sie, dass Sie nur gefesselt und zu verschiedenen Handlungen gezwungen worden sind, dann sind das zwei Paar Schuhe! Zumal Herr Wolff ausgesagt hat, dass das ein Spiel zwischen Ihnen war. Stimmt das?"

„Nein, das stimmt nicht!"

„Was stimmt denn dann?"

„Im Wald hat er mich erst geknebelt, gefesselt und vergewaltigt, dann hat er mir den Knebel runtergerissen, mich auf die Knie gestoßen und mich gezwungen …" Sie verstummte und riss die Hände vors Gesicht. Ihre Erinnerung schien sich mit jeder

der Fragen zu verschieben. Dabei stand doch alles in dieser verdammten Akte! „Ist das deutlich genug?"

Die Rothaarige blickte genauso unbeteiligt wie anfangs. „Besser. Aber dennoch frage ich mich, warum Sie nicht einfach abgehauen sind. Er hat doch nur ihre Hände gefesselt und nicht ihre Füße, oder?"

Karla stöhnte. „Es war mitten in der Nacht. Der Weg war abgesperrt. Ich wollte flüchten, bin den halben Abhang runtergerutscht, aber er hat mich gefunden und weitergemacht. Ich konnte nichts sehen, ich hatte Angst. Panik, verstehen Sie das nicht?"

„Und was ist mit der Behauptung, dass Sie gern solche Fesselspielchen gespielt haben?"

„Das stimmt nicht. Er hat das gern gemacht und ich hab manchmal nur mitgemacht, um meine Ruhe zu haben. Und weil es dann schneller vorbei war."

„Gut. Ich lasse das mal so stehen. Da steht jetzt Aussage gegen Aussage."

Karla schüttelte den Kopf. Ihr Mann kam sogar aus dieser Nummer heil raus, wie es aussah. „Was ist denn mit den Medikamenten im Pudding? Wurde das inzwischen untersucht?"

„Genau. Das wäre das nächste gewesen, das ich mit Ihnen besprechen muss. Also", die Staatsanwältin blätterte ein paar Papierbögen weiter, „ich habe hier die Ergebnisse aus dem Labor. Es wurden tatsächlich Medikamentenbestandteile darin gefunden, in nicht unerheblicher Menge."

„Was hätte denn schlimmstenfalls passieren können?"

„Also, Sie wären vermutlich nicht daran gestorben, aber Genaueres kann ich Ihnen nicht sagen. Dazu gibt das Labor ja keine Auskunft. Für Ihre Kinder wäre das womöglich nicht so glimpflich ausgegangen."

„Oh Gott", raunte Karla. Sie hatte Emma den Nachtisch angeboten!

„Wieso haben Sie den eigentlich nicht gleich weggeworfen? Das ist grob fahrlässig, dass sie den zurück in den Kühlschrank gestellt haben. Ihre Kinder hätten sich den jederzeit nehmen können."

„Aber … ich wusste doch zu dem Zeitpunkt gar nicht, dass da was drin ist."

„Sie haben ausgesagt, dass er krümelig geschmeckt habe."

„Stimmt. Aber das war mir auch erst später bewusst geworden. Ich war an dem Abend einfach total satt und habe den Pudding wieder in den Kühlschrank gestellt, um ihn später zu essen. Erst am nächsten Abend, als es mir langsam wieder besser ging, kam ich auf den Gedanken, dass er vielleicht was reingemischt haben könnte."

„Hm, das klingt alles nicht schlüssig für mich. Was, wenn Ihre Kinder was davon gegessen hätten? Sie haben da ziemlich unüberlegt gehandelt."

„Ich?" Karla lachte auf. „Jetzt bin ich schuld oder was?" Hastig wischte sie eine wütende Träne aus ihrem Augenwinkel.

„Na ja, die Aussage von Herrn Wolff klingt glaub-hafter. Und er behauptet im Gegenzug, dass Sie ihm da was anhängen wollen und die Medikamente selbst in den Nachtisch gerührt haben."

„Wie bitte? Warum hätte ich das tun sollen?"

„Weil Sie sich rächen wollen."

„Rächen? Wofür? Ich habe Schluss gemacht und ich will einfach nur meine Ruhe haben. Für mich und meine Kinder. Ich habe kaum was aus dem ge-meinsamen Haushalt mitgenommen, habe ihm al-les gelassen, ihm sogar noch zwei Monate lang das Auto finanziert, weil er nicht wusste, wie er allein klarkommen soll. Warum hätte ich das alles ma-chen sollen?"

„Genau deshalb. Sie hatten ein schlechtes Gewis-sen, weil Sie ihm das", hier klopfte sie mit dem Ku-gelschreiber auf die Akte, „angehängt und ihn an-gezeigt haben. Darum waren Sie im Nachhinein so nett zu ihm."

Die Staatsanwältin beobachtete sie scharf. Karla wurde das Gefühl nicht los, dass sie sie provozieren wollte, um irgendeine befriedigende Antwort zu be-kommen. Eine, die Konstantin entlasten würde?

Da fiel ihr ein, dass sie den Abschiedsbrief von Konstantin eingesteckt hatte. Er hatte schließlich selbst geschrieben, dass ihm alles unglaublich leid-tue, was er ihr angetan habe. Kam das nicht einem Geständnis nahe? Sie kramte in ihrer Handtasche und zog den zusammengefalteten Brief hervor.

„Hier. Er hat mir sogar schriftlich gegeben, dass es ihm leidtut und dass er wünschte, er könnte alles rückgängig machen, was er mir angetan hat. Er gibt doch zu, dass er Mist gebaut hat!"

Sie reichte der Staatsanwältin den Brief, den diese verhalten entgegennahm. Dann entfaltete sie ihn und las die dicht beschriebenen Zeilen. Sie ließ sich viel Zeit.

„Können Sie beweisen, dass Herr Wolff den geschrieben hat?" Damit schob sie den Brief zurück. Um ihre Lippen spielte ein undefinierbares Lächeln.

„Sie haben doch sicher irgendwo eine Unterschrift von ihm, oder?", entgegnete Karla empört.

„Es tut mir leid, Frau Wolff. Dieser Brief ist in der Sache nicht relevant. Ich mache mir dennoch eine Kopie für die Akte, wenn Sie gestatten. Ansonsten habe ich erstmal keine weiteren Fragen. Wenn Ihnen noch etwas", sie zögerte kurz, „Relevantes einfällt, können Sie sich gern hier oder bei Kommissar Müller melden."

„Und wie geht es jetzt weiter?" Das soll alles gewesen sein?

„Ich werde jetzt Ihre Aussagen auswerten. Die Kripo nimmt in den nächsten Wochen noch ein paar Zeugenvernehmungen vor. Wenn Sie mehr zum Verfahren wissen wollen, fragen Sie Ihre Anwältin."

Während sie das sagte, drehte sie Karla den Rücken zu und kopierte den Brief. Dann reichte sie ihn zurück und sagte, während sie schon die Tür öffnete: „Machen Sie sich nicht allzu viel Hoffnung, solche Fälle verlaufen oft im Sande, weil Zeugen fehlen oder die Opfer die Taten nicht mehr eindeutig herleiten können. Sprechen Sie mit Ihrer Anwältin, mehr kann ich Ihnen nicht dazu sagen."

5

Nervös fischte Karla ein paar Wochen später den Brief ihrer Anwältin aus dem Briefkasten. Was es wohl diesmal war? Hoffentlich wurde sie nicht noch einmal in die Staatsanwaltschaft bestellt. Wenn sie an den Termin zurückdachte, wurde ihr ganz schlecht. Sie hätte darauf bestehen sollen, dass ihre Anwältin sie auf diesem Weg begleitet. Aber die hatte abgewunken, es war ja nur eine Zeugenbefragung gewesen. Karla musste den geöffneten Brief auf den Tisch legen, damit sie ihn überhaupt lesen konnte, weil ihre Hände so bebten.

Wie Sie dem anliegenden Bescheid entnehmen können, wurde das Verfahren gegen Ihren Ehemann eingestellt. Ich halte die Begründung für nachvollziehbar ...

Wie bitte? Das Verfahren wurde eingestellt und ihre Anwältin fand das nachvollziehbar? Weiter schrieb sie, dass sie keinen Ansatzpunkt sehe, um das Verfahren weiterzuführen, und dass sie keine Beschwerde einlegen werde. Falls sie, Karla, dennoch ein Beschwerdeverfahren durchführen wolle, würde sie ihr raten, nach einem anderen Anwalt Ausschau zu halten.

Konstantin würde also davonkommen.

Resigniert blätterte sie zum angehängten

Schreiben der Staatsanwaltschaft um. Sie fühlte sich, als hätte ihr jemand ins Gesicht geschlagen.

Es erscheint zudem wenig nachvollziehbar, dass Ihre Mandantin nicht zeitnah nach den vermeintlichen Vergewaltigungen Anzeige erstattet hat, sondern sogar weiterhin mit dem Beschuldigten nicht nur in einem Haus zusammengewohnt, sondern auch das Bett geteilt hat. Der Beschuldigte erklärt, dass sie sogar weiterhin regelmäßig und freiwillig Sex miteinander gehabt hätten.

Freiwillig? Ein flaues Gefühl breitete sich in ihrem Magen aus, auch, weil sie heute noch nichts gegessen hatte. Sie schluckte die Wut und die aufkommende Übelkeit mühsam hinunter. Es war also alles ihre Schuld.

Die hatten doch alle überhaupt keine Ahnung, wie es wirklich gewesen war. Und was war mit den Tabletten in ihrem Dessert? Sie starrte auf die Buchstaben, die immer mehr verschwammen.

Nach dem Gutachten des LKA dürfte in der ursprünglichen Menge an Pudding eine Medikamentendosis vorgelegen haben, die mindestens für eine effektive „KO-Wirkung" ausreichend ist.

Na also! Wenigstens das hatte sie sich nicht eingebildet.

… lässt sich der Sachverhalt nicht sicher aufklären. Es erscheint fragwürdig, dass Ihre Mandantin den Pudding anschließend im Kühlschrank aufbewahrte, auf den auch ihre Kinder Zugriff haben. … Der Vorwurf der gefährlichen Körperverletzung mache den Beschuldigten wütend und sprachlos. … Bei

dieser Beweislage sehe ich keine Möglichkeit, dem Beschuldigten Straftaten nachzuweisen ...

Kälte kroch in alle Poren ihres Körpers und sie fürchtete, dass ihr nie wieder warm werden würde.

Sie war schuld, weil sie nicht sofort ausgezogen war, nachdem sie Schluss gemacht hatte.

Sie war schuld, weil sie ihn nicht gleich angezeigt hatte, als er über sie hergefallen war.

Sie war schuld, weil sie den Pudding nicht gleich weggeworfen hatte.

Sie war schuld, dass sie nicht sofort erkannt hatte, dass Medikamente ins Essen gepanscht worden waren.

Schuld! Schuld! Schuld!

Sogar ihren Kindern gegenüber soll sie fahrlässig gehandelt haben. Es war hoffnungslos. Konstantin war frei. Und Karla war gefangen.

Der Countdown

1

Als sie den Parkplatz erkannte, von dem ein alter Schleichweg zum Staudamm führte, geriet ihr Herz aus dem Rhythmus. Früher waren sie oft hier gewesen, hatten sich im Sonnenlicht geliebt und stundenlang geredet. Doch jetzt schwieg Konstantin und starrte in die Dunkelheit, bevor er ausstieg, um das Auto herumlief, die Beifahrertür aufriss und Karla grob am Arm packte.

„Raus hier!" Die Drohung, die in seiner Stimme lag, zerschnitt die kühle Luft. Karla ließ sich herauszerren, unfähig, sich zu wehren. Sie spürte den Druck am Arm und kurz darauf einen Stoß in den Rücken. Ihre Schuhe rutschten über das Laub, das unter dem Raureif der endenden Nacht knisterte.

Die Sperrmauer lag bereits dicht vor ihnen, das Wasser tief unten glitzerte unschuldig im Licht der Sterne. Das also war sein Plan. Die Luft war so kalt und klar, dass sich düstere Gewissheit ungefiltert in ihrem ganzen Körper ausbreitete.

Wann nur war die Liebe, die aus ihnen ein Wir gemacht hatte, in Hass und Angst umgeschlagen?

Was war mit ihnen passiert, dass es zu diesem Zerwürfnis gekommen war?

Ein Schleier verzerrte ihre Sicht. Noch ehe ihr bewusst wurde, dass das ihre Tränen waren, bewegte sich Konstantin langsam auf den Rand der bröckelnden Mauer zu. Sein Daumen bohrte sich noch immer in ihren Oberarm, sodass sie ihm folgen musste.

Dann blieb er stehen, lächelte sie an, beinahe wie früher, und flüsterte: „Für immer, Karla".

Der glitzernde Spiegel schoss auf sie zu und sie klatschten unsanft auf.

„Mama?" Bellas Stimme an ihrem Ohr.

Karla schlug die Augen auf. Sie lag vor ihrem Bett, ihr Shirt war nassgeschwitzt. Erleichtert blickte sie sich um. Nicht zu fassen, dass der Traum nicht echt gewesen war. Sie hatte noch die Waldluft in der Nase und fühlte das eisige Wasser auf ihrer Haut. Stumm fiel sie ihrer Tochter um den Hals.

10

Nur diese eine Zahl erschien auf dem Display ihres Smartphones. Sie starrte verwundert auf die Nachricht, presste die Hand gegen ihren Brustkorb. Was wollte Konstantin ihr damit sagen? Angst kroch mit Spinnenbeinen ihren Rücken hinauf, wie jedes Mal, wenn er sich in Erinnerung brachte. Selbst wenn sie nur seinen Namen dachte oder hörte, schnürte sich ihre Kehle zu.

Seit ein paar Wochen hatte sie nichts von ihm gehört und ihn auch nicht an irgendeiner Straßenecke, versteckt unter einem Regenschirm, stehen sehen. Sie hatte sich ein wenig sicherer gefühlt und sich nicht mehr ständig umgeblickt. In ihr keimte ganz vorsichtig die Hoffnung, dass das Grauen der letzten Jahre unter einer wollwarmen Decke des Vergessens verschwinden könnte. Wenn niemand ihr die Decke entreißen würde.

Und jetzt? Nur diese eine Zahl. 10. Ihre Knie fühlten sich an wie Watte. Sie betrat die Küche und warf einen nervösen Blick aus dem Fenster auf die kleine Gasse, schaute nochmals auf ihr Handy. Da sie die Ungewissheit kaum aushalten konnte, entschloss sie sich, Konstantin eine Antwort zu senden. *Was meinst du damit?*, tippte sie zitternd ein.

Die Zeit verging quälend langsam. Seit einer halben Stunde saß sie schon auf dem weichen abgewetzten Sessel, den sie von Sabine zum Einzug geschenkt bekommen hatte. Keine Antwort. Vielleicht hatte sich Konstantin ja nur im Empfänger geirrt. 10, das war sicher bloß die Antwort auf eine belanglose Frage. Die Frage nach einer Uhrzeit, einer Hausnummer, einer Geldsumme.

Zehntausend Euro, etwa so viel hatte sie in den vergangenen Jahren ins Haus und ins *ZAG* gesteckt. Er hatte ihr versprochen, ihr alles zurückzuzahlen. Darauf wartete sie bis heute, obwohl das Haus längst verkauft war. Inzwischen war es Anfang Juni, ohne dass sie auch nur einen Cent zu sehen bekommen hatte. Doch ihre Anwältin hatte ihr davon abgeraten, das Geld gerichtlich einzuklagen. Nur deswegen hatte sie seine Handynummer noch nicht gesperrt.

Ob er jetzt endlich seine Schulden begleichen wollte? Ist „10" eine Frage gewesen? Ihre Gedanken kreisten darum, bis sich ein stechender Schmerz hinter ihre Stirn schob. Zusammen mit einer beunruhigenden Schwingung.

Noch am Abend grübelte sie über die seltsame Nachricht nach. Auf ihre Frage hatte sie keine Antwort bekommen. Aus Bellas Zimmer war leise Musik zu hören und Bellas verhaltenes Kichern, das schönste Geräusch überhaupt. Karla war froh, es wieder öfter zu hören.

Am Kühlschrank klebte eine Karte, auf der stand *Die Zeit heilt alle Wunden*. Doch Karla wusste, dass das nicht stimmte. Es blieb immer eine Narbe zurück. Die Haut ist an der verletzten Stelle viel dünner, viel empfindlicher, ähnlich wie bei ihrer Narbe von der Blinddarmoperation. Narben jucken und zwicken und erinnern an unangenehme Erlebnisse. Sie heilen, aber sie sind nie für immer verschwunden.

Diese verdammte Nachricht hatte an einer empfindlichen Stelle gerührt. Auf ihren Atem konzentriert zählte sie bis zehn. Nein, lieber nur bis neun.

In Wollsocken schlich sie in die Küche und setzte Wasser auf. Sie hatte Lust auf einen Earl-Grey-Tee mit Honig, auch wenn sie dann wieder nicht würde schlafen können. Aber was machte das schon? Die

Nächte waren nicht besser oder schlechter als die Tage. Bevor sie die Gardine zuzog, warf sie einen Blick in die Dunkelheit. Dieses alte Kaufhaus da drüben wirkte so unheimlich, wenn sich das Laternenlicht in seinen Fenstern verfing. Als ob es sie anstarren würde.

Hatte sich da etwas bewegt?

Der Teekessel auf der Herdplatte pfiff durchdringend und Karla zuckte zusammen. Hastig zerrte sie die Gardine vor das Fenster und vermied es, noch einmal hinüber zu schauen. Dann übergoss sie die Teeblätter mit dem heißen Wasser und sog den würzigen Bergamotteduft ein. Als sie die Augen schloss, leuchtete wieder die 10 vor ihr auf.

Um die düsteren Gedanken loszuwerden, schnappte sie sich das neue Gartenbuch aus dem kleinen Buchladen in der Fußgängerzone. Sie vermisste die grüne Oase, die sie in den letzten Jahren auf Konstantins Grundstück geschaffen hatte.

Die natürliche Schönheit hatte Karla mit viel Herzblut und noch mehr Schwielen an den Händen freigelegt, obwohl sie anfangs keinen blassen Schimmer davon gehabt hatte. Aber der Traum von einem richtigen Bauerngarten nahm immer mehr Form an. Sie lernte, die passenden Pflanzen miteinander zu kombinieren, zog Gemüse selbst aus Samen, baute einen Unterstand für die ganzen Töpfe und Sämereien, die sich mit der Zeit ansammelten, und freute sich, wenn die Wühlmäuse ihr ein paar Möhren übrig ließen.

Die verwitterte Hütte am oberen Weg sollte ihr

nächstes Projekt werden. Sie hatte bereits eine ziemlich genaue Vorstellung, wie sie den kleinen Bungalow renovieren und in ihr Lesehäuschen verwandeln würde. Konstantin ließ sie im Garten in Ruhe buddeln, mischte sich nie ein. Dafür war sie ihm stets dankbar gewesen.

In ihrer neuen Wohnung gab es nur einen kleinen Balkon, der aber herrlich versteckt lag und von der Nachmittagssonne beschienen wurde. Salbei, Lavendel, Feldsalat, Tomaten und ein paar Blumen wuchsen in Schalen und Töpfen heran. Und für die nackte Säule, an der der Putz abbröckelte, würde sie noch eine Kletterpflanze besorgen, vielleicht eine Clematis oder eine Rose. Der Balkon war in diesem Jahr ihr grünes Projekt, denn ganz ohne erdverkrustete Finger und duftende Kräuter fühlte sie sich nicht wohl.

Während sie in dem Buch blätterte, schoss eine Erkenntnis durch ihren Kopf. In zehn Tagen hatte sie Geburtstag.

9

Das Piepen des Mobiltelefons auf dem Fensterbrett weckte Karla. Die Nacht war so unruhig gewesen wie die ersten Nächte nach ihrem Auszug. Es war vier Uhr morgens. Der Wecker würde erst in zwei Stunden klingeln. Sollte sie aufstehen und aufs Handy schauen oder weiter unter ihrer warmen Decke bleiben? Was konnte um diese Zeit so wichtig sein? Sie wälzte sich auf die andere Seite. Doch an

Schlaf war nicht mehr zu denken. Sie wälzte sich hin und her, starrte an die Decke. Draußen fuhr ein Auto vorbei und ließ einen weißen Lichtkegel durch das Zimmer wandern. Das Telefon blinkte unermüdlich weiter.

„Ach, verdammt", murmelte sie und schob ihre Füße aus dem Bett. Dann hüllte sie sich in den blauen Kimono und tapste barfuß ins Badezimmer, goss sich danach in der Küche ein Glas Wasser ein und schlich zurück ins Schlafzimmer. Es war bereits Anfang Juni, die schwindende Nacht verwandelte den Himmel von Schwarz zu Blau.

Sie stellte das Glas ab, nahm ihr Smartphone und kroch zurück ins Bett. Dann las sie die Nachricht.

9

Scheiße! Ihre Gedanken überschlugen sich. Heute waren es keine kleinen Spinnenbeine, die ihren Rücken hinaufeilten. Das war was viel Größeres.

Gestern 10, heute 9. War das ein Countdown? In neun Tagen hatte sie Geburtstag. Was hatte Konstantin vor?

Zitternd legte sie das Telefon auf die Bettdecke. Ihre Hände waren eiskalt, ihre Stirn hingegen glühte. Sie fühlte sich schwach und hilflos, ausgebrannt, würde am liebsten vor allem weglaufen.

Über die weiße Wand hinter der Kommode krabbelte eine Fliege. Karla folgte gedankenverloren ihrem chaotischen Weg. Chaos war auch in ihr selbst.

Ein Knall zerbrach die vibrierende Stille. Sie

schrie auf, sprang hoch und wich zur Tür zurück. Die Gardinen verbargen den Blick nach draußen, aber irgendetwas war vor das bodentiefe Fenster gekracht.

„Mama?" Bella stand auf einmal im Raum, rieb sich die Augen und starrte sie an. „Was ist passiert?"

„Hast du den Knall gehört?", entgegnete Karla. Ihre Stimme gehorchte ihr kaum. „Da ist was vors Fenster geflogen. Hab ich mich erschreckt!"

Die beiden gingen hinüber ins Wohnzimmer und Karla ließ sich von ihrer Tochter in den Sessel drücken. „Ich gucke nach, das war bestimmt nichts", sagte Bella. Wie erwachsen sie in diesem Moment klang. Sie näherte sich vorsichtig der Balkontür und spähte hinaus. „Da liegt ...", sie räusperte sich, „... eine tote Krähe."

Karla trat neben sie, beide fast gleich groß, und sah das schwarz glänzende Gefieder des toten Tieres. „Sie muss die Fensterscheibe übersehen haben," flüsterte sie. Das arme Tier.

Bella nickte, holte ein Handtuch, huschte auf den Balkon, hob vorsichtig den leblosen Körper auf und hielt ihn traurig in ihren gewölbten Händen.

Und dann hörten sie es beide. Das Lachen unter dem Balkon.

Karla nahm ihr Handy und blockierte Konstantins Nummer.

8

Es war kurz vor Mitternacht. Karla starrte an die Decke, an der sich der Mondschein in eine Zahl verwandelte. Die Acht schwirrte durch ihre Gedanken und machte sie wahnsinnig.

Der Stundenzeiger des Weckers ratterte leise über die Zwölf. Ihr Handy piepte. Das Festnetztelefon klingelte.

Sie musste rangehen, damit Emma und Bella nicht wach wurden. Als sie den Hörer abnahm und an ihr Ohr presste, ohne etwas zu sagen, ertönte ein Song. *Every breath you take.* Das Lied, das Konstantin ihr so oft auf der Gitarre vorgespielt hatte. Sie zog den Netzstecker des Telefons aus der Dose, kroch zitternd unter ihre Decke und las auf dem Smartphone die eingegangene E-Mail.

Ach Karla, du wirst mich nicht los …
8. Die Unendlichkeit. Das Symbol, das uns für immer verbindet. Für immer, Karla. Du gehörst zu mir! Und damit du das nicht vergisst, bekommst du an deinem Geburtstag auch ein Geschenk von mir. Eins, das du nicht vergessen wirst. Niemals!
8. Schau dir nur die ineinander verschlungenen Linien an. Wunderschön, nicht wahr? Du wirst es schon verstehen irgendwann. Meine Wölfin.
Du hast mir echt wehgetan, als du mich verlassen hast im Winter. Und angezeigt hast du mich, du kleines Miststück! Sowas macht man nicht! Aber du hast ja gesehen, wer diesen Kampf gewonnen hat!

Niemand glaubt dir mehr, stimmts? Ich habe alle auf meiner Seite, auch unsere alten Nachbarn. Die sind so lieb zu mir, seit du ausgezogen bist!

Du hast mich angelogen, ich hab dich angelogen. Hast behauptet, ich hätte dir was angetan, dich vergiften wollen! SO EIN BLÖDSINN!

Vielleicht hätte ich das machen sollen! Aber schön geschlafen haste schon mit dem ganzen Zeug, was? Ich hab dir doch nur geholfen mit deinen dämlichen Schlafstörungen und Ängsten!

Wieso, Karla, wieso?

Weißt du nicht mehr, dass wir füreinander bestimmt sind?

8. Schau sie dir an, die Unendlichkeit. Nur noch eine halbe Stunde, und du wirst sie sehen.

Dein Handy wird neben dir piepen, du wirst aus dem Schlaf herausgerissen werden und zitternd aufs Display schauen. Und so langsam bekommst du es mit der Angst zu tun. Noch acht Tage. Dann hast du Geburtstag, meine Schöne.

Meine Seelenverwandte. Klingt das nicht lustig? Wenn das so wäre, wüsstest du ja, was ich vorhabe. Aber soll ich dir was sagen? Seelenverwandtschaft gibt es nicht. Das ist was für Romantiker. Für Weicheier. Damit habe ich bisher alle um den Finger gewickelt. Es klingt so ernst, nicht?

Warum nur hast du mich verlassen? Wir hätten es noch so schön haben können! Komm zu mir zurück!

Weißt du, was gerade im Radio läuft? Every Breath you Take. *Ich habe es dir so oft vorgespielt mit der Gitarre. Du fandest es romantisch, hast nie auf die*

Worte und die Wahrheit dahinter gehört. Das ist
mein Lied für dich.
Jeder Atemzug, meine Blume.
Es ist Mitternacht. Hab eine unruhige Nacht!

Karla starrte aufs Display. Ein Timer lief ab. Sie
sah, wie die Nachricht in einzelne Buchstaben zer-
fiel, dann in rieselnde Punkte, dann in ein weißes
Feld. Sie hatte sich selbst gelöscht.

„Hallo, Frau Wolff, bitte!" Genervt wies Kommissar
Müller auf den Besucherstuhl und ließ sich in seinen Sessel fallen.

„Was gibt`s?", blaffte er sie an.

„Danke, dass Sie Zeit für mich haben", raunte
Karla. Immer noch hoffte sie, dass sie mit Freund-
lichkeit etwas bei dem ruppigen Polizisten erreichen
konnte. Sie zückte ihr Handy und zeigte Müller die
Nachrichten. Nach der E-Mail waren keine
WhatsApp-Nachrichten mehr gekommen, sondern
SMS. Von zwei verschiedenen Nummern.

„Er schickt mir seit fünf Tagen jeden Tag eine
Nachricht. Ich finde, das sieht aus wie ein Countdown."

Der Kommissar schaute lange auf das Display,
bevor er es ihr achselzuckend zurückgab.

„Sind doch nur Zahlen", brummte er.

Sie war fassungslos. „Wie bitte?"

„Das sind nur Zahlen, Frau Wolff, wollen Sie
mich wirklich deswegen belästigen?"

„Da war auch eine Mail, in der er alles zugegeben

hat."

„Kann ich die mal sehen?" Er klang genervt.

„Nein."

„Wieso nicht?"

„Sie ist weg."

„Weg. Ah ja."

„Nachdem ich sie gelesen hatte, hat sie sich ...", Karla suchte nach einem passenden Wort, „von selbst gelöscht."

„Frau Wolff, das ist doch Blödsinn! Sie verschwenden meine Zeit."

Kopfschüttelnd rutschte sie nach vorn auf die Stuhlkante. „Ich habe Angst, Herr Müller, Todesangst! Verstehen Sie das nicht?" Sie war laut geworden, obwohl sie das doch vermeiden wollte. Sie war sich ja selbst nicht mehr sicher, ob sie nicht vielleicht nur von dieser E-Mail geträumt hatte. Wurde sie langsam verrückt?

Jemand klopfte an die Tür.

„Was?", fauchte der Kommissar.

Eine Polizistin steckte den Kopf hinein und schaute von Müller zu Karla. „Ist alles in Ordnung?" Sie betrat den Raum, obwohl ihr Kollege sie nicht darum gebeten hatte, und legte flüchtig die Hand auf Karlas Schulter.

„Geht so." Karla war dankbar für die Geste.

Der Kommissar dagegen war vor Wut rot angelaufen und schnauzte: „Klar ist alles in Ordnung. Ich würde nur endlich gern mal meine Arbeit erledigen und mich nicht ständig um so einen Scheiß kümmern müssen!" Dabei wies er auf ihr Telefon, das noch immer auf dem Tisch lag.

Karla packte es ein und stand auf. „Sie helfen mir also nicht?"

„Hat er Sie direkt bedroht? Angegriffen? Verfolgt? Und können Sie das nachweisen?" Jede Frage präzise wie ein Dartpfeil ins Bulls-Eye.

Karla verneinte. „Ist dieser Countdown nicht Bedrohung genug?"

„Nein. Wie gesagt, das sind nur Zahlen! Fahren Sie doch an Tag Null einfach mit ihren Kindern weg und machen sich ein paar schöne Stunden. Sie werden sehen, dass das alles nur heiße Luft war." Müller beschrieb mit der Hand eine Bewegung in Richtung Tür und verschob seine Mundwinkel zu einem schmalen Grinsen.

„Also wirklich!", murmelte die Beamtin und begleitete Karla nach draußen.

„Was soll ich denn bloß machen, wenn mir niemand hier helfen kann?", fragte Karla, als die Tür zu Müllers Büro geschlossen war.

„Es tut mir leid, aber dafür ist der zuständig." Die Beamtin strich ihr noch einmal tröstend über den Arm, verabschiedete sich und wünschte ihr alles Gute.

„Sabine, wir brauchen einen Plan!" Karla ließ sich in einen der beiden Ohrensessel in Sabines Atelier fallen und legte eine Tüte mit Berlinern auf den Beistelltisch. Zwischen Pinseln, Bleistiften und Skizzenblöcken stand eine Porzellanschale für solche Gelegenheiten bereit.

Sabines prüfender Blick ruhte auf ihr, während sie routiniert den Wasserkocher startete und Kaffeepulver in die French-Press-Kanne füllte. „Was ist los?"

„Ich war heute bei der Polizei wegen diesen Nachrichten von Konstantin. Und wegen der Mail, die jetzt weg ist."

Sabine nickte. „Und? Bekommt er ein Annäherungsverbot aufgebrummt?"

„Nee." Karla schüttelte resigniert den Kopf.

„Wieso denn nicht? Was haben die denn zu dem Countdown gesagt?"

„Das sind doch nur Zahlen", wiederholte Karla die Worte des Kommissars. „Ich soll mir an Tag Null einfach einen schönen Tag machen und abwarten."

Sabine ließ sich in den zweiten Sessel fallen.

„Nicht dein Ernst! Spinnt der? Und was ist, wenn dir der Typ was antut?"

„Dann kann ich ihn anzeigen. Aber nur, wenn ich das auch beweisen kann." Karla schnaufte. „Wie stellt der sich das vor?"

„Und die E-Mail?"

„Na ja, sie ist ja nicht mehr da. Keiner außer mir hat sie gelesen. Was glaubst du denn, was der Müller denkt?"

Sabine sprang wütend wieder auf und ließ das kochende Wasser in die Kanne laufen. „Was ist das für ein Idiot? Sieht der nicht, wie ernst das ist? Und dass du Angst hast?"

„Doch, aber das scheint ihn zu belustigen. Er meinte auch, ich könne ja einfach die Straßenseite wechseln, wenn Konstantin mich verfolgen sollte. Der nimmt mich nicht ernst. Und er glaubt, dass ich Konstantin nur eins auswischen will, weil er mich rausgeschmissen hat."

„Aber das ist doch gar nicht wahr! Wie kommt er bloß darauf?" Sabine stockte kurz. „Ach so. Dieser Idiot hat ihm sicher Theater vorgespielt und der Kommissar ist drauf reingefallen."

„Eben. Konstantin hat wahrscheinlich sonst was über mich erzählt. Und Herr Müller ist ihm auf den Leim gegangen. Wobei ...", sie stockte, „der ist irgendwie der gleiche Typ wie Konstantin. Das war so beklemmend."

„Scheiße. Wir brauchen wirklich einen Plan. Ihr könnt an deinem Geburtstag auch zu mir kommen. Aber irgendwann musst du ja wieder in die Wohnung und der Typ wird da wahrscheinlich schon auf dich warten."

„Vielleicht hat Müller ja auch recht und ich mache mir viel zu viele Gedanken. Es sind ja wirklich nur ein paar Zahlen."

„Nach allem, was vorgefallen ist, glaubst du das doch selbst nicht, oder?"

Sabine öffnete die Bäckertüte und angelte sich einen Berliner heraus. „Komm, jetzt lass uns erst mal was essen. Uns fällt schon noch was ein."

Karla nickte und nahm einen Schluck von dem kräftigen Kaffee. „Ich ruf nachher meine Anwältin an, vielleicht kann die noch was bewirken." Viel Hoffnung hatte sie nach dem letzten Gespräch und dem Schreiben jedoch nicht.

Sie verstand jetzt, warum so viele Opfer häuslicher Gewalt ihre Partner nicht anzeigten und mit niemandem über ihr Leid und ihren Schmerz sprechen wollten. Sie wünschte, sie hätte auch einfach alles für sich behalten.

Mit jeder weiteren Aussage, die sie vor Polizei, Anwältin und Staatsanwaltschaft abgeben musste, fühlte sie sich nackt, ihrer Persönlichkeit beraubt, beschämt und nicht ernst genommen. Jede der Situationen, in denen sie Konstantin hilflos ausgesetzt gewesen war, musste sie haarklein wiedergeben. Dabei wollte sie doch einfach nur vergessen. Und vieles war tatsächlich hinter einer Milchglasscheibe verschwunden, nicht mehr genau greifbar, bis die quälenden Fragen des Kommissars und der Staatsanwältin auf sie eingeprasselt waren. Die Zeugenbefragungen erinnerten an Verhöre, die sie aus Krimis im Fernsehen kannte.

Zum Glück gab es Sabine und Dilek. Zwei starke Frauen, die sie auffingen, ohne auch nur einen Hauch von Angst oder Zweifel zu zeigen. Ein bisschen was hätte sie auch gern von dieser Stärke. Ihre Eltern und auch ihre alten Freundinnen Nadja und Luise wussten nicht viel von dem, was geschehen war. Ihre Eltern wollte sie nicht mit Details belasten. Und als sie Nadja von ihrem bevorstehenden Auszug erzählt hatte, kam da nur ein „Ach, stell dich nicht so an. Wahrscheinlich hast du Konstantin noch immer was von Alex vorgeheult. Aber der ist tot, Karla, kapier das endlich." Das war vor Monaten gewesen. Und seither war Funkstille.

Nervös wischte Karla über das Display ihres Smart-phones. Keine Nachricht. Die 5 wäre dran, doch das Handy blieb stumm. War das gut? Sie wusste es nicht. Die rosa Teetasse mit den weißen Punkten wärmte ihre Finger. Wie immer in den letzten Wochen fröstelte sie. Sogar jetzt in diesem Vorzeige-frühsommer, der sonst alles erwärmte.

Aber jetzt war es noch früh, die Sonne war gerade erst aufgegangen und schickte glitzernde Strahlen an die Küchenwand. Draußen war es still, nur der kleine schwarze Kater aus dem Nachbargarten saß auf dem kleinen Dreieck des Kopfsteinpflasters, das bereits von der Sonne aufgewärmt wurde. Er putzte sich in aller Ruhe seine weißen Pfoten und schickte hin und wieder prüfende Blicke zu den Spatzen, die in der Hecke zwitscherten.

Etwas von seiner Entspannung übertrug sich auf Karla, während sie ihn beobachtete. Wehmütig dachte sie an Mrs Orange. Sah den toten Körper auf dem Fußboden in Konstantins Haus liegen. Die Erinnerung rüttelte an ihr, ließ sie den Kopf abwenden.

Sie schaute noch einmal aufs Display. Nichts. Keine 5 und auch sonst nichts. Das war doch gut, oder nicht?

Nichts war gut, bis sie ihren verdammten Geburtstag endlich hinter sich haben würde.

Es war kaum zu ertragen, welche Gedanken ihr

durch den Kopf gingen. Sogar an eine Waffe dachte sie. Sie musste sich doch verteidigen! Einzig die Angst, so etwas überhaupt in ihrer Wohnung zu haben, in der auch ihre Töchter sicher leben sollten, hielt sie davon ab. Mit Grauen erinnerte sie sich an Konstantins Morgenstern und seine Schreckschusspistole in der Kommode.

Fünf Tage bis zu ihrem Geburtstag. Aber auch fünf Tage bis ... Ja, was? Bis zu ihrem Tod? Sie konnte kaum daran denken, ohne dass es ihr die Kehle zuschnürte.

Sie könnte sich vor Konstantin verstecken, aber wo? Zu ihren Eltern konnte sie nicht, der Gefahr wollte sie sie nicht aussetzen. Das Gleiche galt für Sabine und Dilek. Konstantin kannte ihre Kontakte, würde sie überall finden.

Das gestrige Telefonat mit ihrer Anwältin Julia Velten fiel ihr wieder ein. Es war so entmutigend gewesen. Und hatte dumme Folgen nach sich gezogen.

Nach ihrem Besuch auf der Wache hatte sie Frau Velten die neue Situation geschildert. Die Anwältin hatte eine Weile geschwiegen.

„Haben Sie eine Idee, Frau Velten?"

„Ich überlege. Das Problem ist leider wirklich, dass die Kripo sich erst einschaltet, wenn tatsächlich etwas passiert ist."

„Was ist mit einem Annäherungsverbot?"

„Wie gesagt, es ist ja noch nichts passiert. Da bekomme ich das so schnell nicht durch."

„Ist das Ihr Ernst?" Karlas Stimme überschlug

sich.

„Frau Wolff, das ist nicht auf meinem Mist gewachsen, ich kann nichts für Sie tun im Moment."

„Ich fühle mich ganz schön allein gelassen. Was ist mit all den Frauen, die von ihren Männern oder Exmännern getötet wurden? Warum wird das Gesetz nicht endlich mal korrigiert, um mehr Frauen schützen zu können, bevor es soweit kommt?"

„Das sind ja nicht so viele Fälle", entgegnete die Anwältin.

„Ach, das lohnt sich also nicht? Und was soll ich jetzt machen? Einfach abwarten?"

„Die Polizei hat Ihnen doch geraten, sich einen schönen Tag zu machen. Das würde ich Ihnen auch empfehlen. Sie bringen den Plan von Herrn Wolff durcheinander, wenn Sie erst einen Tag später wieder da sind. Also wird er nicht mehr zur Tat schreiten. Außerdem weiß er vielleicht, dass Sie bei der Polizei waren. Das wird ihn davon abhalten, Ihnen etwas anzutun."

Würde dieser Horror denn nie ein Ende nehmen? Oder gab es nur das Ende, das Konstantin bestimmen wollte?

„Frau Wolff, ich habe eine Idee. Wenn er Ihnen wieder eine Nachricht schreibt, dann antworten Sie ihm doch einfach mal. Reizen Sie ihn! Machen Sie sich lustig, zeigen Sie, dass Sie keine Angst haben."

„Meinen Sie?" Besonders einleuchtend klang das für Karla nicht.

„Klar. Sie haben nichts zu verlieren."

Die Velten machte Karla noch ein paar

Vorschläge, wie sie Konstantin antworten könnte, ehe sie sich verabschiedete und ihr Glück wünschte.

Karla hatte lange dagesessen und auf die letzte Nachricht, die mit der 6, gestarrt, bis die Ziffer vor ihren brennenden Augen verschwamm. Sie war so müde.

Mit dem letzten bisschen Mut – oder war es Verzweiflung? – hatte sie *Du kannst aber schön rückwärts zählen* getippt und auf Senden gedrückt. Hoffentlich las er es nicht. Hoffentlich hatte er die SIM-Karte direkt gewechselt, als er ihr geschrieben hatte. Die letzten beiden Nachrichten waren immer von anderen Nummern verschickt worden.

Sie wusste, dass ihre Antwort ein Fehler gewesen war, als das grüne Häkchen erschien.

Keine halbe Stunde später klingelte das Festnetztelefon und riss sie aus ihrer Lethargie. Unbekannter Anrufer. Sie nahm trotzdem ab und meldete sich leise. „Hallo?"

„Was fällt Ihnen eigentlich ein, Frau Wolff! Vorhin waren Sie noch hier und haben geheult und mir erzählt, Sie hätten solche Angst und Ihr Ex würde Sie bedrohen! Und jetzt schreiben Sie ihm zurück und machen sich lustig über ihn? Wie dumm sind Sie eigentlich? Ich sage Ihnen was: Mit dieser Kinderkacke können Sie in Zukunft alleine klarkommen, wir werden Ihnen nicht helfen!"

Kommissar Müller brüllte wie ein Wahnsinniger in den Hörer, wartete keine Antwort ab und legte auf.

Der Boden unter ihren Füßen gab nach. Mit dem Telefon in der Hand sackte sie auf die Knie und wünschte sich, sie müsste nie wieder aufstehen.

Müller hatte recht. Sie war so dumm! Hätte sie bloß nicht auf Frau Velten gehört. Jetzt würde ihr erst recht niemand mehr glauben. Der Kommissar jedenfalls nicht, das hatte er ihr deutlich klargemacht.

Sein Gebrüll hallte noch immer in ihr nach. Musste sie so mit sich reden lassen? In ihrer Handtasche kramte sie nach seiner Visitenkarte, atmete tief durch und wählte seine Nummer.

Als seine herrische Stimme erklang, hätte sie am liebsten wieder aufgelegt. Doch sie riss sich zusammen. „Hier ist Karla Wolff."

Der Kommissar stöhnte genervt. „Was?"

„Herr Müller, ich möchte die Situation bitte erklären. Und ich finde", sie sprach schnell weiter, ehe er sie unterbrechen konnte. „Ich finde es nicht in Ordnung, wie Sie mich gerade behandelt haben." So, jetzt war es raus. Müller schluckte, das konnte sie hören.

„So?"

„Ja, so. Und jetzt möchte ich Ihnen wenigstens kurz erklären, wieso ich meinem Ex geantwortet habe."

„Fassen Sie sich kurz", brummte er ungehalten.

„Wissen Sie eigentlich, wie ich mich fühle? Ich werde seit Monaten bedroht, habe Angst um mein Leben und das meiner Kinder und habe die Polizei um Hilfe gebeten. Dein Freund und Helfer, wissen

Sie noch? Und jetzt, wo ich wieder massiv bedroht werde mit diesem Countdown und nicht weiß, wie ich damit umgehen soll, mich schutzlos fühle, da kommen Sie und sagen, ich soll mir einen schönen Tag machen. Oder die Straßenseite wechseln, wenn Konstantin mich verfolgt. Das ist lächerlich!"

Sie schnappte nach Luft. „Und weil Sie mich vorhin so abgewiesen haben, habe ich meine Anwältin angerufen. Ich hatte gehofft, sie könnte mir helfen. Aber sie hat mir das Gleiche gesagt wie Sie und außerdem den Tipp gegeben, dass ich Konstantin mal antworten soll, damit er sieht, dass ich keine Angst habe. Und weil ich so verzweifelt war, habe ich das auch getan."

„Okay, das wusste ich nicht."

„Sie haben mich ja auch nicht gefragt, nur angebrüllt und dann aufgelegt."

„Es tut mir leid, Frau Wolff. Aber wirklich, das war eine unglaublich dumme Idee. Sie machen sich mit solchen Aktionen total unglaubwürdig. Die Situation ist auch so schon kompliziert genug."

„Aber wieso brüllen Sie mich an, wenn ich so einen Satz schreibe, aber mein Ex darf mich mit einem Countdown bedrohen? Ich verstehe das nicht."

„Ganz offiziell ist das kein Countdown. Das sind nur Zahlen, wir können da nichts machen. Er hat ja nicht dazugeschrieben, dass er Ihnen an Tag Null etwas antun will, oder?"

„Nein."

„Also bitte. Im Übrigen habe ich ihm telefonisch untersagt, Ihnen weiter Nachrichten zu schicken oder Sie zu belästigen."

„Und das sagen Sie erst jetzt? Danke!" Karla war erstaunt.

„Ja, das war aber nur eine mündliche Verwarnung. Die bleibt ohne Folgen. Ich hoffe einfach, dass ihn das eingeschüchtert hat. Ihre Antwort auf seine letzte SMS kann jetzt natürlich das Feuer wieder schüren."

„Scheiße. Es tut mir leid. Und danke für die Verwarnung."

„Alles klar. Jetzt beruhigen Sie sich mal wieder, denken Sie an Ihre Kinder. Wenn was ist, rufen Sie an."

„Danke."

2

Vier Tage bis zum Ultimatum und wieder war keine neue Nachricht von Konstantin eingegangen. Karla hatte Spätschicht. Enzo, dessen Kumpel Ali und zwei Männer, die sie noch nie hier gesehen hatte, standen mit ihren Kaffees am Stehtisch vor dem Laden und diskutierten angeregt.

Ab und zu blickte einer der beiden Fremden zu ihr. Nicht unfreundlich, aber sie fühlte sich unbehaglich. Die blonden, kurz geschorenen Haare und die kräftigen Oberarme unter dem engen Shirt wirkten bedrohlich. Das sollten sie vermutlich auch. Auch der zweite, etwas kleiner, aber ebenso drahtig, erinnerte an einen Personenschützer, der nicht lange fackeln würde. Mit solchen Typen hatte sie Ali und Enzo noch nie gesehen. Hinzu kam, dass sie alle sehr ernst dreinblickten. Die Polizei hier im Laden würde ihr gerade noch fehlen.

Andererseits fühlte sie sich im Augenblick so sicher wie schon lange nicht, denn an denen würde Konstantin nicht vorbeikommen. Und wenn er sie wieder heimlich beobachtete, würden ihn die Jungs vielleicht so abschrecken, dass er abzog.

Als der Blonde das nächste Mal zu ihr hineinsah, nickte sie ihm zu. Sie hatte wohl gerade ihre eigenen Bodyguards, und auch wenn die Jungs nichts von ihren Gedanken wussten, fühlte sie sich ein kleines bisschen beschützt.

Inzwischen stand der Notfallplan für die letzten Countdown-Tage fest. Emma würde am Montag direkt nach der Schule mit zu ihrer Freundin Alma gehen und dort übernachten. Bella hatte darauf bestanden, in Karlas Nähe zu bleiben, seit sie von dem Countdown erfahren hatte.

Sie würden am frühen Abend zu Sabine ziehen und bei ihr schlafen, bis der Horror vorbei war. Karla zweifelte noch, ob das alles überhaupt nötig war, aber Sabine hatte ihr versichert, dass das überhaupt kein Problem sei. Außerdem war da noch Sir, Sabines Hund. Der ließ niemanden durch, der nicht zu seinem Rudel gehörte.

Ali und der Blonde kamen zur Tür herein und blickten sich um.

„Bist du allein?", fragte Ali. Seine Stimme klang seltsam nervös.

Karla bejahte. Komische Frage, sie wussten doch, dass sonst niemand hier war.

Der Blonde nickte. „Hey, du kannst mich Kalle nennen."

„Okay. Hi Kalle", gab sie zurück. Was zum Teufel war hier los?

Während Kalle nun wieder den Laden und die Tür ins Auge gefasst hatte, beugte sich Ali über den Tresen und sah sie ernst an. Dabei kam er ihr so nah, dass sie den Kaffee, den er gerade getrunken hatte, und einen Hauch von Knoblauch riechen konnte. Instinktiv lehnte sie sich ein Stück zurück.

„Ali, was ist los?"

„Karla, dein Typ muss weg. Mach dir keine Sorgen, die Jungs, die ich kenne, sind Profis."

Er wies mit dem Kinn Richtung Kalle.

Was? Ihr Herz machte einen erschrockenen Hüpfer.

„Niemand wird dich damit in Verbindung bringen! Dein Ex verschwindet entweder ganz oder es wird wie ein Unfall aussehen. Wie du willst."

Entsetzt starrte sie die beiden an. „Hab … ich das gerade richtig verstanden? Ihr wollt Konstantin umbringen?", flüsterte sie.

„Pscht, Karla!" Ali beschwichtigte sie und hielt seinen Zeigefinger vor die Lippen.

Das konnte doch nicht wahr sein, die wollten sie auf den Arm nehmen. „Ali! Jetzt mal im Ernst." Sie funkelte den Türken an und warf einen kurzen Seitenblick zu Kalle, der noch gar nichts dazu gesagt hatte.

„Heißt du wirklich Kalle?", wandte sie sich an den Blonden.

Der grinste. „Ist doch egal. Karla, hör zu. Ali und Enzo haben mir erzählt, wie der Typ dir seit Monaten oder Jahren die Hölle heißmacht. Und ich habe Kontakte, die ich für die beiden spielen lassen würde. Ich bin ihnen noch was schuldig."

„Ja, aber … Selbst wenn ich Ja sagen würde. Die Polizei wüsste doch sofort, dass ich dahinterstecke, wenn ihm was passiert."

„Das lass mal unsere Sorge sein. Ehrlich, wir haben Erfahrung damit – niemand würde dir das anhängen können. Du weißt ja auch überhaupt nichts von uns."

Karla schüttelte entsetzt den Kopf. Wie so oft in letzter Zeit fühlte sie sich wie in einem der düsteren skandinavischen Krimis. Doch noch nie hatte ihr jemand angeboten, jemanden für sie zu töten! Allein der Gedanke war grotesk.

„Typen wie der müssen aus dem Verkehr gezogen werden. Wer Frauen und Kinder schlägt oder noch Schlimmeres, muss …" Kalle machte mit seiner Hand an der Kehle eine eindeutige Bewegung.

„Ich kann das nicht, sorry." Karla hob abwehrend die Hände. Niemals könnte sie mit dieser Schuld umgehen. So etwas passte nicht in ihre Welt.

„Karla", beschwor Ali sie. „Es ist unrecht, was der Typ dir angetan hat."

„Ja, aber ein Mord ist auch unrecht. Das geht nicht, Ali, wirklich."

Kalle nickte verständnisvoll. „Es ist okay, ich

verstehe dich. Du bist echt ein guter Mensch. Aber wenn du deine Meinung änderst, gib Ali Bescheid, okay?"

„Mach ich. Trotzdem danke." Sie war froh, dass die Jungs nicht weiter drängten.

„Wir kommen nachher wieder, wenn du Feierabend hast, und bringen dich nach Hause, wenn du willst", schob Ali hinterher. Dann hoben beide die Hand zum Gruß und verließen den Kiosk.

Sie starrte ihnen hinterher, als sie die Straße hinuntergingen.

3

Das Wochenende lag hinter ihnen, ganz ohne weitere Nachrichten von Konstantin. Karla hatte sogar das seltsame Gefühl, dass er ihr in den letzten Tagen nirgendwo mehr aufgelauert hatte. Dieses beängstigende Kribbeln im Nacken, das sie immer überkam, wenn sie sich beobachtet fühlte, war schwächer geworden. In der vergangenen Nacht hatte sie zum ersten Mal seit Wochen fünf Stunden am Stück geschlafen, ohne von einem Albtraum wachgerüttelt zu werden.

Sie war zuversichtlich, dass doch alles gut werden würde. Kommissar Müller hatte recht gehabt. Es waren nur ein paar Zahlen gewesen, denen sie viel zu viel Bedeutung beigemessen hatte. Einfach lächerlich. Konstantin war, wenn es drauf ankam, ein Feigling. Er würde ihr nichts tun, jetzt, wo er wusste, dass die Polizei Kenntnis von seinen Nachrichten hatte. Sie blickte aus dem Küchenfenster auf das alte Kaufhaus gegenüber. Die Sonne beleuchtete die Fenster der oberen Etage, in denen sich freundlich der blaue Frühsommerhimmel spiegelte.

Morgen war ihr Geburtstag. Doch ihr war nicht nach Feiern zumute.

Emma blieb bis morgen bei Alma, ihrer besten Freundin. Ein beruhigender Gedanke. Bella hatte nach der fünften Stunde Schluss. Vielleicht hatte sie Lust auf einen Kinobesuch oder ein Eis, bevor sie ihre Sachen packen und zu Sabine gehen würden.

Das Smartphone, das nebenan im Schlafzimmer lag, piepte. Später, dachte Karla.

Sie nippte am Cappuccino und dachte über Bellas Wunsch nach, im Tierheim nach einer neuen Katze zu schauen. Seit Wochen bettelte sie. Kurz überlegte sie, heute mit ihr zum Tierheim zu fahren. Sie verwarf den Gedanken wieder.

Noch immer sah sie das Bild des leblosen Körpers von Mrs Orange vor sich. Unfassbar, wie weit Konstantin zu gehen im Stande war. Wie Bella voller Verzweiflung das tote Tier in ihren Armen gewiegt hatte, war für Karla kaum zu ertragen gewesen. Der Schmerz war größer gewesen als alles, was Konstantin ihr bis dahin selbst zugefügt hatte.

Von diesem Tag an bis zu ihrem Auszug hatte Bella tapfer und regungslos die Zeit überbrückt und wirkte gefestigter, als Karla sich je gefühlt hatte. Sie sortierte ihre Sachen, lernte für die Schule, half im Haushalt und hielt sich von Konstantin fern. Karla bewunderte sie, wünschte sich, sie könnte selbst so kühl und gelassen sein, vor allem Konstantin gegenüber. Aber mit jeder seiner neuen Intrigen, Angriffe, Verletzungen war Karla schwächer und willenloser geworden.

Das Telefon piepte schon wieder und riss sie gewaltsam aus ihrem Gedankenkarussell. Sie stellte die Kaffeetasse in die Spüle und tapste barfuß nach nebenan, während sie überlegte, wie sie den Nachmittag mit Bella verbringen könnte.

Noch ein Piepen. Hoffentlich war nichts mit den Mädchen. Beunruhigt entsperrte sie das Display.

Vier Nachrichten. Alle von Konstantin. Zitternd ließ sie sich auf den Korbsessel neben ihrem Bett fallen und nahm den kalten Schauer wahr, der sich an ihren Rücken heftete.

4

3

2

1

„Nein, nein, nein!" Sie warf das Handy aufs Bett, als hätte sie sich verbrannt.

Was jetzt? Sollte sie den Kommissar anrufen? Sie hörte schon seine Worte. Sind doch nur Zahlen.

Sie schaute auf die Uhr. Bella würde in knapp zwei Stunden hier sein. Jetzt war sie doch froh, dass Sabine darauf bestanden hatte, sie aufzunehmen.

Herrgott nochmal, was mache ich denn jetzt? Sie lief von einem Zimmer zum anderen. Vorsichtig näherte sie sich den Fenstern, die zur Straße führten. Draußen sah alles friedlich aus. Was auch sonst?

Karla tippte eine Nachricht an Bella. *Hey Süße, komm bitte heute sofort nach Hause und pass auf dich auf. Küsschen.* Löschte sie. Schrieb etwas anderes. Löschte es wieder. Schickte ihr ein Herz.

Zwei Stunden später stand Bella atemlos in der Tür.

„Mama, ist alles in Ordnung?", rief sie schon im Flur, warf ihren Rucksack in die Ecke und schloss die Tür. „Wo bist du?"

„Ich bin in der Küche", rief Karla und versuchte, fröhlich zu klingen.

„Mama." Bella stand vor ihr, die Hände in die Hüften gestemmt. „Was ist denn los? Wieso hast du mir das Herz geschickt?" Ihr kannst du nichts vormachen, dachte Karla. Sie nahm die Topflappen, stellte ein Sieb in die Spüle und goss die Nudeln ab. „Alles in Ordnung, ich wollte dir nur sagen, dass ich dich lieb habe."

Bella runzelte die Stirn. „Boah, Mama, bitte jag mir nicht immer solch einen Schrecken ein!" Sie setzte sich an den Tisch, nicht ohne vorher einen prüfenden Blick auf die Straße zu werfen. Eine routinierte Bewegung. „Machen wir noch irgendwas Schönes, bevor wir zu Sabine ziehen?"

Karla grinste. „Also, ich dachte, wir könnten

vielleicht ein Eis essen gehen." Oder ins Tierheim fahren und uns die Katzen anschauen, dachte sie noch, aber sie war noch nicht so weit.

„Gut." Bella nickte und stellte zwei Teller auf den Tisch.

Nach dem Essen spülten sie gemeinsam das Geschirr. Bella wollte noch für Chemie lernen, bevor sie in die Stadt gingen, deshalb zog sie sich in ihr Zimmer zurück.

Karla betrat den Balkon und warf einen beiläufigen Blick auf die unten liegende Gasse. Keine Menschenseele, obwohl die Sonne so herrlich schien.

Die kleinen Tomatenpflanzen, die sie an der sonnigen Wand aufgestellt hatte, wurden von Tag zu Tag größer. Darunter wuchs wildes Basilikum. Sie rieb vorsichtig an den weichen Blättern und schnupperte an ihren Fingerspitzen. Ein Hauch von Sommer. Am liebsten war ihr der Topf mit dem großen Lavendelbusch, den sie zum Einzug von ihren Eltern geschenkt bekommen hatte. Lavendel war für Karla mehr als nur ein Duft oder eine Farbe. Sie kniete sich vor den steinernen Topf und streichelte sanft die weichen Blüten, die gerade erst zu wachsen begonnen hatten und doch schon so einen intensiven Geruch nach Sommer, Freiheit, Entspannung ausströmten. Einmal in einem großen, unendlichen Lavendelfeld in der Provence stehen, das war ihr Traum. Während sie den Duft einatmete, erinnerte sie sich an den alten Jacob Donner …

Auf einem Weihnachtsmarkt vor ein paar Jahren hatte sie einen alten Mann kennengelernt, der seit Beginn seines Ruhestandes die Provence und die Bretagne für mehrere Monate im Jahr bereiste. Dort hatte er seine zweite Frau Claire kennengelernt, die fortan immer mit ihm unterwegs war, auch auf den Märkten, auf denen er im Winter Stoffe, Lavendelblüten und Öl von seinen Reisen verkaufte. Niemand wusste so viel über Lavendel wie er. Karla hätte ihm stundenlang zuhören können.

Er brachte herrliche Stoffe von provenzalischen Märkten mit, aus denen er Lavendelsäckchen nähte. Ihr erster Besuch an seinem Stand endete mit einem Arm voller Lavendelsäckchen, Baumwollstoffe und einem Fläschchen feinsten Lavendelöls. Das Fläschchen besaß sie noch immer, auch wenn sie Jacob Donners Stand danach noch einige Male besucht hatte. Wenn sie am Öl schnupperte, war für einen kurzen Moment alles gut.

Besonders berührt hatte sie die tiefe Liebe, die dieses alte Pärchen verband. Jacob und Claire waren so innig im Umgang miteinander, dass Karla beinahe ein wenig Eifersucht verspürte. Diese Verbundenheit, die ohne Worte auskam, erinnerte sie an sich selbst und an Alex.

Letzten Winter hatte Karla die beiden wieder auf dem Weihnachtsmarkt besuchen wollen, obwohl ihr durch die Trennung überhaupt nicht nach Besinnlichkeit war. Ihre Nase folgte dem Lavendelduft. Der Stand war, wie jedes Jahr, vorher kaum zu sehen, aber den Duft nahm sie schon von Weitem wahr. Sie fand Jacob allein am Stand vor. Noch ehe er sie erblickte, wusste sie, dass Claire nie mehr mitkommen würde. Irgendetwas an Jacob, seine Haltung, seine kraftlosen Bewegungen, verrieten die tiefe Trauer.

„Sie hatte Krebs, die Ärzte konnten nichts mehr für sie tun", erklärte er mit brüchiger Stimme, als Karla ihn erreicht und seine Hand erfasst hatte. Er wischte sich verstohlen eine dicke Träne aus dem Augenwinkel. „Aber ich war bei ihr und habe ihre Hand gehalten bis zum Schluss."

Karla wusste selbst nicht so genau, warum ihr die beiden Alten so sehr ans Herz gewachsen waren. Sie hatten solche Liebe und Zufriedenheit ausgestrahlt, und mehr als sich selbst hatten sie nicht gebraucht. Ihr liefen ebenfalls die Tränen über die Wangen, während Jacob in einem Korb unter dem Tisch wühlte.

„Ich habe etwas für Sie. Von Claire." Er tauchte wieder hinter dem Tisch auf und legte ihr ein sorgsam gefaltetes Stück Stoff in die Arme. Beigefarbenes Leinen mit hauchzarten Lavendelblüten. Karla erkannte den Stoff sofort wieder. Im letzten Jahr hatte sie ihn neben Claire auf dem kleinen Tisch liegen sehen, an dem sie stets gesessen hatte. Der Stoff war traumhaft. Claire hatte ihre Blicke gespürt, aber schmunzelnd den Kopf geschüttelt. Sie wollte selbst etwas daraus nähen. Doch dazu war sie nicht mehr gekommen.

„Das kann ich doch nicht annehmen", flüsterte

Karla ergriffen und streichelte die kühle Oberfläche.

„Doch, das können Sie. Claire würde sich freuen. Sie hat oft von Ihnen gesprochen. Weil Sie so traurig aussehen." Jacob schaute sie ernst an. „Wenn nichts mehr geht, dann hauen Sie einfach ab. Fahren Sie in die Provence. Oder in die Bretagne. Auf die Halbinsel Quiberon, dort finden Sie bestimmt wieder zu sich. Glauben Sie einem alten Mann."

„Danke." Sie schluckte den Kloß in ihrem Hals hinunter.

Der ganze Tumult um sie herum war in diesem Moment weit weg. Sie stand da, inmitten der vielen Menschen mit ihren dicken Mänteln und den hübschen Papiertüten voller Geschenke, den Bechern mit dampfendem Glühwein und Papptellern mit heißen Crêpes. Sie war ganz allein, doch auf ihrem Arm hielt sie ein Päckchen Hoffnung. Jacobs große faltige Hände berührten den Stoff und ließen ein winziges Fläschchen Lavendelöl darauf zurück.

„Bis nächstes Jahr, Karla. Sie schaffen das." Er hatte sich geräuschvoll die Nase geputzt und sich dann zwei älteren Damen zugewandt, die die Lavendelsäckchen auf dem Tisch begutachtet hatten.

Noch immer in Gedanken versunken berührte sie den Lavendelstrauch auf ihrem Balkon und dachte an Jacob und Claire, diese beiden wunderbaren Menschen. Tränen perlten an ihren Wangen herab, doch sie bemerkte sie kaum.

4

Ein leises Klicken erklang aus dem Flur. Wie eine Tür, die sich langsam schloss. Sicher Bella.

Karla erhob sich und goss die letzten Tropfen Wasser aus der Gießkanne an die Tomatenpflanzen im Kübel. Nasse Füße, dachte sie und schüttelte den Kopf darüber, wie sie sich selbst ermahnte. Tomaten aus Samen zu ziehen schien eine echte Wissenschaft zu sein. So kam es ihr jedenfalls vor, wenn sie sich mit anderen darüber unterhielt. Sie hatte sich nicht alle gut gemeinten Gärtnertipps gemerkt, aber die nassen Füße hatten sich eingeprägt.

Nachdenklich betrat sie das Wohnzimmer und schloss die Balkontür hinter sich. Die restlichen Pflanzen würde sie später gießen, doch jetzt wollte sie sich ein paar Minuten mit einem Buch in den Sessel kuscheln. Wenn nur dieses unruhige Kribbeln in ihrem Bauch mal für einen Moment nachlassen würde.

Sie schlich auf Socken in die Küche, um Gießwasser aufzufüllen und sich ein Glas Apfelsaft zu holen. Das Kribbeln wurde stärker und wanderte von ihrem Magen bis in die Knie. War da ein Schatten hinter der Tür? Sie zögerte eine Sekunde, bewegte sich dann aber weiter. Die Gespenster nervten.

Das Nächste, was sie fühlte, war ein Schlag auf ihre Schulter. Sie taumelte und sank vor Schmerz in die Knie. Die Gießkanne, die sie noch immer in der Hand gehalten hatte, flog mit einem hohlen Knall auf den Boden und rutschte bis vor den Tisch am Fenster. Dabei hinterließ sie eine Spur glitzernder Wassertropfen, denen Karlas Blick überrascht folgte. Sie brauchte nicht schauen, wer sie niedergeschlagen hatte. Seltsam nur, dass sie seinen Geruch erst jetzt wahrnahm. Nur leicht, aber dennoch raumfüllend. Das also hatte diese Unruhe ausgelöst. Ihr Atem wurde flach, so als wolle er sich genau wie sie selbst lieber nicht bewegen. Doch ihr Herz wummerte in chaotischer Folge gegen ihr Brustbein. Es war, als bliebe die Zeit um sie herum stehen. Seltsam, hier auf dem Boden zu liegen, die Wassertropfen zu sehen, den Schmerz in der Schulter zu spüren und darauf zu warten, dass die innere Uhr wieder weitertickte. Als Konstantin seine Knie in ihre Oberschenkel presste und ihren Kopf nach hinten zerrte, damit sie ihn sehen konnte, stürzte die Zeit in doppelter Geschwindigkeit auf sie zu. Es war zu spät. Sie wünschte, sie hätte seinen Blick nicht gesehen. Dies war das Ende.

Mit dieser Erkenntnis wich alle Kraft, alle Hoffnung aus ihrem Körper, sich fremd anfühlte. Er erinnerte sich nicht mehr daran, wie er sich retten könnte. Karla schickte einen Gedanken hinaus: Bitte, lass es schnell gehen.

Doch dann folgte der nächste Gedanke: Bella! Oh bitte, lass wie immer die Kopfhörer beim Lernen im Ohr, höre einfach weiter Musik, aber verlasse dein Zimmer nicht!

Wut belebte ihre Zellen. Oh nein, mein Kind wird

nicht sterben, du Arsch. Das lasse ich nicht zu! Sie bäumte sich auf, so gut es ging, auch wenn Konstantin ihre Hände auf dem Rücken mit Klebeband fixiert hatte und noch immer auf ihr kniete. Sein kräftiger Händedruck presste ihre schmerzende Schulter nach unten. Karla schielte zum Fenster. Es war geschlossen, draußen würde sie also niemand schreien hören. Mist. Irgendwie musste sie doch hier rauskommen und sich und Bella retten können. Das war heute nicht ihr letzter Tag, ganz sicher nicht! Von der schweren Pfanne auf der Arbeitsplatte war sie zu weit entfernt, vom Messerblock erst recht.

Wenn Bella sie schreien hörte, könnte sie es vielleicht schaffen, aus der Wohnung zu rennen und Hilfe zu holen. Immerhin lag Bellas Zimmer näher am Ausgang als die Küche.

Doch was, wenn Bella nicht schnell genug war und Konstantin auf sie aufmerksam wurde? Karlas Gedanken überschlugen sich, überholten sich gegenseitig. Sie konzentrierte sich, sortierte die Gedanken, überschlug die Möglichkeiten.

Konstantin schwieg. Er schien darauf bedacht zu sein, keine unnötigen Geräusche zu machen. Nur sein wütendes Schnaufen unterbrach die Stille im Raum. Als Karla die Rolle Klebeband erkannte, bäumte sie sich auf. Konstantin krallte seine Hand in ihre Haare und riss ihren Kopf ein weiteres Mal nach hinten. „Halt still, wenn du ohne Schmerzen sterben willst." Er kam ihr so nah, dass sein Atem an ihrem Ohr entlangstrich. Er roch nach Rotwein.

Umständlich klebte er ein Stück Paketband über Karlas Lippen. Als er das fixiert hatte, wickelte er mit beiden Händen ein weiteres Stück von der Rolle und klebte es um ihren ganzen Kopf. Die Nase ließ er frei, doch selbst ihr Ohr war zum Teil verklebt. Und mit einem Mal erinnerte sie sich an eine alte Angst, die sie schon lange begleitete: dass sie nicht hören konnte, wenn etwas Gefährliches auf sie zukam. In ihrer Panik trat sie um sich und erwischte dabei den Mülleimer. Er rutschte rappelnd gegen die Tür, blieb aber stehen. Rasend vor Wut fauchte Konstantin sie an.

„Ich warne dich! Wenn du deine Nachbarn mit deinem Krach auf den Plan rufst, tut es noch mehr weh. Und der bescheuerte Hausmeister kann was erleben, wenn der mir in die Quere kommt!"

Ein Stöhnen entwich Karlas Brust und wurde vom Klebeband aufgehalten. Aber immerhin schien Konstantin davon auszugehen, dass sie allein waren. Bitte, Bella, bleib in deinem Zimmer. Bitte, bitte, hör einfach weiter Musik!

Konstantin fesselte jetzt ihre Füße mit dem Paketband zusammen. Karla sah sich selbst von oben herab wie ein verzurrtes Paket auf dem Küchenboden liegen. Es war aussichtslos.

Dann dieses Geräusch direkt neben dem freien Ohr. Ein sauberes kurzes Schnappen. Er hatte ein neues Taschenmesser! Die Edelstahlklinge blitzte wenige Zentimeter vor ihrem Auge auf. Karla hielt den Atem an.

„Schau mal, was ich hier Schönes habe. Gefällt

es dir?", raunte Konstantin. Das Rauschen in ihrem Kopf wurde so stark, dass sie seine Worte kaum verstehen konnte. Sie war kurz davor, ohnmächtig zu werden. Ein paarmal blinzelte sie, konzentrierte sich auf ihre Atmung, doch die Panik war stärker.

„Ich habe dich gefragt, ob es dir gefällt!"

Sie wimmerte.

„Gut. Und weißt du, was ich damit machen werde?" Seine Worte verschwanden in einem knisternden Rauschen. Nein, sie wollte es nicht wissen.

Konstantin verstärkte den Druck seiner Knie auf ihren Beinen. Die Klinge kam näher. Höchstens noch zwei Zentimeter von ihrem Auge entfernt. Karla wunderte sich, wie sie in dieser Situation so präzise Messungen wahrnehmen konnte. Sie hörte Konstantin lachen. Gänsehaut kroch über ihre Arme. Das Messer verschwand aus ihrem Blickfeld. Sie atmete erleichtert aus. Erleichtert und zugleich beunruhigt. Sie konnte das Messer nicht mehr sehen. Ein lautes Ratschen, direkt an ihrem Ohr. Knistern. Ruhe. Der Druck vom Klebeband an ihrem Kopf war weg. Alle Geräusche wieder deutlich hörbar. Doch etwas stimmte nicht. Es war so warm! So warm an ihrem Kopf.

Sie sah die Klinge wieder. Blutrot.

Ein hysterischer Schrei baute sich in ihrer Lunge auf, doch Konstantins Hand presste sich auf Mund und Nase. „Wehe, du schreist! Keine Sorge, ist noch alles dran."

Karla blickte panisch suchend um sich. Überall war Blut, doch sie fühlte nichts. Nur seine Hand auf ihrem Mund. Es war so warm, das Blut. Bevor alles dunkel wurde, erinnerte sie sich an das Selbstportrait von Van Gogh.

Als Karla zu sich kam, hatte sie kein Gefühl für Zeit und Raum. Ihr war heiß, ihr ganzer Kopf glühte. Sie blinzelte, erkannte Stuhlbeine, die auf der Seite liegende Gießkanne, Wassertropfen, Blutstropfen. Die Erinnerung kam zurück. Das Messer, das Rascheln, das Ratschen, das warme Blut auf ihrer Wange. Das Messer war weg. Wo war Konstantin? Sie konnte vor Schmerzen kaum den Kopf heben.

„Na, gut geschlafen?" Er presste sie wieder zurück auf den Boden, als sie sich aufrichten wollte.

Karla rang nach Atem, wollte schreien, doch da war seine Hand wieder auf ihrem Mund. Sie stöhnte auf und kämpfte gleichzeitig gegen eine erneute Ohnmacht an. Blitze zuckten vor ihrem Auge, wechselten sich mit schwarzen Schatten ab. Ihr war so übel. Während sie zwischen seinen Fingern hindurch nach Luft schnappte, spürte sie, wie Konstantin sein Gewicht verlagerte und mit der anderen Hand am Reißverschluss seiner Jeans zerrte. Karla presste ihren Körper mit letzter Kraft in den Boden, als sie merkte, was er vorhatte.

„Wehr dich ruhig, du kleines Miststück, hast du das Messer schon vergessen?"

Nein, das hatte sie nicht.

„Ich nehme jetzt die Hand aus deinem Gesicht. Aber ich warne dich. Wenn du schreist, bist du tot!" Er stützte seine Hand neben ihrem Kopf auf. Dann riss er ruckartig an ihrer Jeans. Dabei stieß sie heftig mit dem Kinn auf den Boden und verlor beinahe wieder das Bewusstsein. Für einen Moment war es so still, als wäre die Zeit erneut stehen geblieben.

Dann zerschnitt ein gellender Schrei die Luft. Im gleichen Moment sackte Konstantin mit seinem ganzen Gewicht auf Karlas Körper, während dicht neben ihr die Eisenpfanne auf den Boden knallte.

Verzweifelt versuchte Karla, sich aus ihrer Lage zu befreien. Als sie ihre letzten Kräfte mobilisierte, bewegte sich Konstantin auf ihr, stöhnte und brüllte plötzlich wie ein wildes Tier.

Karla drehte sich zur Küchentür. Da stand sie. Bella. Mit Konstantins Taschenmesser.

„Du!" Als Konstantin sich aufrichtete, hob Bella den Arm und stieß das Messer hinab. Die Klinge verschwand mit einem schmatzenden Geräusch in Konstantins Schulter. Bella schrie. Sie hatte das Messer losgelassen, es steckte aufrecht in seiner Schulter.

Karla lachte und hielt sich erschrocken den Mund zu.

Konstantin starrte sie an, wollte sich auf sie stürzen, doch der Arm gab nach. Er ging neben ihr in die Knie. Dann schnellte sein Blick zu Bella.

Sie war wie versteinert.

„Bella, lauf!" Endlich hatte Karla ihre Stimme wiedergefunden. Sie lag auf der Seite, hatte Mühe, sich weiter aufzurichten. Die schwarzen Blitze wurden stärker.

Bella sah von Karla zu Konstantin und dann –

endlich – erwachte sie aus ihrer Starre und wandte sich um. Konstantin griff, während er sich stöhnend aufrichtete, nach ihrer Strickjacke, erwischte aber nur einen Zipfel. Er war viel zu dicht hinter ihr, riss auch die andere Hand nach vorn, zuckte vor Schmerz zurück. Dann war Bella zur Tür hinaus. Ihre Jacke hielt Konstantin noch immer fest.

Er ließ sie fallen und tastete nach dem Messer in seiner Schulter. Tobend verschwand er aus der Wohnung. Das Messer steckte noch.

Karla schaffte es irgendwie, auf die Knie zu kommen, stützte sich an der Arbeitsplatte ab und atmete tief ein. Sie musste die Polizei rufen! Plötzlich ein Geräusch hinter ihr, ein unterdrückter Schrei. Er war wieder da!

Als sie sich herumdrehte, starrte sie in Tomas' entsetztes Gesicht.

„Karla, was ..."

Sie unterbrach ihn. „Tomas, schnell, schneide das Band auf! Und dann ruf die Polizei!"

Tomas nahm eines der Küchenmesser aus dem Block und zerschnitt die Fesseln an Händen und Füßen. Er zitterte. Sie verloren Zeit.

„Beeil dich!" Endlich war sie frei. Ohne auf den Hausmeister zu achten, kam sie auf die Beine, rannte aus der Wohnung, über den Flur, nahm zwei Stufen auf einmal, riss mit Schwung die schwere Haustür auf und rannte ins Freie. Am Geländer hielt sie inne, es drehte sich schon wieder alles.

Von der Straße aus hörte sie aufgeregte Rufe. Leute waren stehengeblieben. In diese Richtung musste sie. Als sie um die Ecke bog, sah sie, wie Bella nach rechts auswich und gebückt durch ein Baugerüst hindurch rannte. Konstantin war ganz nah hinter ihr, aber das Gerüst erschwerte seine Verfolgungsjagd. Es war deutlich zu sehen, dass er Schmerzen hatte, die seine Bewegungen einschränkten. Er wich nach links aus, vom Gerüst weg. Bella schrie laut um Hilfe. Warum hielt ihn denn niemand auf? Warum wichen alle zurück?

In diesem Moment passierten zwei Dinge gleichzeitig: Ein Getränkelieferant bog in die Fußgängerzone ein und versperrte Konstantin den Weg, sodass dieser seinen Lauf abbremsen musste. Einer der Dachdecker war vom Gerüst herabgeklettert und griff auf die Ladefläche des Sprinters. Konstantin spähte in die einzige Richtung, die noch frei war und setzte zur Flucht an. Nein!

„Hey, Konstantin!", rief Karla.

Er blieb abrupt stehen, drehte sich in ihre Richtung und übersah dabei die Dachlatte, die frontal auf seine Brust krachte. Konstantin taumelte, griff nach der Ladeklappe des Sprinters, sah verwundert zu Karla und sackte zusammen. Für einen kurzen Moment dachte sie, er sei tot. Doch er stöhnte auf und tastete mit einer Hand nach seiner Schulter, in der noch immer das Messer steckte.

Bella war in sicherer Entfernung ebenfalls stehen geblieben. Zwischen ihnen kniete Konstantin auf dem Boden, neben ihm stand der Dachdecker, der ihn nicht aus den Augen ließ und noch immer die Holzlatte in der Hand hielt. Hinter Bella stieg der

Fahrer des Getränkewagens aus. Zwei ältere Damen betrachteten die Szenerie neugierig. Endlich ertönten Sirenen und zwei Streifenwagen bogen um die Ecke.

Bella ließ sich an der Hauswand neben dem Gerüst nieder. Karla humpelte hinüber und setzte sich zu ihr, ehe die schmerzenden Beine nachgaben. Bellas Hand griff ihre.

„Alles okay?" Der Dachdecker war ihnen gefolgt.

Bella nickte, Karla zuckte mit den Schultern und schaute zum Retter ihrer Tochter hinauf. Er war Mitte vierzig, so alt wie Konstantin. Karla wurde schlecht.

„Ich bin Michael", sagte er. Sein hellblondes Haar stand im Kontrast zur sonnengebräunten Haut. Kleine weiße Fältchen umrahmten blaue Augen. Karla nickte. Sie brachte keinen Ton hervor. Alle Kraft war aus ihrem Körper gewichen.

„Ich bin Bella", hörte sie ihre Tochter sagen. „Und das ist Karla, meine Mutter."

Ach, Bella, was für ein Tag! Erst hatte ihre Tochter ihr das Leben gerettet, dann hatte der Dachdecker Bella gerettet. Zärtlich nahm sie Bella in den Arm. Am liebsten würde sie sie nie wieder loslassen. „Du bist meine Heldin, weißt du das?"

Bella zuckte mit den Schultern. „Nein, das war er." Sie wand sich aus Karlas Umarmung und wies auf Michael.

„Er hat mir geholfen, den Typen aufzuhalten." Der Handwerker winkte den Getränkefahrer heran. „Grüß dich, Heiko, du bist genau im richtigen

Augenblick hier aufgetaucht."

„Gern geschehen." Der Fahrer fuhr mit den Händen durch sein graumeliertes Haar und grinste.

Zwei der Polizisten kamen auf sie zu. „Sie sind Frau Wolff?"

„Ja."

„Wir rufen Ihnen einen Krankenwagen und dann haben wir ein paar Fragen an Sie."

Müde nickte Karla. Eigentlich wollte sie nur noch schlafen und die letzten Stunden vergessen.

Jemand half ihr auf. Bella hielt ihre Hand, bis der Krankenwagen in die Fußgängerzone fuhr.

Karla

1

Zum ersten Mal betrat Karla das Gelände einer psychiatrischen Klinik. Nervös betrachtete sie die Personen, die ihr auf dem von Linden gesäumten Hauptweg entgegenkamen. Eine Frau mit kurzen Locken, die sie im Wind verzweifelt hinters Ohr zu klemmen versuchte, nickte ihr freundlich zu. Am liebsten hätte Karla auf dem Absatz kehrtgemacht.

Doch so konnte es nicht weitergehen. Sie war kaum in der Lage, ihren Alltag durchzustehen. Die Angst hatte sie im Griff: auf der Straße, in der Menschenmenge, im Treppenflur. Dazu die Angst um Bella und Emma, sobald sie die Wohnung verließen. Die Angst vorm Einschlafen. Bei jedem Windstoß zuckte sie zusammen, geriet in Panik, wenn sie versehentlich nachts die Bettdecke zu weit über ihren Kopf gezogen hatte.

Die U-Bahn-Fahrt hierher hätte schlimmer nicht sein können, obwohl nur Schüler das Abteil gefüllt hatten. Über den einzelnen Fensterplatz war sie froh gewesen, doch die Schüler hatten mit ihren

Hüften und Taschen an ihrer Schulter geklebt und sich nichts daraus gemacht. Sie hatten gelacht, auf ihre Smartphones gestarrt, Hausaufgaben im Stehen abgeschrieben, Müsliriegel und Milchbrötchen in sich hineingestopft. Karla hatte kaum zu atmen gewagt, weil sie dann vielleicht nicht mehr so unsichtbar gewesen wäre. Als sich die Jungen und Mädchen nur eine Station vor ihrer aus der Bahn geschoben hatten, hatte sie endlich wieder Luft bekommen. Die Stille rauschte noch jetzt in ihren Ohren.

Der Weg, der am Parkplatz und dem verlassenen Pförtnerhaus vorbeiführte, endete in einem Rondell, in dessen Mitte eine uralte Linde stand, die rundherum von einer Holzbank umgeben war. Früher vielleicht eine Tanzlinde, heute ein Ort der Stille. Der Wind ließ erste Blätter herabtanzen und Regentropfen landeten auf Karlas Haut. Der Herbst kündigte sich an. Die Frische war unter Karlas Kleidung gekrochen, doch sie zitterte nicht ihretwegen.

Die Traumatherapiepraxis war rechterhand untergebracht. In dem Backsteingebäude befanden sich außerdem die Aufnahme und eine Ambulanz. In ihren Gedanken formte sich die Erinnerung an den Termin bei der Staatsanwaltschaft vor ein paar Monaten. Dieser und all die Vorladungen bei Kommissar Müller waren schlimmer gewesen als alles, was *er* ihr angetan hatte. Ihre Gedanken blockierten verzweifelt seinen Namen. Konstantin. Wer sagte ihr, dass die Therapeutin sie nicht auch auslachte? Dass sie ihr helfen konnte? Bisher war jeder mit ihrer Situation überfordert gewesen, genau wie sie selbst.

Nachdem sie an der Anmeldung ihre Daten hinterlassen hatte, nahm sie im Wartezimmer Platz. Ihr gegenüber saß eine ältere Frau um die siebzig. Sie hielt die Hand eines Mannes in Karlas Alter und nickte ihr freundlich zu. Karla rang sich ein Lächeln ab, fühlte sich verloren. Das Wort Mama wiederholend, wippte der Mann die ganze Zeit mit dem Oberkörper vor und zurück, während die Frau ihm die Hand tätschelte.

Karla war dankbar, dass ihre Kinder gesund waren und die letzten Monate so gut weggesteckt hatten. Noch vor einem Jahr hatte es Momente gegeben, in denen sie dachte, sie hätte ihre Töchter verloren. Vor allem Bella. Karla hatte so vieles nicht gesehen, weil Konstantin sie komplett vereinnahmt hatte.

Als Mutter hast du versagt. Dieser Satz pochte beständig in ihrem Inneren, hinterließ eine schmerzhafte Narbe, auch wenn die schrecklichen Jahre an Konstantins Seite vorbei waren. Tief in ihrem Herzen würde dieser Gedanke vermutlich ewig sein Unwesen treiben, vereint mit der noch immer währenden Trauer über Alexanders Verlust. In letzter Zeit war das Vermissen wieder größer geworden. Sein verschmitztes Lachen, seine Zuverlässigkeit, seine Liebe. Seit er verunglückt ist, war so viel schief gegangen.

„Frau Wolff?" Eine warme Stimme riss sie aus ihren Gedanken. Als Karla aufblickte, war außer ihr niemand mehr im Wartezimmer. In der Tür stand eine junge Frau, die sie aufmunternd ansah.

„Ja", sagte sie.

„Nina Steinkamp. Bitte folgen Sie mir." Sie reichte ihr die Hand und wies dann zur Treppe am Ende des Flures. Zügig ging sie voraus, während ihr Pferdeschwanz im Takt wippte. Sie betraten ein Zimmer im ersten Geschoss. Vorm Fenster thronte die Linde. Ihre Äste und Zweige wogten sanft im Wind, winkten ihr freundlich zu. Von hier wirkte sie noch viel beeindruckender. Wie viele Menschen wohl schon ihre Sorgen mit ihr geteilt hatten? Die Linde mit ihrer Bank lud geradezu dazu ein, Platz zu nehmen und dunkle Gedanken mit dem Wind und den Blättern ziehen zu lassen.

Frau Steinkamp hatte die Tür mit einem leisen Klicken geschlossen und bat sie, in einem der hellblauen Sessel am Fenster Platz zu nehmen. Karla ließ die Linde nicht aus den Augen. Sie war ihre heimliche Verbündete.

Immerhin gab es hier keine Couch. Noch immer sträubte sich etwas in Karla vor dem Gedanken, Hilfe von einer Therapeutin anzunehmen. Auch wenn Frau Steinkamp vom ersten Wort an sympathisch war. So unkompliziert. Die Therapeutin nahm am Schreibtisch Platz und tippte etwas in den PC ein. „Bitte nehmen Sie sich ein Glas Wasser, wenn Sie möchten. Ich bin sofort bei Ihnen."

Um irgendetwas zu tun, schenkte Karla sich ein Glas Wasser ein und nippte daran, ehe sie es vorsichtig abstellte. Ihre Hände bebten.

Frau Steinkamp nahm kurz darauf im Sessel gegenüber Platz und legte ein Notizbuch auf ihren Schoß. Dunkelblaues Leder, rotes Lesezeichen.

Karla schob ihren Pony an die Seite. Eine neue Angewohnheit, die sie selbst nervte. Also legte sie ihre Hände auf die Knie und sah die Therapeutin an. Sie strahlte Ruhe und Vertrauen aus. Karlas Atem wurde ruhiger. Hinter ihr lagen einige vergebliche Telefonate bei anderen Praxen. Es war schon schlimm genug, überhaupt dort anzurufen, aber die Absagen waren noch schlimmer. „Fragen Sie in einem halben Jahr noch mal nach", „Oh, das ist überhaupt nicht mein Aufgabenbereich", „Kann Ihnen Ihr Hausarzt nichts aufschreiben?", erhielt sie regelmäßig zur Antwort. Ihr Hausarzt hatte ihr ein Beruhigungsmittel verschrieben, aber das hatte sie nie aus der Apotheke abgeholt. Zu schmerzhaft saß die Erinnerung an die anderen Tabletten.

„Frau Wolff, ich würde vorschlagen, wir fangen heute ganz vorsichtig an. Von vorne, und in aller Ruhe", unterbrach Frau Steinkamp ihre Gedanken.

Karla nickte und rutschte auf dem Kunstledersessel ein Stück nach vorn. Die Linde hielt Wache.

2

Vor einer guten Stunde hatte Karla den Kiosk abgeschlossen. Zum letzten Mal in diesem Jahr. Endlich Urlaub, die ganzen Winterferien lang.

Es war Heiligabend, kurz vor zwei. Bella und

Emma schmückten eine mickrige Fichte, machten das Beste daraus, indem sie die vielen krummen Zweige und Lücken mit Lametta, Zuckerstangen und roten Kugeln kaschierten. Erst im letzten Moment war Karla eingefallen, einen Baum zu besorgen.

Vorm Supermarkt hatte ein Händler gestanden. Karla hatte Mitleid mit der Fichte hinten in der Ecke, der Weihnachtsbaumverkäufer hatte Mitleid mit ihr, und so hatte sie das Bäumchen geschenkt bekommen.

Während sie ihre Töchter beobachtete, überflutete sie eine Welle des Glücks. Bella, schon beinahe erwachsen, und Emma, kurz vor der Pubertät. Karla war unendlich dankbar dafür, dass sie dieses verrückte, schreckliche Jahr überstanden hatten und nun endlich unbeschadet, frei und glücklich Weihnachten feiern konnten. Schon vor Wochen hatten sie bergeweise Plätzchen gebacken, alles weihnachtlich geschmückt, Karten geschrieben.

Da war niemand mehr, der ihr ständig über die Schultern schaute, um zu kontrollieren, wem sie schrieb. Niemand, der rund um die Uhr nach ihr verlangte, ihr hinterherspionierte, sie schlug, demütigte, missbrauchte. Sie dachte nur selten an das Martyrium zurück, das sie an Konstantins Seite jahrelang durchlebt hatte. Nur aus den Träumen konnte sie ihn nicht immer heraushalten.

Nach diesem furchtbaren Tag im Juni hatte sie endlich den Mut gefasst, beim Weißen Ring anzurufen und um Hilfe zu bitten. Den Flyer, den ihr die

Kinderpsychologin damals im Krankenhaus zuge-
steckt hatte, hatte sie ständig in ihrer Handtasche
mit sich herumgeschleppt. Heute wusste sie selbst
nicht mehr, warum sie so lange gezögert hatte.
Nach ihrem Anruf dort kam nur zwei Tage später
eine ältere Mitarbeiterin vorbei, die früher bei der
Bundespolizei gearbeitet hatte und nun, im Ren-
tenalter, ehrenamtlich im Opferschutz tätig war.
Sehr einfühlsam und verständnisvoll hatte sie ihr
zugehört, sie getröstet, ihr angeboten, sie zu beglei-
ten, wenn sie wieder bei der Polizei oder Staatsanwaltschaft zur Zeugenaussage vorgeladen wurde.
Hätte sie ihre Hilfe doch nur früher angenommen.

Heute war Karla froh, dass diese Zeit hinter
ihnen lag. Besonders erleichtert war sie darüber,
dass Konstantin nach seinem Krankenhausaufent-
halt direkt in die forensische Klinik eingewiesen
worden war. Nur ihre Träume rissen sie regelmäßig
aus dem Schlaf, Nacht für Nacht.

Bis Frau Kersten vom Weißen Ring ihr eines
Nachmittags ernst in die Augen sah. „So geht das
nicht weiter. Seien Sie mir nicht böse, aber Sie
brauchen professionelle Hilfe."

„Ich weiß", seufzte Karla. „Ich habe schon alle
Psychologen hier angerufen, aber ich bekomme frü-
hestens in einem halben Jahr einen Termin."

„Ich kümmere mich darum."

Nur ein paar Tage später hatte sie den ersten Termin bei Nina Steinkamp, der Traumatherapeutin.

Die wöchentlichen Sitzungen hatten ihr anfangs
ihre letzten Kräfte geraubt, doch nach und nach

hatten sie gemeinsam diesen riesigen Berg voller Sorgen und Ängste abgetragen. Karla fand Kraft und Zuversicht. Endlich konnte sie wieder klare Gedanken fassen und lernte sich selbst ganz neu kennen.

Nina hatte lange mit ihr arbeiten müssen, bis Karla verstand, dass sie unschuldig am Verlauf dieser Beziehung gewesen war. Dass Konstantin ein Psychopath war, der gefühllos und ohne jegliche Empathie handelte, nur darum bemüht, für sich das Beste herausholen zu können.

Heute musste sie keine Angst mehr vor ihm haben. Er saß in der Forensik und verweigerte jegliche Aussagen zu den Vorfällen. Zwei seiner Expartnerinnen hatten inzwischen ebenfalls zu Protokoll gegeben, wie sehr sie an seiner Seite gelitten hatten. Und es war immer die gleiche Masche gewesen. Auch die beiden hatten einen Heiratsantrag an der Seine in Paris erhalten, daraufhin aber das Weite gesucht und sich vor ihm versteckt. Sie waren hellhöriger und mutiger als Karla vorgegangen. Viel zu lange hatte sie an das Gute in ihm geglaubt.

Bella hatte im Sommer die Schule abgeschlossen und danach eine Ausbildung im Dachdeckerbetrieb von Michael Scholz begonnen, weil sie nach der ganzen Schulbankdrückerei einen Job mit Bewegung und frischer Luft gesucht hatte. Die Ausbildung tat ihr gut, sie strahlte richtig, doch hin und wieder hatte sie morgens Augenringe. Sie erzählte oft von ihren Träumen, die Karla am liebsten mit einem Blitzdings löschen würde. Auch sie selbst träumte oft davon, wie sie weglaufen wollte, doch Konstantin verfolgte sie mit irrem Blick und war stets ein bisschen schneller als sie. Sie schaffte es nie bis zur rettenden Tür. Karla wünschte sich nichts mehr, als dass Konstantin sie beide endlich auch in ihren Träumen in Ruhe lassen würde.

Emma machte inzwischen sehr erfolgreich Wing Tsun, eine Kampfsportart. Sie war stolz auf ihre große Schwester, die ihrer Mutter das Leben gerettet hatte. Beim nächsten Mal würde sie auf jeden Fall mit von der Partie sein, wenn jemand gerettet werden musste, das hatte sie mehrfach erklärt. Beim Wing Tsun hatte sie Max kennengelernt, mit dem sie nun fast jeden Nachmittag verabredet war. Emmas Wangen leuchteten dann fast genauso rot wie ihre Haare.

Karla hatte erst überlegt, aus der Wohnung mit dem hübschen Balkon wieder auszuziehen, denn dass Konstantin hineingekommen war, beschäftigte sie noch lange. Wie er an einen Zweitschlüssel gekommen war, war bis heute nicht geklärt. Tomas hatte deshalb ein schlechtes Gewissen. Inzwischen waren alle Schlösser ausgetauscht und neue Kameras installiert worden. Karla war geblieben. Die Wohnung war toll und niemand hatte Lust auf einen weiteren Umzug.

Beim Konzert einer Countryband war Karla zu einem neuen Hobby gekommen. Sie war jetzt Mitglied der örtlichen Line-Dance-Gruppe und tanzte sich jeden Dienstag frei. Hier konnte sie alle dunklen Gedanken loslassen und neue Energie tanken.

Inzwischen lebten noch zwei weitere Mitbewohner bei ihnen: die Katzengeschwister Herkules und Luna, die schon im Tierheim durch ihre innige Geschwisterliebe die Herzen von Bella und Emma erobert hatten. Schnell hatten sie beschlossen, die beiden zu sich zu holen.

Im Augenblick hatten die Katzenkinder eine unbändige Freude daran, den geschmückten Weihnachtsbaum von den Kugeln zu befreien. Mal sehen, wie viele davon das Weihnachtsfest überleben würden. Karla schaute auf die Uhr. Gleich würden ihre Eltern hier sein. Sie hatte darauf bestanden, dieses Jahr hier zu feiern, in ihrem neuen Zuhause.

Danksagung

Für Sie ist es vielleicht nur ein Buch von vielen. Für mich ist es mein erster selbst verfasster Roman – jetzt sogar schon in der 2. Fassung.

Ein großes Dankeschön dafür, dass Sie das Buch gelesen haben!

Und wenn wir schon dabei sind, möchte ich ein paar Menschen aufzählen, die maßgeblich zum Gelingen des Buches beigetragen haben. Da waren meine Testleserinnen Nina, Annett, Anni und Milena: Danke für alles – nicht nur dafür, dass ihr die LeserInnen vor überzähligen Katzen bewahrt habt.

Mit detektivischem Gespür haben D. Mertens und A. Haas in der finalen Fassung durchgestrichen, unterstrichen, nachgefragt und gelobt. Diese Überarbeitungsphase war richtig Arbeit, hat aber auch sehr viel Spaß gemacht. Danke für eure zahlreichen Hinweise!

In der 2. Fassung sind noch ein paar Fehlerchen und seltsame Formulierungen eliminiert worden.

Nicht zuletzt dank der vielen Leser:innen, die sich die Zeit genommen haben, mir ausführliche Rückmeldungen zu geben. Hier gilt mein Dank vor allem Martine Lestrat.

Für die passende Optik hat Patricia D. Brenner gesorgt. Danke, dass du meine vage Idee so fantastisch umgesetzt hast – das Cover ist perfekt!

In meinem Leben gibt es ein paar Menschen, die indirekt zur Entstehung des Romans beigetragen haben. Danke Esmer, du bist eine inspirierende, starke und bewundernswerte Frau.

Danke Sonja, fürs Anpacken, ans Essen erinnern und zum Lachen bringen.

Danke an meine große Line Dance-Familie, allen voran B. und G., für die vielen gemeinsamen *Steps* und *Scuffs* und *Heels*.

Danke an all die lieben Menschen, die mein Leben bis heute gestreift und einzigartige Erinnerungen hinterlassen haben.

Ein extra dickes Dankeschön hat mein Mann verdient, der immer eine Lösung findet, wenn mal irgendwas schwierig wird, der seit einer halben Ewigkeit verlässlich an meiner Seite steht und mit dem ich über den größten Blödsinn lachen kann. Außerdem haben wir zusammen die besten Kinder, die man sich vorstellen kann. Ich bin so stolz auf euch!

Wenn wir schon bei Familie sind: Danke, bester Bruder der Welt, dass du da bist, wenn man dich braucht. Danke an meine Eltern, die mich zu dem gemacht haben, was ich heute bin (ich bin mit dem Ergebnis jedenfalls zufrieden).

Nachwort

Mit dem Schreiben des Romans habe ich mir einen großen Wunsch erfüllt. Das Thema ist schwierig, das weiß ich. Aber mir ist es wichtig, dass Frauen wie Karla ernstgenommen werden. Möglicherweise gibt es ja auch in Ihrem Umfeld jemanden, dem es so geht wie ihr.

Falls Sie das Gefühl haben, dass da jemand Hilfe braucht, schauen Sie bitte nicht weg. Haken Sie vorsichtig nach. Vielleicht kann dieses Buch dabei helfen.

Oder das Schnurren einer Katze.

Oder ein „Krossenk-und-Latte"-Frühstück.

Oder:

WEISSER RING e. V. - Hilfe für Opfer von Kriminalität und Gewalt: Opfer-Telefon 116 006. Onlineberatung und vor Ort: www.weisser-ring.de

Das Hilfetelefon Gewalt gegen Frauen – Unterstützung für Frauen in Not: Telefon 116 016. Anonym, kostenfrei, barrierefrei, 24/7 erreichbar, 8 Fremdsprachen. Auch online unter: www.hilfetelefon.de

Über die Autorin

1974 in Thüringen geboren, Mutter und Großmutter. Lebt heute mit ihrem Mann und zwei Hunden in ihrer Wahlheimat Nordhessen in ländlicher Idylle. Neben Job und Schreiben ist sie Line Dance-Trainerin, baut im eigenen Garten Obst und Gemüse an und bekocht mit der Ernte die ganze Familie.

In ihren Geschichten lässt die Autorin gern Menschen zu Wort kommen, deren Schicksal sie auf besondere Weise geprägt hat. Und fast immer schleicht sich eine Prise Lavendel zwischen die Zeilen.

Unter die Top Ten des Nordhessischen Autorenpreises 2020 schaffte es ihre Kurzgeschichte „Warten" („Und täglich grüßt die Gegenwart", Nordhessischer Autorenpreis e. V.). Weitere Kurzgeschichten folgten, u. a. „Tom muss weg!", Kurzkrimi, BoD, 2021, „Scudaland" („Charlies Mutmachgeschichten für Jugendliche", Alex Planet & Alexandra Leo (Hrsg.), 2022).